GRAINES DE POSSIBLES

Nicolas Hulot est l'animateur-producteur de l'émission Ushuaïa sur TF1 et le fondateur de la Fondation Nicolas Hulot pour la nature et l'homme. En 2004, il publie *Le Syndrome du Titanic* (Calmann-Lévy), en 2005, *Graines de possibles* (Calmann-Lévy), un livre d'entretiens avec Pierre Rabhi, et en 2006, *Pour un pacte écologique* (Calmann-Lévy). Après une longue absence dans les médias, Nicolas Hulot se livre, comme il ne l'a jamais fait : son enfance, ses passions, ses engagements, ses combats, dans *Plus haut que mes rêves* (Calmann-Lévy), paru en 2013.

Nicolas Hulot dans Le Livre de Poche :

LE SYNDROME DU TITANIC

NICOLAS HULOT
PIERRE RABHI

Graines de possibles

Regards croisés sur l'écologie

Entretiens arbitrés par Weronika Zarachowicz

CALMANN-LÉVY

ISBN : 978-2-253-11835-0 – 1re publication – LGF

La grande erreur de notre temps, ça a été de pencher, je dis plus, de courber l'esprit des hommes vers la recherche du bien-être matériel... Il faut relever l'esprit de l'homme, le tourner vers la conscience, vers le beau, le juste et le vrai, le désintéressé et le grand. C'est là, et seulement là, que vous trouverez la paix de l'homme avec lui-même et par conséquent la paix de l'homme avec la société.

Victor HUGO, 1848
(citation choisie par Nicolas Hulot)

La solution pour notre avenir ne peut venir que d'une meilleure compréhension du grand et éternel processus des forces naturelles. Le temps est aujourd'hui fini où l'on pouvait espérer le braver impunément.

Fairfield OSBORN, 1948
(citation choisie par Pierre Rabhi)

À l'avenir.
Nicolas Hulot

À ma famille et à tous mes amis.
Pierre Rabhi

À Yelena.
Weronika Zarachowicz

Préface

Il y a trois ans encore, Nicolas Hulot et Pierre Rabhi ne se connaissaient pas. À première vue, rien ne les poussait à se rencontrer tant leur parcours, leur culture, leurs univers sont différents. Si l'on s'en tient aux apparences, il y a d'un côté un Africain, humaniste, paysan, réservé, poète, et de l'autre un Occidental, trublion médiatique et pragmatique, utilisant la technique à foison, acteur et vecteur de la consommation. Et puis, un jour, la rencontre a eu lieu, fruit comme souvent des jolis hasards de la vie. Et la magie a opéré. Tout de suite, une connivence est née, une complicité s'est installée. Le dialogue ne s'est, depuis, pas relâché. Un dialogue prolifique, animé par un désir de compréhension réciproque et un engagement commun pour l'environnement. Un échange amical qui les a tantôt opposés, tantôt rassemblés, et dont ce livre est le reflet, dense et passionné, touchant et sincère.

Il y a, entre le fils de forgeron né aux marches du désert et l'enfant de la grande bourgeoisie française né dans les beaux quartiers de Lille, beaucoup de traits communs : une farouche indépendance, une volonté de cultiver leur libre arbitre et d'emprunter des chemins de traverse, une sensibilité intuitive et une capacité à capter la réalité des êtres, par-delà les apparences et les idées reçues... Entre eux, un continent, aussi, a fait passerelle : l'Afrique. L'Afrique du Nord et du désert pour Pierre, qui en est un autochtone, l'Afrique du Sud et des Grands Lacs pour Nicolas, qu'il a découverte au cours de ses pérégrinations et qui l'a marqué à jamais. Et puis, chacun à sa façon, ils aiment passionnément le sol, les arbres, la terre et la Terre. Chacun à sa façon, ils aiment et se désolent des mêmes choses.

Ce livre est le reflet des chemins de vie de ces deux insurgés, semés d'épreuves et de détours mais marqués par un magnifique appétit de vivre. Nicolas, baroudeur médiatique, est devenu l'un des plus influents défenseurs de l'environnement en France. À la tête de sa fondation ou aux manettes d'Ushuaïa Nature, de conférences en réunions, des lambris de l'Élysée aux bureaux des ONG écologistes, ce pragmatique se démène sur tous les fronts, animé par une volonté farouche de « décloisonner » l'écologie. Pierre est, quant à lui, un penseur de l'écologie et des hommes. Né dans une oasis du Grand Sud algérien, ouvrier à Paris avant de devenir pionnier du bio en Ardèche, ami de Yehudi Menuhin, Pierre a construit un concept, l'agro-écologie, ou comment penser « autrement » le développement agricole mondial, sans engrais ni pesticides. Il a également bâti une philosophie écologiste, dans la lignée d'Ivan Illich et de Fairfield Osborn, l'un des pères de l'écologie politique. Une démarche libre et humaniste, critique radicale de la croissance qui va jusqu'à prôner une autolimitation des besoins, une « sobriété heureuse ».

Ce livre est surtout un cri d'alarme. Celui de deux hommes de terrain qui constatent chaque jour un peu plus l'intensité des exactions commises à l'encontre de notre planète. Au fil des pages, Pierre et Nicolas s'interrogent et tentent de lancer des pistes pour construire un autre avenir. Comment restaurer le lien à la « Terre-Mère » ? Le progrès, conçu pour le bien de l'homme, n'est-il pas en passe de se transformer en la pire des tyrannies ? Comment retrouver du sens dans une vie envahie par l'argent ? Qu'est-ce qu'être écologiste ? Une éthique, une politique, un mode de vie ? Peut-on croire au développement durable ? Ou faut-il être plus radical et prôner la décroissance ? C'est enfin une formidable déclaration d'amour à l'homme et à la nature, qui vient nous rappeler combien notre destin est étroitement, fondamentalement lié à celui de la Terre. Et nous pousse, comme l'écrivait Henry Miller, à « rejeter le connu et le prouvé au profit de l'aventure que sont la liberté et la création ».

Weronika ZARACHOWICZ.

Chapitre premier

Chemins de vie

Nicolas Hulot : Ce qui m'a d'abord frappé chez toi, c'est ton incroyable itinéraire, du désert algérien jusqu'en Ardèche. Raconte-nous d'où tu viens...

Pierre Rabhi : Je suis né près de Bechar, dans une petite oasis du Sud algérien appelée Kenadsa. Une oasis qui a la particularité d'avoir été fondée au XVIIe siècle par Sidi M'hamed Ben Bouziane El Kandoussi, un maître soufi qui prônait la non-violence comme vertu fondamentale de l'existence. La confrérie de Zianias en est née, qui, par le charisme du maître, s'est spécialisée dans l'accompagnement des caravanes pour les protéger des brigands et rançonneurs. Je n'ai appris cela qu'à l'âge adulte, mais quelque chose m'avait comme imprégné. Peut-être l'ambiance de notre cité traditionnelle, organisée autour du mausolée séculaire méditatif comme gardien d'une belle conscience...

Mon père était forgeron, musicien et poète. Ma mère, elle, est morte alors que j'avais quatre ans. À l'époque, mon père a fait la connaissance d'un couple de Français, un ingénieur et une institutrice, venu travailler à la compagnie des Houillères, car notre sous-sol colonisé recelait du charbon. C'est par cette matière obscure que notre système traditionnel a été complètement bouleversé et que la modernité nous est arrivée. Une population gavée de lumière allait brutalement devoir tirer sa survie de ce monde de l'obscurité. Le temps de la montre allait abolir cette sorte d'éternité cadencée par le ciel, les prières et les fêtes. Le temps allait devenir argent.

Ce couple n'avait pas d'enfants et, comme mon père se préoccupait de mon avenir, ils lui ont proposé de m'éduquer. Mon père a accepté, à la condition que je reste un bon musulman. Et du jour au lendemain, je me suis retrouvé dans une famille française. Jusqu'à l'âge de quatorze ans, j'ai fait des allers et retours entre ces deux univers.

N.H. : Comment l'as-tu vécu ?

P.R. : J'ai très rapidement ressenti cela comme un écartèlement. Je me souviens du premier choc violent de ce transfert de société, lorsqu'on m'a enlevé mes amulettes ! Dans le monde musulman, elles avaient pour fonction de me protéger, alors que chez les Occidentaux, elles étaient considérées comme l'un des attributs de l'obscurantisme. Ma mère adoptive me les a ôtées sans aucune malice, elle n'y accordait tout simplement pas d'importance.

J'étais en permanence interloqué par ces deux cultures qui m'enseignaient des valeurs totalement divergentes ou contradictoires. Par exemple, notre modèle musulman saharien nous encourage à vivre dans une certaine frugalité. Notre constitution physique d'hommes du désert, très sèche, témoigne d'ailleurs de cette vertu. Quand nous sommes invités à un repas, nous nous alimentons modérément et nous laissons toujours un peu de nourriture dans le plat pour prouver que nous avons mangé à satiété, même si ce n'est pas le cas. Le rot est alors un signe de politesse bienvenu pour marquer la satisfaction. Mais quand je rotais à table chez mes parents français, ce n'était pas du tout reçu de la même façon !

Ma mère adoptive, en Bourguignonne née dans le bon vin et la cuisine au beurre, me trouvait trop maigre. Elle s'était fait un point d'honneur à me faire prendre du poids. C'était là un engagement très présomptueux, mon ventre s'y opposant malgré moi !

Des contradictions existaient aussi en matière d'hygiène. Dans ma famille européenne, on considérait les Arabes comme des gens sales. À l'inverse, les Européens, qui mangent du porc ou boivent du vin, étaient mal vus chez les musulmans, où l'on associait la saleté à un manque de pureté. Et puis, à l'école coranique, on m'avait inculqué le credo fondamental de l'islam, à savoir que Dieu n'a ni engendré ni été engendré. Chez les chrétiens, j'ai appris que Dieu avait envoyé son fils pour sauver l'humanité...

N.H. : Ça n'a pas dû être facile de concilier tout cela ?

P.R. : Oh non, d'autant plus que j'aimais les deux mondes ! Ma mère me faisait faire des costumes sur mesure, je portais des gants de cuir, j'avais un abonnement au théâtre lyrique et vibrais en écoutant Wagner et Beethoven... Mais le petit morveux du désert avec ses pieds nus, sa djellaba et sa poussière était toujours là. J'ai grandi dans ce chaudron de la contradiction, constamment tiraillé entre islam et christianisme, entre tradition et modernité, et entre Nord et Sud. Je devais apprendre par la suite que j'étais en plus natif du signe des Gémeaux. Quelle cuisine pouvais-je faire avec des ingrédients aussi disparates ? Comme je ne pouvais espérer le secours de personne, je me suis constitué une sorte d'alchimie intérieure.

N.H. : Quand as-tu quitté l'Algérie ?

P.R. : En 1958-1959, pendant la guerre. J'étais alors dans une double exclusion. Je n'étais plus en accord avec ma famille musulmane pour avoir choisi la religion catholique à l'âge de seize ans, et j'avais eu un petit conflit avec mon père d'adoption qui m'avait mis à la porte au moment même du drame algérien.

Quand je suis arrivé en France, je n'avais plus aucune appartenance. Sur le moment, quand on vit des choses difficiles, on a hâte qu'elles s'arrêtent. Puis, avec le recul, on comprend que les épreuves nous initient, que les scories de la vie jouent un rôle fondamental dans notre évolution. La vie est un chemin initiatique, fait d'éléments qui nous orientent et nous construisent. La souffrance nous émousse ou nous aiguise. J'ai souvent frôlé le risque d'être émoussé au point d'y perdre mon identité. Heureusement, je lisais énormément. Ça m'a sauvé. En me plongeant dans Socrate, j'ai rapidement compris que l'humanité avait toujours souffert. Ces lectures m'ont permis de traverser les épreuves et de me rendre compte que, sans une initiation difficile, il n'y a pas d'évolution.

N.H. : Les épreuves sont initiatrices et constructrices. Mais il ne faut pas oublier que dans de tels instants, tout peut très vite basculer d'un côté ou de l'autre. S'il y a pénurie d'énergie, la moindre épreuve supplémentaire peut vous entraîner et vous laisser au fond. Inversement, il y a une part de chance quand on parvient à surmonter ces épreuves, grâce à l'énergie que l'on porte en soi.

Mais c'est un équilibre fragile dont il ne faut tirer aucune fierté. Il est possible de basculer dans l'aigreur, le désespoir, la criminalité ou l'immobilisme à tout moment. Ou même dans la révolte, qui vous place définitivement en marge de la société, de ses codes et de sa structure.

P.R. : Comme toi, j'ai eu à certains moments la tentation de la violence. J'ai préféré le compost aux bombes, l'agro-écologie comme rébellion positive. Mais le basculement aurait pu se faire très rapidement du mauvais côté.

N.H. : C'est à ce moment précis que les garde-fous doivent opérer. Dans mon cas, heureusement que certains principes d'éducation que m'ont donnés mes parents ont été efficaces ! Je suis passé par les collèges religieux jusqu'à l'âge de treize ans, et je ne rejette pas non plus cette partie de mon éducation. Si ces lieux représentaient les extrêmes d'un système liberticide absolu, ils m'ont aussi fourni des outils, des repères, face à ce qui aurait pu devenir des divagations définitives.

P.R. : J'ai eu la chance de rencontrer les idées de Gandhi en pleine guerre d'Algérie. Sa pensée faisait résonner ma principale conviction, à savoir que la violence ne résout jamais rien. Il disait quelque chose comme : « Œil pour œil, dent pour dent, ça ne fera jamais que des édentés et des aveugles. » L'humanité reste enlisée dans cette ornière. La violence est l'un des grands problèmes qui s'opposent à l'humanisation, mais, faute de l'éradiquer, on la justifie de mille façons, on en fait de doctes analyses, des spectacles et des commémorations. C'est une tragédie absolue de voir tant de souffrances générées par l'homme contre l'humanité.

N.H. : Tu parles de la guerre d'Algérie, c'est justement à ce moment que tu as rejoint la France. Comment s'est passée ton arrivée à Paris ?

P.R. : J'ai débarqué dans la capitale avec tous les attributs de la culture française inculqués par ma famille adoptive, la tête emplie des grands principes moraux sur la liberté, l'égalité, la fraternité. En évoquant cela, je suis touché par ma propre candeur. C'était comme un pèlerinage aux sources, dans le lieu où ces valeurs étaient censées prendre vie ! Et tout cela revêtait une importance d'autant plus considérable que j'avais été exclu de mes deux cultures.

Comme je n'avais acquis aucune qualification particulière, j'ai fini par trouver un travail d'OS, d'ouvrier spécialisé. Cette appellation avait pour but charitable de ne pas vous dévaloriser car, en réalité, un OS n'était spécialisé en rien. « Homme à tout faire » eut été plus juste. C'est la première hypocrisie qui m'ait frappé.

L'entreprise me paraissait alors le lieu symbolique de la modernité et de la libération de l'individu. Quelle ne fut pas ma déconvenue ! J'ai découvert que ce microcosme était organisé comme une pyramide, avec les « importants » en haut et ceux « d'en bas », invités à gravir les échelons. J'ai pris conscience de cette hiérarchie du pouvoir, de l'avoir et de l'oppression. Je ne cherchais pas l'égalité – je n'ai jamais cru que c'était une loi naturelle, pour ne pas tomber dans l'interminable controverse entre inné et acquis. Je lui ai toujours préféré la diversité des talents et des compétences, dans un esprit de complémentarité. Mais je ne comprenais pas pourquoi certains ne bénéficiaient pas de plus de reconnaissance alors qu'ils travaillaient plus ou accomplissaient les tâches les plus insalubres. Quand j'ai vu que ce microcosme trahissait tout ce qu'on m'avait enseigné, ça a été le début de ma toute première insurrection. Je ne pouvais transiger avec l'idée d'équité.

N.H. : Je partage avec toi ce refus de l'autorité de fait. J'accepte l'autorité du savoir, de la connaissance et du génie. Victor Hugo disait : « Je ne m'incline que devant le génie et je ne m'agenouille que devant la bonté. » J'essaie de garder cette ligne de conduite et j'espère ne jamais baisser les yeux. Malheureusement, notre société nous impose en permanence l'autorité arbitraire. J'ignore si j'ai toujours eu en moi les germes de cette révolte. Pour peu qu'on ne la cultive pas comme une religion, cette révolution est indispensable pour découvrir sa propre vérité. Comme le disait Voltaire : « Pour s'élever, il faut d'abord descendre en soi. »

P.R. : Quand je travaillais, j'aurais parfaitement accepté de balayer si ce rôle avait été reconnu comme un service ayant de l'importance pour les autres, une véritable contribution solidaire dans un esprit de réciprocité. Mais je n'accepte pas d'être un subalterne ou d'être classé d'office comme un individu bas de gamme.

N.H. : Moi aussi, il m'a fallu déconstruire ces pyramides dont tu parles. Pourtant, rien ne me poussait à cela. Je suis né à Lille dans une famille bourgeoise bien installée, puis j'ai grandi à Paris dans les beaux quartiers. Autant te dire que j'ai d'abord baigné dans l'insouciance et les certitudes, dans un monde monolithique où l'on ne changeait pas d'étage ! Mais les événements de la vie ont précipité mes certitudes dans les abîmes. Je me suis rendu compte que la vie n'était pas un long fleuve tranquille. Et j'ai dû déconstruire cette notion d'étages pour me reconstruire de nouvelles échelles.

P.R. : Qu'est-ce qui a servi de déclencheur ?

N.H. : Je suis convaincu que nous portons en nous, depuis l'enfance, une portion de notre destinée. Par exemple, quand j'étais enfant, une partie de ma famille avait des résidences en Sologne qui, à l'époque, était la Mecque de la chasse. Les Parisiens y passaient leurs week-ends et nous y étions invités de temps en temps. Ma révolte contre la chasse date de cette époque. Mais, surtout, je m'insurgeais déjà à cet âge-là contre l'uniformisation des comportements vestimentaires, la vie en vase clos social et cette obsession des convenances propre à la bourgeoisie.

Ma famille s'est toujours efforcée de maintenir les apparences d'un univers qui n'existait plus. Ma grand-mère avait été déchue à cause de son mari, qui avait dilapidé au jeu une des cent plus grandes fortunes de France. Elle a fini dans un deux-pièces, rue de la Faisanderie, dans le XVIe arrondissement de Paris. Grâce à cette adresse, elle a pu sauver la face jusqu'au bout. Quand nous déjeunions chez elle, elle nous proposait de « passer au salon » alors qu'il s'agissait en réalité du canapé, situé à un mètre de la table. Cet univers familial bien-pensant, cette chape de silence et de non-dit qui coiffait notre milieu m'ont beaucoup marqué. J'ai toujours entendu dire, par exemple, que ce grand-père un peu trop joueur était mort. Je n'ai découvert qu'à l'âge de quatorze ans qu'il était vivant et qu'on nous l'avait caché. On m'a privé de cet homme extraordinaire par honte de son penchant pour le jeu...

J'ai aussi découvert sur le tard beaucoup de choses sur mon propre père. Il était le petit dernier d'une famille de neuf enfants et avait été privé de l'héritage pour avoir fait trop de bêtises et pourfendu tout ce système bourgeois. J'ai même récemment appris qu'il avait volé les bijoux de sa mère pour devenir chercheur d'or au Venezuela, et qu'il avait partagé des moments avec Papillon et Henri-Georges Clouzot. Quand les gens m'en parlent, ils ont une espèce de malice dans le regard. C'était un homme drôle et surprenant, qui a aussi connu des problèmes d'alcoolisme. Je me souviens que, enfant, je le voyais partir sur une civière en pleine nuit. Je n'ai su que plus tard que c'était à cause de l'alcool. Il est mort seul dans un hôpital, sur les hauteurs de Nice, sans que personne ne vienne lui rendre visite. Je me revois encore arriver dans cette chambre d'hôpital et découvrir un petit corps chétif, allongé sur un lit qui ressemblait à celui d'un d'enfant.

Mon père a été rebelle dans son milieu et j'ai hérité de cet aspect de sa personnalité. Je suis, aujourd'hui encore, en réflexion permanente. Mes interrogations naissent au fil de mes voyages, de mes rencontres et de mes lectures.

P.R. : Aussi éprouvants qu'ils aient été, tous ces éléments t'ont ouvert d'autres itinéraires et ont élargi ton champ de vision...

N.H. : Au départ, j'ai évolué dans un univers où il n'y avait de place que pour l'homogénéité. J'ai vite pris conscience de la nécessité de la différence. Comme je n'étais ni un apollon ni une bête d'études et que j'avais moins d'argent que les gens que je fréquentais, j'étais très complexé. J'ai compris que c'était justement ma différence qui me permettrait d'exister, et qu'il ne fallait pas me fondre dans ce milieu sous peine d'être broyé.

Cette nécessité de dénicher ma différence, de l'entretenir et de la développer est la clé de tout. Quand je mets cela en perspective, face au monde actuel qui tend à s'homogénéiser dans ses moindres aspects, je réalise combien la variété est essentielle à l'histoire. Mais nos sociétés n'aiment pas le brassage. S'extraire d'un milieu inquiète, alors que l'extraction est nécessaire pour pouvoir s'enrichir de ce que l'on découvre ailleurs. Je rejette l'uniformité dans tous les sens du terme. Il y a peu de temps, j'ai été invité dans une école de commerce et je me suis retrouvé face à une série de clones vestimentaires. Je leur ai dit que j'adorerais voir un type à poil parmi eux pour que, au moins, ils aient un truc à me dire.

P.R. : L'important est de sortir des bocaux pour être libre de tout. Libre de nationalité, d'appartenance religieuse, d'idéologie... À chacun de s'éduquer pour avoir son propre regard sur la vie. À chacun de se libérer de toute cette chape d'histoire qui nous a orientés, conditionnés, modelés et enfermés dans un bocal avec une étiquette. Pour ma part, je ne cherche plus à appartenir à quoi que ce soit – groupe, communauté, etc. – qui me donnerait une identité. Je préfère me voir comme n'étant qu'une petite conscience, vivant sur un lopin de terre ardéchoise.

Tout cela, je ne l'ai pas appris à l'école. J'étais un autodidacte intégral. J'ai fait deux années d'études secondaires et j'ai dû arrêter car ma famille ne pouvait plus assumer financièrement. Mais je lisais énormément, et je me suis taillé mes propres sentiers de cette façon. Je me suis forgé mon propre programme d'évolution.

Je me suis aperçu que, sur mon chemin d'exilé, la poétique m'avait toujours tenu compagnie, même dans les phases les plus dépoétisées de mon itinéraire. D'avoir dépoétisé le monde est l'une de mes grandes accusations à l'encontre de la modernité. Cela nous vaut ce monde terne qui, à force d'obsession pratiquo-pratique, enlaidit notre univers de vie. J'ai eu la chance de sauvegarder une sorte de « vision admirante », avec une dimension spirituelle, qui m'a évité le naufrage physique et psychologique.

N.H. : Je suis moi aussi un autodidacte absolu. Mon bagage scolaire et universitaire est assez réduit. J'ai fait semblant d'accepter ce passage obligé pendant quelques mois, car on m'avait fait comprendre, depuis ma plus tendre enfance, que le bac et les diplômes étaient un gage de réussite. Après six mois de médecine, j'ai découvert d'autres itinéraires. J'ai d'ailleurs découvert tardivement que l'échec était un des plus beaux enseignements que la vie pouvait donner. J'ai très vite su qu'il était impossible de m'imposer des trajectoires car, quand je les empruntais, j'étouffais rapidement. Comme ma capacité de résistance était limitée à zéro, je finissais invariablement par m'enfuir. J'ai très vite pris d'autres chemins, avec un certain sentiment de culpabilité qui m'était rappelé par mon milieu. Il y avait aussi un sentiment de solitude car, une fois que tu as choisi une voie différente, tu ne peux plus retrouver ce que tu as quitté. Il faut assumer seul, dans les joies et les détresses. C'est cette expérience qui me permet aujourd'hui une certaine lucidité.

Chapitre II

Devenir écologiste

N.H. : En 1960, tu quittes Paris et tu t'installes définitivement en Ardèche. Pourquoi ?

P.R. : J'avais le sentiment d'être embourbé dans cette idéologie matérialiste du productivisme, de l'insatiabilité sans cesse nourrie et activée. Je ne supportais pas cette idée d'outrance, d'immodération et de travail ininterrompu, qui réduit notre durée de vie à une potentialité productive. Cette notion selon laquelle on doit travailler pour travailler me renvoyait à un vieux souvenir. Les Français avaient, comme je l'ai déjà évoqué, découvert du charbon dans ma cité de naissance et embauché des gens du pays pour l'extraire. Une fois leur salaire perçu, beaucoup ne revenaient plus, ou alors seulement un ou deux mois après. À leur retour, ils se faisaient tancer. Et quand on leur demandait la raison de leur absence, ils répondaient avec naïveté : « Je n'avais pas fini de dépenser les sous. » Cette attitude candide posait bien le fameux dilemme : faut-il vivre pour travailler ou travailler pour vivre ?

À mon arrivée à Paris, ce rapport au travail m'a de nouveau frappé de plein fouet : il ne s'agissait pas de satisfaire des besoins mais de se conformer à une idéologie qui débouchait sur l'accumulation à tout prix.

Cette religion du travail nous est inculquée dès notre enfance. Dès son plus jeune âge, on apprend à l'enfant à être compétitif et à devenir un citoyen-producteur-consommateur. Ce système ne génère aucune satisfaction. Au contraire, il aliène l'individu tout au long de sa vie et le détourne de son existence. Il lui prend son « capital-vie » pour l'orienter comme il l'entend.

En disant cela, je ne fais pas l'apologie de l'oisiveté ! Je plaide pour une activité qui assure notre indépendance économique, tout en nous donnant la sensation d'œuvrer pour répondre aux nécessités et non à cette gigantesque masse de besoins superflus qui nous aliènent. J'ai énormément travaillé pour la réalisation de notre projet de vie ardéchoise. Pourtant, je ne me suis jamais senti travailleur.

N.H. : Quitter la ville a marqué le début de ta révolte ?

P.R. : Je venais de rencontrer Michèle – qui allait devenir ma femme – dans l'entreprise où je travaillais. Pour elle comme pour moi, il n'était pas question de vivre dans cette aliénation. Nous voulions un autre lieu, un autre espace. L'agriculture nous paraissait être l'activité la mieux à même de mettre en cohérence nos idées avec notre mode de vie, et de réaliser cette utopie. C'est alors que nous avons rencontré l'admirable Dr Pierre Richard, un médecin qui s'occupait à l'époque de la création du parc national des Cévennes. C'était un écologiste visionnaire, un des premiers à déplorer la désertification des campagnes et la dégradation de nos espaces naturels. Lui, qui militait pour la sauvegarde du pays, nous a encouragés dans nos démarches. Et nous avons débarqué en Ardèche. Nous nous y sommes mariés, pour sceller les choses, dans une petite église perchée sur les montagnes du village de Thines.

C'était un pays à la fois magnifique et humainement à la dérive. Les hommes avaient domestiqué la montagne et avaient réussi à y vivre, dans des maisons dont certaines paraissaient clouées aux parois rocheuses. Ce lieu témoignait d'un véritable génie humain, fait d'habileté et d'opiniâtreté. Mais, comme tant d'autres, la région était en plein exode rural et en pleine désertification. Là aussi, aller extraire le charbon du bassin minier d'Alès paraissait plus attractif que de rester sur sa terre. Les maisons étaient donc à l'abandon et les terrains en friche. Restaient quelques paysans esseulés, qui n'avaient pas réussi à partir, derniers vestiges d'une civilisation où même les tutélaires châtaigniers mouraient de chagrin.

On était au cœur des Trente Glorieuses, et personne ne comprenait qu'on veuille s'installer en pleine débâcle, qu'on quitte la facilité et le salaire de la ville pour un pays que tous fuyaient. Nous devions surmonter un double découragement. En amont, nos familles respectives – je m'étais depuis réconcilié avec mes parents adoptifs – considéraient notre départ comme de la folie pure. En aval, les Ardéchois nous conseillaient de repartir car, selon eux, la région n'offrait aucun avenir.

N.H. : Et tu as quand même décidé de rester, malgré tout ?

P.R. : Qu'est-ce qui vous anime, quand on vous démontre rationnellement qu'un de vos actes est déraisonnable ? C'est une interrogation qui me rappelle l'aventure de Christophe Colomb, qui s'est obstiné à garder le cap coûte que coûte, malgré les mutineries d'un équipage terrifié par l'inconnu et la certitude du péril. Avec Michèle, nous savions que le chemin risquait d'être difficile, mais nous avions aussi la conviction que c'était le bon. Quelque chose nous criait constamment que nous ne nous trompions pas. Et comme Christophe Colomb, nous avons maintenu le cap, coûte que coûte.

N.H. : À cette époque, tu avais déjà des notions d'agriculture ?

P.R. : J'avais vaguement vu des petits *fellahs* (des cultivateurs) gratter la terre dans l'oasis quand j'étais enfant. Mais je ne m'y étais jamais vraiment intéressé. Cela faisait partie des activités familières, rien de plus. Pour apprendre l'agriculture, je me suis inscrit dans un établissement appelé « Maison familiale rurale ». Déjà père de famille, j'étais le doyen des élèves. J'ai obtenu un diplôme et je suis devenu ouvrier agricole.

Là, quelle surprise ! Je pensais avoir définitivement tourné le dos à la notion de productivisme, mais la réalité m'a vite rattrapé. J'ai retrouvé exactement la même logique, transposée à la campagne. Les jeunes ne parlaient que de puissance des tracteurs, d'augmentation des rendements et du nombre d'hectares qu'ils voulaient acheter. Le jour du traitement des arbres était pour moi un cauchemar. Nous utilisions des substances chimiques, dont un produit, le Metasystemox, qui avait été responsable de nombreux décès dans la région. Je me souviens encore de cette petite fiole à la toxicité foudroyante, avec son dessin de tête de mort sur fond rouge. Nous devions d'ailleurs porter des masques pour nous en protéger. Après le traitement, nous sentions une odeur écœurante et nous trouvions par terre toutes sortes d'insectes foudroyés. Je devais apprendre plus tard qu'il s'agissait de produits de synthèse aux effets rémanents, non biodégradables.

Mon ami Pierre Richard, avec qui j'entretenais un dialogue constant, était sidéré de l'utilisation de ces produits, qui empoisonnaient et tuaient les paysans sans même qu'ils s'en aperçoivent. Certains d'entre eux, qui voulaient se suicider, utilisaient d'ailleurs ce produit. Nous étions dans une ambiance d'agression généralisée contre la nature et la vie. À l'époque, j'ai bien cru que j'allais décrocher.

N.H. : Un métier dont le but était de semer la vie devenait semeur de mort ! Une transgression de plus de notre civilisation... À cause du progrès, il y a eu basculement et aveuglement. La perversité dans le progrès, c'est que le mal porte les habits du bien. Qui sait par exemple que, en France, l'agriculture constitue la deuxième source d'émission de gaz à effet de serre du pays ?

Aujourd'hui encore, certains paysans ne s'imaginent pas combien l'agriculture qu'ils pratiquent est dangereuse et va à l'encontre de l'esprit initial de leur métier. Chaque printemps, je suis affligé quand on commence à disperser les insecticides sur les arbres fruitiers en Provence. Les gars pensent se protéger avec un simple petit masque, alors qu'ils sont en train de répandre du poison et que le vent le ramène sur eux...

Quand on pense qu'on nie encore que les insecticides et les pesticides puissent avoir un impact sur la santé humaine ! Et que l'Académie des sciences se défend en répondant que les champignons détruits grâce à ces produits sont, eux, vraiment nocifs !

P.R. : On le sait pourtant depuis des années. Je me souviens du livre de la biologiste américaine Rachel Carlson, intitulé *Le Printemps silencieux* et paru en 1962. Elle avait été chargée par le gouvernement Kennedy de faire une étude sur l'impact de l'agriculture sur l'environnement. À l'époque, le DDT – un pesticide organochloré – était utilisé dans des quantités considérables pour contrôler les animaux nuisibles et exterminer les mouches et moustiques porteurs de maladies. Dans son ouvrage, Rachel Carlson révélait que ces produits chimiques tueraient les oiseaux chanteurs et les rapaces d'Amérique, nous léguant un « printemps silencieux ». Ce livre a eu l'effet d'une bombe aux États-Unis et Rachel Carlson a même eu des ennuis, paraît-il. Mais en dépit de toutes les alertes scientifiques, la volonté de poursuivre sur la route du progrès, sans remettre en cause le dogme des pesticides, a été la plus forte[1].

N.H. : Ce qui me surprend le plus, c'est notre capacité à nier ces conséquences et à nous dire que la nature est capable de faire disparaître toutes les substances chimiques que l'on disperse. Mais rien ne se perd, tout se transmet, et au bout de la chaîne alimentaire, il y a l'homme ! L'empoisonnement chimique de l'air, de l'eau, des océans, des sols est totalement sous-évalué. De même que ses conséquences, dites CMR – cancérigènes, mutagènes et repro-toxiques. Pourtant, il devient de plus en plus difficile de les masquer !

Il est évident que nous, consommateurs, ingérons toutes sortes de produits qui n'ont rien à faire dans notre organisme. Dans certains élevages, on gave les animaux d'antidépresseurs, de la même manière qu'on continue à les gaver, même si c'est interdit, d'antibiotiques. Si nous sommes devenus aussi résistants à cer-

1. Le DDT a été interdit en Europe dans les années 70, mais ses effets destructeurs persistent toujours à l'heure actuelle. Ce n'est qu'en 2001 que de nouvelles recherches ont pu relier l'utilisation du DDT et les naissances de prématurés et d'enfants de faible poids aux États-Unis.

tains antibiotiques, c'est que nous en avons ingéré sans le savoir... L'agriculture moderne est devenue l'une des plaies sanitaires environnementales de notre pays.

Je me souviens qu'il y a quelques années, il y a eu un échouage massif de dauphins sur les côtes françaises. On a d'abord avancé cette vieille théorie farfelue du suicide collectif. Puis les biologistes ont découvert, dans les tissus des dauphins, toutes sortes de toxines, d'arsenic, de produits issus de l'agriculture et rejetés par les eaux fluviales. Ils ont enquêté et se sont rendu compte que, quelque temps avant cet échouage massif, une forte tempête avait eu lieu en Méditerranée et avait obligé les dauphins à dépenser plus d'énergie que d'habitude, donc à puiser des réserves dans leurs tissus. Du coup, toutes ces substances étaient venues intoxiquer leur sang. La preuve que, à un moment ou à un autre, un facteur déclenchant peut avoir une conséquence médicale inédite.

À propos des dangers qui pèsent sur nous et sur notre environnement, je suis parfois plus inquiet en ce qui concerne les conséquences des déchets chimiques ou de l'utilisation de produits chimiques. Parce que chaque année, on met sur le marché des milliers de substances de principes actifs dont on n'a pas modélisé l'impact. Sur cent mille molécules chimiques aujourd'hui commercialisées, moins de cinq mille ont été évaluées au niveau toxicologique, et à peine une centaine sur leurs conséquences cancérigènes ! On se contente de vérifier leur toxicité immédiate.

P.R. : Alors qu'on aurait justement besoin d'en connaître les effets sur le long terme ! Les problèmes de santé-environnement sont d'autant plus pernicieux qu'ils n'ont pas forcément d'effets immédiats... Cela tient beaucoup à l'ignorance que l'on a de la terre, que nous foulons pourtant toute notre vie, et de son importance vitale. Elle est régie par une sorte d'intelligence mystérieuse et immanente et représente un univers complexe, un organisme à part entière, qui élabore des substances grâce au travail d'une multitude de micro-organismes, lombrics, etc. Autant de substances que les végétaux, tels des cordons ombilicaux, transfèrent de la terre vers notre propre estomac.

La notion de « Terre-Mère » n'est donc pas une métaphore mais une réalité objective. Nous sommes réellement « allaités » par cet organisme, n'en déplaise aux esprits rationalistes, effarouchés par ce concept qui touche à notre subjectivité... Nous n'avons pas encore intégré le fait, pourtant très objectif, que nous sommes un des maillons du cycle Terre-végétal-animal-humain. La logique du vivant nous relie tous avec des énergies plus subtiles, qu'elles soient telluriques ou cosmiques.

Par conséquent, tout ce que nous faisons à la terre, nous nous l'infligeons à nous-mêmes. Les substances toxiques que nous utilisons se retrouvent fatalement dans notre physiologie. D'où des pathologies toujours plus nombreuses, mais qui ne semblent guère alerter l'opinion ni décider les politiques à mettre fin à toutes ces aberrations.

N.H. : Le problème, c'est que la majorité des scientifiques ne s'exprime qu'en présence de certitudes scientifiques. Seuls quelques-uns ont courageusement osé rompre la loi de la prudence face à des faisceaux de présomptions. C'est le cas, notamment, du professeur Dominique Belpomme[1], qui est à la tête du plan Cancer et qui ose dire que, si nous avons en France un taux de cancers plus élevé qu'ailleurs, cela s'explique par

1. Dominique Belpomme, *Ces maladies créées par l'homme*, Paris, Albin Michel, 2004.

des origines environnementales. Selon lui, 75 % des cancers sont liés à la dégradation de notre environnement. De même, une autre sommité comme le professeur Gilles-Éric Séralini[1] nous explique qu'il y a des phénomènes d'accumulation entre différentes substances, qui peuvent sur le long terme déclencher des pathologies, des allergies, et même des mutations génétiques, notamment sur le fœtus. Et que nous sauverions plus de vies liées aux maladies génétiques en réglant les problèmes en amont ! Le CRII-GEN (Comité de recherche et d'information indépendantes sur le génie génétique), qui a été créé par Corinne Lepage, Gilles-Éric Séralini et Jean-Marie Pelt, a aussi fait un gros travail d'information sur les relations de cause à effet entre l'usage de certaines substances comme les pesticides, les insecticides et même les engrais, et des émergences de pathologies, cinq, dix ou quinze ans après.

Mais l'éco-toxicologie reste malheureusement le parent pauvre de la recherche chez nous, alors même que ces phénomènes constituent l'un des risques les plus importants auxquels on ait à faire face. De même que nous avons cruellement besoin de recherches poussées en épidémiologie pour étudier, par exemple, les relations de cause à effet entre la pollution atmosphérique et certaines pathologies. La recherche fondamentale est un des piliers essentiels du développement durable, pour infirmer ou confirmer des soupçons.

P.R. : Et l'on a besoin que tout cela se fasse au grand jour.

N.H. : Je te suis complètement. Comment le citoyen et le décideur peuvent-ils se faire une opinion

1. Gilles-Éric Séralini, *Génétiquement incorrect*, Paris, Flammarion, 2003.

si on ne donne pas des moyens à la recherche et à des structures indépendantes d'évaluation ? Une société démocratique se doit de garantir la transparence des informations environnementales et sanitaires et de les rendre accessibles et compréhensibles. Faute de quoi elle se condamne à l'immobilisme ou à l'entêtement.

On doit certes accepter que le risque zéro n'existe pas, mais qu'on le fasse au moins en toute transparence ! L'Institut français de l'environnement (IFEN) commet chaque année des rapports sur l'état environnemental de la France, notamment sur la présence de pesticides et d'engrais. Ils passent totalement inaperçus. Combien de fois a-t-on essayé de fondre l'IFEN dans des structures plus lourdes, de manière à rendre sa lecture encore plus confuse ? Tout récemment encore, je me suis battu bec et ongles pour que l'Agence française de sécurité santé environnement (AFSSE) ne soit pas diluée dans une structure où elle aurait fini par disparaître, mais pour qu'on lui donne au contraire des moyens supplémentaires.

Mais revenons-en à ta découverte de cette agriculture productiviste, comment as-tu réagi ? Tu n'as pas eu envie d'abandonner ?

P.R. : Oh, si ! Je devais faire face à ce dilemme : renoncer à l'agriculture ou faire autrement. Mais comment ? Existait-il une agriculture capable d'allier la nécessité de produire et le respect de la nature ? Je ne voulais pas non plus d'une agriculture paysanne, certes fort respectable, mais adaptée à une certaine conjoncture historique et qui nécessitait d'être mise à jour.

Et puis, un jour, le Dr Richard est arrivé en souriant, un ouvrage à la main. C'était *La Fécondité de la terre* d'Ehrenfried Pfeiffer, un Autrichien qui avait compris que l'agriculture moderne était destructrice, qu'elle minéralisait les sols et menait à une impasse[1]. Ce fut un choc pour moi. À partir de l'expérience d'une ferme américaine, Pfeiffer montrait comment le paysan pouvait redevenir responsable de sa terre. C'est là que j'ai commencé à comprendre ce qu'était l'écologie. Pour la première fois, on me proposait une agriculture qui, plus que de respecter la vie, contribuait à régénérer ce qui était dégradé.

N.H. : C'est ce qui t'a mené, en pionnier, à l'agro-écologie ?

P.R. : Oui, progressivement. J'avais désormais la conviction que l'on pouvait travailler la terre en la respectant. La voie était juste. Mais il me restait à mettre ces brillantes idées en application. Il me fallait trouver comment cheminer dans ce sens, sans initiateur pour me transmettre les pratiques concrètes. Je me suis servi du livre comme d'un guide et j'ai essayé d'appliquer seul ces principes, en voyant ce qu'il en ressortirait. Prendre un chemin solitaire, et d'autodidacte, une fois encore, requiert beaucoup plus de temps, de pratique et d'obstination. Il faut aussi accepter d'être la risée des sceptiques qui attendent votre échec.

N.H. : Et tu as réussi en Ardèche le miracle de vivre d'une terre difficile. Comment ?

P.R. : Je dois avouer qu'au début, personne n'y croyait. Mais quand on est dans une certaine démarche,

1. Pfeiffer a appliqué les principes de la biodynamie du philosophe Rudolf Steiner, qui fut l'un des premiers à remettre en cause, dès 1924, les méthodes agricoles basées sur les engrais chimiques et le travail mécanisé. La biodynamie prend en compte les relations existant entre tous les éléments naturels : le sol, les animaux, les plantes, les minéraux, le soleil, la lune...

les solutions arrivent peut-être au moment où elles doivent arriver. Notre projet reposait sur un itinéraire à la fois matériel et intérieur. Cette *Reconquête du songe*, comme j'ai sous-titré un de mes livres [1], était une rébellion contre le matérialisme, l'argent, la productivité. Notre société handicape constamment le cheminement intérieur. L'individu a des capacités manuelles et intellectuelles qu'il met au service du profit. Mais sa quête intérieure est contingente. Ainsi avons-nous choisi notre lieu de vie, Montchamp, pour sa beauté, son harmonie, en dépit de critères agronomiques défavorables : sols secs et rocailleux, manque d'eau, etc. Il nous a tout de suite « parlé », comme s'il nous attendait depuis longtemps. Cette ferme, environnée d'une nature sauvage, nous comblait de silence, d'air pur, de mystère aussi, et tout cela alimentait en énergie notre détermination.

Je n'avais pas le premier centime pour acquérir ce lieu. Je me suis donc présenté à une agence du Crédit agricole avec notre dossier mais, selon eux, notre ferme ne serait jamais rentable. Ils ne voyaient pas comment faire vivre ce lieu qui ne représentait pour eux que quelques hectares de garrigue sèche, sans électricité, sans eau, sans accès et sans téléphone. En revanche, si j'acceptais de choisir une structure plus « sérieuse », ils me prêteraient quatre cent mille francs au lieu des quinze mille que je demandais.

J'avais décidé que l'argent ne subordonnerait pas ma vie, mais serait à son service. J'ai donc répondu à la personne chargée de mon dossier, sans aucune malice : « Monsieur, ce n'est pas l'argent qui m'intéresse. » Je ne me rendais pas compte combien ce propos sincère

1. Pierre Rabhi, *Du Sahara aux Cévennes ou la reconquête du songe*, Paris, Albin Michel, 1995.

était décalé dans une banque, et allait me desservir. En voyant le visage interloqué de l'homme, je me suis dit que mon dossier ne serait jamais accepté. Mais le sénateur de la région, M. Thibon, qui déplorait la désertification des campagnes et souhaitait encourager les initiatives comme la nôtre, a appuyé ma demande, et j'ai fini par obtenir mon crédit de quinze mille francs sur vingt ans.

N.H. : L'aventure de Montchamp a enfin pu démarrer...

P.R. : Oui, une véritable aventure ! Ce lieu était en plein cœur des garrigues, la maison menaçait de s'écrouler, les terres étaient en friche... Nous avions obtenu notre prêt, mais le Crédit agricole nous avait stipulé que nous ne devions pas faire de travaux autres qu'agricoles. Nous étions obligés de travailler au noir pour gagner de quoi survivre. Cette étape de la survie a été longue et douloureuse. Mais nous l'avons totalement acceptée parce qu'elle était le tribut à payer pour notre liberté. Nous avions pris une sorte de maquis philosophique. Il fallait assumer !

Comment faire du fromage ferme et tendre ? Comment travailler la terre ? Et comment mettre en valeur notre domaine, l'aménager et le transformer en une petite entreprise ? La configuration du lieu et la végétation broussailleuse et épineuse nous suggéraient un élevage de chèvres, seul capable de tirer parti de ce type de ressources. Par ailleurs, il nous fallait pratiquer une agriculture que l'état du sol et l'insuffisance d'eau rendaient difficile, selon des critères écologiques sans nuisance chimique. Et nous devions aussi élever nos cinq enfants, avec toute la problématique sociale qu'un milieu isolé pouvait leur imposer.

Nous avons rapidement eu l'intuition qu'il fallait

« ouvrir » le lieu. Pour éviter le confinement familial, nous avons opté pour la « famille élargie ». Nous avons accueilli des stagiaires, dont les premiers étaient issus de la déferlante soixante-huitarde. Nous concentrions toute notre énergie à construire et il n'y avait de place pour rien d'autre. La précarité était une menace d'échec permanente et nous devions redoubler de vigilance, d'énergie et de rationalité pratique pour échapper à l'échec.

N.H. : En quoi consistent les méthodes que tu as mises au point ?

P.R. : Nous avons adapté des techniques écologiques déjà éprouvées à notre situation particulière. La lecture de *La Fécondité de la terre* de Pfeiffer m'a beaucoup inspiré. Dans cette approche, il y a des principes que l'on peut qualifier d'universels. La terre a besoin d'être nourrie pour être productive : elle représente un univers vivant, avec un métabolisme particulier, et ne peut être réduite à un substrat pour des substances chimiques.

Comment la nourrir, si l'on refuse ces intrants chimiques ? Depuis longtemps, l'agriculture paysanne incorpore au sol le fumier produit par les animaux de la ferme. C'est une méthode empirique qui a fait ses preuves, mais qui marque ses limites. Le fumier à l'état brut, lessivé par la pluie qui lui fait perdre ses avantages, peut avoir des inconvénients, comme sécréter des nitrites et autres détergents et nuire à la microfaune des sols – qui n'ont pas forcément la capacité de l'assimiler correctement – et déséquilibrer le métabolisme des plantes.

D'où l'intérêt de la fermentation, qui permet d'obtenir un produit de haute qualité nutritive et d'améliorer ainsi le fumier et les matières organiques en général. Cette technique s'appelle le « compostageaé-robie » : on a recours à l'oxygène pour favoriser la prolifération des micro-organismes, qui vont servir de ferments ou de levains bactériens et élaborer des substances nutritives pour le sol et la plante. On obtient alors une sorte d'humus ou de pré-humus, tel qu'on le trouve dans les forêts.

L'humus est un élément majeur sans lequel la fécondité naturelle des sols est quasiment impossible. Lorsque l'humus disparaît, les sols meurent et le désert s'installe. Il joue le rôle du levain qui fait lever la terre comme une pâte, il retient l'eau et améliore les sols en les régénérant. Avec l'humus – dont l'étymologie rappelle humanité, humilité, humidité –, on détient une sorte de quintessence vitale, à la fois matière et symbole. Les résultats obtenus sur les terres arides m'ont plus que convaincu de la valeur et de l'utilité de ce mode de fertilisation.

Et puis, il y a aussi ce que l'on appelle le « travail aratoire raisonné », qui permet d'éviter le grand bouleversement des couches du sol que provoque l'agriculture conventionnelle. Faire des rotations, des assolements, des associations de plantes mutuellement stimulées, couvrir le sol pour éviter les déperditions d'eau et maintenir son activité, faire le bon choix des espèces végétales adaptées au biotope sont autant d'autres aspects de cette agriculture respectueuse. La terre à laquelle nous devons la vie mérite bien toute cette « dévotion ».

N.H. : L'expérience de Montchamp a été une sorte de chemin initiatique. Mais toutes ces contraintes ont dû vous peser, à Michèle et à toi ?

P.R. : Cela nous semblait bien plus supportable que la contrainte du salarié que j'ai été qui doit aller pointer tous les jours et qui est viré au bout de trois retards. Nous acceptions la situation parce que nous l'avions choisie. Pourtant, je travaillais parfois seize heures par jour, comme Michèle, qui devait en plus s'occuper des enfants. Mais je ne l'ai jamais ressenti comme du travail. J'avais le sentiment d'œuvrer à la construction d'une vraie liberté.

Chapitre III

Devenir écologiste (suite)

P.R. : Et toi, comment en es-tu venu à l'écologie ?

N.H. : D'abord parce que le terrain y était propice. Mes parents m'ont transmis l'amour de la nature. Mon père avait l'obsession, pendant son temps libre, de partir sur son petit lopin de terre pour cultiver ses fleurs et s'occuper de ses boutures. Ma mère elle aussi n'aspirait qu'à vivre à la campagne. Hélas, elle n'a pas vécu assez longtemps pour cela. Cela n'a pas fait de moi un écologiste, mais cela m'y a irrémédiablement prédisposé. Très tôt, je me suis rendu compte que je me sentais bien au contact de la nature et moins bien quand je m'en éloignais.

De façon plus générale, mon évolution personnelle se fait au fur et à mesure que je brise mes certitudes et mes préjugés. Comme beaucoup de monde, j'étais bardé de certitudes. La première d'entre elles était que nous vivions sur une planète démesurément grande, alors qu'elle est au contraire démesurément petite, et donc fragile. J'étais aussi convaincu que l'homme occupait une place infime dans la nature, mais j'ai vite constaté, de mes propres yeux, que nous détenions au contraire un immense pouvoir destructeur.

Je me suis débarrassé d'une autre certitude, familiale cette fois : celle que le bonheur et la réussite sociale sont proportionnels à la possession. J'étais un enfant matérialiste et je suis encore un mauvais élève, qui fait tout pour s'améliorer. J'ai cédé à toutes ces illusions matérialistes qui détournent de sa propre vérité et de celle des autres. Je vais te choquer, mais j'ai fait le deuxième Paris-Dakar ! J'avais une vingtaine d'années et je succombais comme tout le monde au facteur vitesse, qui est celui que je fustige le plus aujourd'hui. J'étais excité aussi par l'idée de la compétition, et l'espace du désert devenait pour moi un exutoire.

Bref, j'étais le fruit d'une société dont j'absorbais les leurres. J'ai malgré tout eu de la chance. J'ai peu à peu compris que les joies étaient beaucoup plus intenses dans le capital immatériel que dans le matériel. Mais un autre cheminement de vie ne m'aurait pas forcément permis de m'en rendre compte.

P.R. : As-tu dû opérer une vraie rupture à un moment de ta vie ?

N.H. : Ça s'est fait progressivement. La cohérence est un long chemin. Ce qui compte, c'est d'être toujours en mouvement pour évoluer. Il faut voir de quelle façon notre milieu et la société nous ont programmés ! On ne peut pas changer du jour au lendemain, au risque d'opérer des chocs si brutaux que l'on va générer d'autres troubles.

P.R. : Il y a des périodes pour tout...

N.H. : Je dis souvent que j'ai passé une période de ma vie en position fœtale, la tête sur mon nombril. Cette période est plus ou moins longue en fonction des individus, mais les événements vous font vous redresser. Je souhaite à chacun que cette phase initiatique ne dure pas trop longtemps parce que, dans cette position, on se prive du regard des autres.

Ce qui me distingue de toi, c'est que tu as été nourri d'autres valeurs. Moi, j'ai dû me débarrasser de beaucoup de choses. On naît avec un certain nombre de sens, mais certains éléments troublent la perception, jusqu'au jour où l'on acquiert enfin sa propre vision. Les chocs sont nécessaires et je les ai connus graduellement.

Je n'ai pas le sentiment d'être arrivé à l'illumination et j'ai encore du chemin à faire. Il y a peu de temps, je me suis retrouvé dans un des fiefs du bouddhisme, au Ladakh. J'ai bien compris que la quête vers le nirvana passe par l'abstraction de tous les désirs, mais je ne tends pas vers ça. Je suis en recherche d'un point d'équilibre entre le matérialisme auquel j'ai cédé et l'ascétisme. Pour moi d'abord car, tant qu'on ne s'applique pas les choses à soi-même, il paraît difficile de les proposer aux autres.

P.R. : Je suis convaincu qu'un combat est d'autant plus solide qu'il s'est construit graduellement, et pas brutalement. Nous avons vécu par exemple treize ans sans électricité et huit ans avec trente mètres cubes d'eau. Nous nous éclairions à la bougie, nous n'avions pas le téléphone et nous avons appris à faire beaucoup d'économies. Mais nous avions la joie profonde de construire, peu à peu, notre propre liberté. J'aurais trouvé injuste que cette liberté se construise facilement et rapidement. Elle est tellement jubilatoire que je trouve normal qu'elle coûte quelque chose. Si mon père m'avait acheté un beau domaine, ça n'aurait pas été la même chose. Il m'aurait, par amour, privé des épreuves nécessaires à la découverte de moi-même.

N.H. : C'est lourd de se débarrasser de ses incohérences et de ses doutes. J'ai d'ailleurs encore du chemin à parcourir ! Dans tout ce que je fais, je me considère toujours comme un élève, en constant apprentissage. Quand je regarde mon itinéraire, je m'interroge parfois : « Comment ai-je pu être ça ? » Mais je ne peux pas le renier non plus. J'assume le chemin que j'ai suivi. Le tragique serait que les voyages, les rencontres et les merveilleuses expériences que j'ai vécus ne m'aient pas fait évoluer.

P.R. : Comment t'es-tu retrouvé à faire le tour de la planète ?

N.H. : Les circonstances familiales ont fait qu'il m'a fallu subvenir à mes besoins matériels assez vite. Ma mère m'a aidé jusqu'à son dernier souffle, mais elle avait ses propres difficultés économiques. Parmi les mille petits boulots que j'ai exercés pour améliorer mon confort de vie et me permettre de voyager, j'ai été photographe. Au départ, j'étais photographe de plage. J'avais réussi à me faire prêter une petite échoppe et, avec un de mes copains, nous nous étions acheté un agrandisseur. J'allais sur les plages et à la fin de l'été, nous nous étions remboursé notre matériel. Je me suis pris au jeu et, parallèlement à ma terminale et au début de mes études de médecine, j'ai commencé à faire des petits reportages photo. J'ai rencontré le patron de la fameuse agence photographique Sipa, Göksin Sipahioglu, qui a beaucoup compté dans ma vie. Il m'a donné la possibilité de couvrir quelques événements. Dès lors, j'ai quitté les voies universitaires.

À la fin des années 70, je me suis ainsi retrouvé au Guatemala, après un tremblement de terre qui avait causé cinquante mille morts. Cet événement m'a brutalement ouvert les yeux sur la précarité de la vie et le fait que les plus démunis sont toujours les plus exposés. J'ai eu très tôt une vision de la planète un peu différente et l'envie d'aller voir ailleurs. Je me prenais un peu pour un grand reporter !

P.R. : Comment ta famille a-t-elle réagi ? Ils ont dû être surpris !

N.H. : Ils étaient très étonnés quand je rentrais de ces pays où ils n'étaient jamais allés. Mais j'y prenais plaisir. Tout à coup, on me regardait et on m'écoutait. Et puis je me structurais, et ce que je voyais était beaucoup plus intéressant que le milieu où j'avais évolué pendant des années.

Le hasard a voulu que je me retrouve en Afrique du Sud, à la fin des années 70. Ce voyage a été déterminant. À l'époque, j'avais une vision de l'apartheid pour le moins précaire. Mais mon insouciance et mon manque de connaissances m'ont permis d'entrer dans tous les milieux. Y compris à Soweto, au Cap, dans les homelands, les townships... Ma jeunesse, mon audace et ma naïveté valaient tous les sésames. Je me souviens notamment du cliché d'une banque dans laquelle il y avait cinq guichets pour les Blancs et un pour les Noirs. Une autre photo montrait un écriteau sur une plage indiquant : *Interdit aux Noirs*. J'ai pris conscience d'une réalité dont je ne soupçonnais pas l'existence à la fin du XXe siècle. Et dès cet instant, Nelson Mandela, qui était emprisonné à cette époque, est devenu une icône pour moi.

L'Afrique a été la région de tous mes éveils et de mes grands chocs humains. J'ai des souvenirs très forts de grands leaders noirs comme le révérend Ndabaninge Sithole, que l'histoire a oublié. J'ai réalisé que, individuellement, des hommes pouvaient forcer la main de l'histoire, dans un sens comme dans l'autre, comme le prouvent d'un côté Mandela ou De Klerk, et de l'autre Bush ou Sharon. J'ai pris conscience de la réalité de l'arrogance blanche – les Afrikaners en étant la pire expression qui soit –, mais aussi de la grande complexité de l'entente ethnique. Et parallèlement, j'ai découvert les plus beaux espaces de l'Afrique. Hors conflits, le Limpopo et le Zambèze étaient deux frontières naturelles absolument magnifiques.

Depuis cette époque, je n'ai jamais posé mes valises. Je suis un nomade depuis l'âge de dix-huit ans. Mon itinéraire, même s'il est varié et confus, m'a aussi donné une vision du monde assez complète. Pour moi, l'expression « citoyen du monde » n'a rien d'abstrait : pendant près de trente ans, ma vie s'est déroulée à l'échelle de la planète. Dans un même mois, il m'est arrivé de passer dix jours avec des tribus en Papouasie et de côtoyer les sphères mondaines ou politiques à Paris.

P.R. : Contrairement à toi, mon voyage initiatique et mon universalité se sont faits à partir de notre ferme de Montchamp, dans l'immobilité. Nous étions cloués à un lieu et nous ne pouvions pas en bouger. Ce n'est que bien plus tard que je me suis mis à parcourir le monde.

N.H. : Deux mots peuvent nous caractériser. Pour toi, c'est la concentration et pour moi, la dispersion. Une dispersion au niveau géographique et au niveau de l'intuition. Au-delà de cette différence, nos itinéraires se croisent et nos réflexions se rejoignent. Nous sommes dans une dynamique de convergence, en dépit de nos univers, de nos cultures et de nos trajectoires si différents. C'est cette convergence qui est riche. Si nous restons cloisonnés, nous allons pérorer dans des chambres closes, et ensuite ?

P.R. : Mais Montchamp a également été capital

pour moi à un autre titre. À l'époque, je me trouvais dans un exil total et radical. Au-delà du problème d'identité, j'avais un problème d'appartenance à un lieu. Où peut-on s'enraciner quand on n'est plus assez « pur » pour faire partie de la culture du Sud et quand on est considéré comme un étranger dans le Nord ? Le retour à la terre comportait donc pour moi cette idée d'enracinement. Être de partout et de nulle part est insupportable. Cette aventure du retour à la terre m'a permis de créer l'identité géographique que je n'avais pas. C'est dans cette reconstruction que je me suis rendu compte, chemin faisant, que l'agrobiologie pouvait m'aider. L'écologie est arrivée comme ça. En soignant et en respectant un petit morceau de terre pour faire vivre ma famille, j'avais l'impression d'être relié à la terre entière et à tous mes semblables sur cette terre.

Dans le lieu circonscrit de mon voyage immobile, je ne pouvais rien faire sans confrontation. La nature résiste. Dès que tu veux creuser un trou, c'est le roc que tu affrontes et qui te dit parfois que tu dois planter ton arbre ailleurs. Tu as beau faire un plan dans lequel tu as décidé de planter un arbre tous les cinq mètres, la nature te rappelle que c'est impossible. Le sol était pauvre, aride, et avait besoin d'être régénéré. Je faisais des tonnes de compost en me servant de paille et des déjections des chèvres. En plus, ma maison était un roc qu'il fallait restaurer. Je suis devenu maçon, plâtrier puis couvreur. Malgré ces difficultés, tout un univers extraordinaire s'ouvrait à moi. Quand on sème une graine, c'est un ovule que l'on met en terre. La terre devient une matrice que l'on apprend à apprivoiser.

N.H. : Mes voyages, mes pérégrinations tout autour du globe m'ont aussi fait découvrir que la Terre était notre matrice. Pour toi, c'était la terre en termes de sol et pour moi, la Terre au sens large.

P.R. : C'est vrai, car Michèle et moi étions dans la nécessité de survivre et d'élever des enfants, avec l'exigence d'un équilibre économique. Beaucoup de gens pensaient que nous ne tiendrions qu'un ou deux ans. Mais nous aspirions vraiment à créer cette cohérence entre nos idées et nos actes. Et ce chemin initiatique ne pouvait passer que par la terre. La terre est vivante et n'est pas qu'un réceptacle d'engrais. C'est extraordinaire de constater que la terre nous donne un pied de tomates juste avec une graine.

N.H. : Tu t'étonnes de la vie qui sort seule de sa terre et moi, je m'étonne de la vie qui est sortie de rien sur Terre ! J'ai découvert ce merveilleux processus évolutif de la vie sur Terre. Quatre milliards et demi d'années, c'est beaucoup et c'est à la fois très peu. À partir d'une poignée de matériau originel, on est arrivé à ce que nous avons aujourd'hui. Cet émerveillement a probablement été notre vecteur commun. Tu n'es pas blasé de voir une pomme de terre ou un arbre sortir de terre et je ne suis pas blasé de voir la vie, dans tous les sens du terme, parce que j'ai conscience que ça tient du miracle et du prodige. Je dis d'ailleurs souvent que l'émerveillement est le premier pas vers le respect.

P.R. : Si l'on observait l'évolution humaine de façon très objective, sans y mettre ni émotion ni complaisance, on pourrait conclure que c'est une catastrophe et qu'il vaudrait mieux écourter l'agonie de la Terre. Je préfère me dire qu'il doit bien y avoir un sens quelque part. Pour moi, ce sens, c'est l'émerveillement. Un arbre existe en tant que tel, mais un être humain est capable d'en extraire une vibration nouvelle et ne pas se contenter d'être un bipède prédateur... Qui sait, pour être admirée, la nature a peut-être pris le risque de la création de l'homme ?

N.H. : L'homme, c'est la nature qui prend conscience d'elle-même. Honorons ce privilège ! Ne bafouons pas sa dimension sacrée !

P.R. : Mais alors, pourquoi l'homme se sert-il de ce qu'elle lui donne pour se retourner contre elle et lui causer tant de dommages ? C'est cette inquiétude, cette interrogation qui me conduisent tout doucement vers le sacré. Je suis d'ailleurs souvent étonné par le peu d'engagement du monde religieux dans cette problématique de la nature. Tandis que des incantations incessantes montent vers le Ciel, la Terre est chaque jour profanée. J'ai pourtant la naïveté de croire que profaner Sa Création, c'est porter atteinte à la dignité du Créateur. Du sacré, on en a plein la bouche et les bibliothèques, mais on ne le voit guère opérer au quotidien. Peut-être est-ce à cause de l'« objectif Ciel » que se sont donné les religions ?

Au-delà de l'émerveillement, en tant que simple rapport à l'esthétique qui n'amènerait qu'une vibration jouissive, c'est l'amplitude de la joie qui compte. Cela va au-delà de la notion de plaisir. Tout le monde a les moyens de s'offrir du plaisir, mais la joie est une denrée rare, qui ne s'achète pas. Quand on a trouvé cette amplitude de joie, la vie ne peut plus être considérée comme un bien que l'on peut s'accaparer. La vie suscite alors un immense respect et une immense gratitude.

N.H. : La nature m'a apporté des joies immenses. C'est même ce qui a participé à mon éveil à l'écologie. Par exemple, quand on partage les mêmes eaux qu'une famille de baleines, c'est une rencontre avec le sacré qui vous transcende. Les hasards de mes pérégrinations m'ont souvent donné l'occasion de vivre des expériences de cette intensité. Ces expériences qui interpellent sur la place de l'homme, l'unité du vivant et la hiérarchisation dans laquelle l'être humain s'inscrit. Je ne place l'homme ni au-dessus, ni en dessous. Il est à parité. Dans ces moments de grâce, je ressens ma communauté d'origine avec ces êtres.

Les baleines sont fondamentales, tout comme d'autres animaux qui peuvent parfois nous sembler insignifiants. Mais je ne veux pas céder dans mon amour pour la nature à des affections trop sélectives. Il est aussi préjudiciable pour l'homme de laisser disparaître des flopées de bactéries ou d'insectes quasi invisibles à nos yeux que de s'affecter de la disparition d'une baleine. Tout a une raison d'être. J'ai passé un tel temps de ma vie en présence de ces espèces que je suis conscient qu'elles sont des capitaux très précieux, qui nous nourrissent et participent à l'équilibre écologique.

P.R. : Je suis tout à fait d'accord. C'est ce que mon parcours d'écologiste m'a fait comprendre et sentir. Je suis parti d'un microcosme, celui de mon lopin de terre. Petit à petit, mon aventure écologique s'est structurée sous une forme arborescente. Petit à petit, j'ai compris que tout était en tout et que cette arborescence était finalement universelle. J'ai constaté que j'étais moi-même un maillon, et non un élément rapporté. Tout est interconnecté, interactif, interdépendant. Il n'y a pas de hiérarchie.

Mais l'être humain, doté d'entendement et de conscience, a tendance à abuser de ses prérogatives pour dominer et s'autoproclamer prince héritier de toute cette création. Les religions qu'il s'est inventées le confortent dans cette primauté, et le tour est joué !

Je respecte les convictions, mais je ne peux souscrire à cette option.

Nous avons tous la même origine et nous provenons de ce même esprit créateur qui crée aussi bien l'homme, la baleine, la fourmi et les bactéries. Sans cette attitude et cette compréhension intérieures, nous restons au niveau le plus élémentaire. Le mystère nous amène progressivement à cette transcendance qui nous fait dire que la vie est belle et respectable.

N.H. : J'ignore s'il y avait une prédisposition dans ton esprit parce que tu descends des nomades. Les nomades savaient et savent combien leur vie est entre les mains de la nature. Ils ont aussi conscience qu'il est inutile de prélever plus que ce dont ils ont besoin. Ils ont une dernière chose que nous avons perdue : la reconnaissance et la gratitude. Le fait d'avoir perdu cette gratitude n'est pas une raison pour ne pas la retrouver. Je ne culpabilise pas, d'autant que moi non plus je n'ai pas toujours eu ce sentiment de gratitude. Mais il est essentiel.

P.R. : Tout ne nous est pas dû. Nous naissons et mourons tout nus. Entre-temps, beaucoup d'animaux et de végétaux donnent leur vie pour que nous puissions exister. La moindre des choses, c'est de leur en être reconnaissants.

Le mouton ne se pose pas cette question, mais les humains sont dotés d'un esprit. Nous pouvons honorer la beauté du monde grâce à cette gratitude. À ce moment-là, il se passe quelque chose qui nous élève au-dessus de nous-mêmes. C'est un dépassement humble qui donne tout son sens à la mission de l'être humain, à savoir générer de la compassion et non cette violence stupide issue de la peur et de la déraison.

N.H. : C'est cette capacité d'incarner cette gratitude qui distingue l'humanité de l'animalité.

P.R. : Notre monde en a besoin, car nous sommes dans une attitude d'accaparement, d'insatiabilité et d'insatisfaction. D'ailleurs, la publicité joue sans cesse sur la frustration de l'être humain, qu'elle programme rationnellement pour en faire le moteur du toujours plus indéfini. Elle le maintient dans le sentiment du manque, voire de la pénurie, au sein même de l'abondance. Cette capacité à générer en permanence du vide à combler pour exciter l'avidité est une prouesse machiavélique de la publicité.

Il y a bien entendu ceux que le dénuement affecte si gravement que leurs désirs concernent la simple survie. C'est le plus grand scandale de notre monde, que l'humanité doit éradiquer d'urgence, et j'essaie d'y contribuer modestement. Je comprends l'ingratitude à l'encontre du destin de la part de ceux qui sont affectés par cette misère. Manger à notre faim, être vêtus, abrités et en mesure de soigner nos maux devraient donc exalter notre satisfaction.

Sans cela, il n'y a pas de bonheur possible. Ce que j'appelle bonheur, c'est cette résonance intérieure qui est en harmonie avec le règlement de l'univers. Cette résonance ne peut passer que par une prise de conscience de nos privilèges. Il faut dire merci à la vie pour ce qu'elle nous donne.

Chapitre IV

De la ville

N.H. : Cette joie dont tu parles, il t'est impossible de la trouver en ville ?

P.R. : J'ai toujours eu la nostalgie de la nature dans laquelle je suis né, celle du désert, ce gouffre horizontal où j'avais l'impression que les caravanes s'abîmaient. J'ai vécu de tels moments d'exaltation et de liberté dans cette vastitude que je suis probablement devenu inapte au confinement urbain. Quand j'étais coincé à Paris, je me précipitais au cinéma pour voir des westerns. Ils me renvoyaient à cet espace qui me manquait viscéralement.

Alors, c'est sûr, je ne vois pas comment j'aurais pu réaliser mon projet de vie dans une ville ! Avec Michèle, nous voulions trouver un espace dans lequel nous redéfinirions nous-mêmes ce que serait notre existence et comment mettre en harmonie notre pensée et notre façon de vivre. Avec cette exigence primordiale : ne pas renoncer à la beauté, qui est un élément essentiel de la vie.

N.H. : Parce qu'elle est contagieuse.

P.R. : La beauté est capable de provoquer une révolution que les États ne maîtriseraient plus. Imagine que les gens disent du jour au lendemain qu'ils refusent de renoncer à la part de beauté que la nature leur offre gracieusement et que le confinement physique et mental leur confisque !

N.H. : Cette beauté peut exister en ville aussi.

P.R. : Je ne fais pas de distinction même si, à l'époque, j'avais effectivement un contentieux avec la ville. Je l'ai toujours un peu car je la trouve aliénante et minérale. Mais la beauté est multiforme, elle se manifeste de mille façons, matérielles ou immatérielles. Des consciences et des âmes magnifiques vivent partout, de même que des œuvres humaines embellissent notre environnement urbain.

N.H. : Peut-être a-t-on trop souvent sacrifié la beauté à la fonctionnalité et à l'efficacité, alors qu'elle est essentielle. Je crois aussi beaucoup au mimétisme de l'environnement matériel sur le psychique. Quand on est entouré de laid, on devient laid soi-même.

P.R. : Chaque fois que je vais à Paris et que je suis obligé de bousculer mes semblables dans le métro, j'ai plus envie de bêler que de parler. On ne s'est pas préoccupé d'organiser la ville pour que la condition humaine y soit digne. Je ne peux pas tolérer qu'au nom de la productivité, la beauté soit sacrifiée.

La ville impose une sorte de claustration. Comment s'épanouir dans cette masse pétrifiée faite de béton et de bitume, où le regard se heurte sans cesse à une enseigne ou à un panneau publicitaire qui vous rappellent l'univers marchand dans lequel vous êtes immergé ? Et cet encombrement insensé de voitures, qui se taillent la meilleure part d'espace au détriment de celui qui devrait être réservé à la déambulation humaine et être favorable à la rencontre, à la convivialité ?

Dans cet univers, je me suis toujours senti grouillant et non vivant. Les êtres se croisent, se rencontrent peu. Comme s'ils étaient dans un désert d'une nature étrange. La solitude y est pire que nulle part ailleurs. Sans parler du bruit et des miasmes toxiques.

Bien sûr, la ville recèle des lieux de culture, de richesse intellectuelle ou artistique qui stimulent l'esprit. Ce sont du moins les arguments de ceux qui aiment ce monde-là. Je respecte leur point de vue, mais pour ma part, j'aurais la désagréable sensation d'avoir été conformé à un mode d'existence qui n'a rien de naturel.

N.H. : Il faut quand même faire attention. Les relations humaines et sociales à la campagne ne sont pas angéliques non plus ! Nous avons de la chance, car nous avons pu choisir l'espace dans lequel nous vivons. J'ai souvent observé que les gens qui se trouvent dans des lieux par hasard ne s'en nourrissent pas pour leur émancipation. Ils ne les voient même plus. Quand on peut choisir son lieu de vie, l'espace devient vertueux et participe au développement de l'individu.

P.R. : Je partage tes observations, mais je considère tout de même ce mode de vie urbain comme étant aliénant pour l'être humain. Notre société n'a pas fait un choix en adéquation avec la nature humaine elle-même. On a poussé l'homme à s'adapter, à se transformer en fonction d'un choix idéologique et social.

N.H. : L'homme fait des choix relatifs, car il est entouré de conditionnements. La ville a créé des leurres auxquels toute la société a cédé, ici et ailleurs. Quand les hommes sont enfermés et qu'ils passent autant de temps dans leurs déplacements, c'est une forme d'humiliation qu'ils n'avaient pas pesée et qu'ils subissent quotidiennement.

P.R. : On dit toujours que la science et la technique libéreront l'homme. Mais il n'y a qu'à observer l'itinéraire d'un être humain dans la modernité : de sa naissance à sa mort, il passe d'une incarcération à l'autre. De la maternelle au lycée, qu'on appelle le « bahut », de la caserne aux « boîtes » dans lesquelles on travaille. À côté de ça, les jeunes s'amusent en « boîte » et y vont dans leurs « caisses ». Il y a aussi les boîtes à vieux et enfin l'ultime boîte, facile à deviner...

Ce plan d'existence fait d'aliénations et d'incarcérations successives ne laisse plus à l'individu aucun autre espace de réalisation que celui que lui impose le système. Le refus de souscrire à cette aliénation est le fondement même de mon insurrection. Je refuse d'adhérer à une civilisation hors-sol qui a déconnecté l'être humain de la nature.

N.H. : Qu'entends-tu exactement par « civilisation hors-sol » ?

P.R. : Pendant des millénaires et depuis ses origines, l'humanité a été dans un dialogue permanent avec la nature. Celle-ci déterminait la vie, bon an mal an. Et puis est arrivée la civilisation industrielle, marquée par la pesanteur minérale. Les hommes sont allés exhumer de la matière morte souterraine pour en faire les fondements de la civilisation, cette civilisation de la combustion, de la consommation d'énergie sans laquelle le monde moderne s'effondrerait. L'être humain a dû s'adapter à un cadre artificiel, à tel point qu'il ne peut plus vivre en dehors. C'est ce que j'appelle le hors-sol.

D'ailleurs, sur le plan écologique, la ville est une dévoreuse d'espace naturel, de terres agricoles, de forêts, mais aussi une machine à consommer de la matière vivante sans participer à son renouvellement.

N.H. : Moi aussi, ce côté minéral de la ville me

pèse à un point que tu ne peux pas imaginer ! Cette civilisation hors-sol, hors-terre, hors-contact, qui brime nos sens et cet horizon qui est barré en permanence... Sans parler de cette compétition que la ville nous inflige : compétition pour l'emploi, pour l'espace ou pour une place de stationnement. Cette compétition permanente génère du stress, de l'agressivité, de la frustration, et c'est bien normal. Je comprends que la nature et l'écologie soient devenues une abstraction pour les urbains. C'est devenu un monde tellement virtuel !

C'est une question d'échelle, d'équilibre entre le minéral et le végétal. Je ne suis pas contre la verticalité, mais point trop n'en faut. Prends l'exemple du Yémen, qui a inventé l'architecture en hauteur ! Cela ne les a pas empêchés de conserver un contact avec la terre puisque leurs immeubles sont construits en pisé – donc en terre. C'est d'ailleurs un excellent matériau écologique, puisqu'il « respire ». L'été, il fait frais, et l'hiver, le pisé retient bien la chaleur. Et puis les architectes n'ont pas dépassé un certain nombre d'étages. Dans le vieux Saana, la capitale du pays, il y a aussi des jardins potagers collectifs. Chacun a son lopin de terre, c'est extraordinaire et tellement évident !

On a donc su trouver là un bon équilibre. Sans oublier l'harmonie, les couleurs, autant de notions que l'architecture occidentale récente a fini par perdre. Ici, on a tout cédé à l'efficacité.

P.R. : Et ce formatage commence très tôt. Aujourd'hui, pour éduquer l'enfant, on l'enferme. On lui apprend la vie dans la claustration alors qu'il faudrait lui montrer concrètement ce qu'est une plante ou un insecte. Les écoles devraient aller dans la nature, car on peut tout y enseigner : la gym, l'entomologie, la botanique, la géologie, l'ornithologie... La nature est un livre constamment ouvert et offert à notre décryptage. Mais on préfère enfermer l'enfant, le déconnecter de son environnement.

Le hors-sol est appliqué à tous, même aux animaux que l'on entasse selon un principe de production maximum dans un minimum d'espace et de temps : ce principe les condamne à ne jamais connaître les conditions de vie que la nature leur a définies depuis les origines. Le catalogue des absurdités de cette modernité vaniteuse est indéfini. Je me souviens qu'au début des années 70, il y a eu un enneigement très fort dans la vallée du Rhône. Un producteur de pintades hors-sol avait des difficultés à recevoir ses aliments concentrés et, voyant la rupture de stock arriver, il est allé voir son voisin céréalier pour un dépannage. Mais la moitié des pintades sont mortes car elles ignoraient que ces céréales étaient en fait leur nourriture naturelle ! Que ce soit pour l'animal ou l'être humain, le conditionnement peut aller si loin qu'il nous écarte des évidences.

N.H. : Tant que nous nous accommoderons de ce que nous avons fait de la condition animale, il nous manquera toujours un indice de civilisation. Ce que nous imposons aux animaux est inacceptable. Je respecte la chaîne alimentaire et je conçois bien que nous mangions de la viande, mais nous avons le devoir de limiter la souffrance.

P.R. : La condition faite aux animaux constitue pour moi une grave dérive. Chaque jour, nous consommons des millions de tonnes de protéines animales. Mais, au sein du monde moderne, ces créatures sont complètement virtualisées. Nous ne les pensons plus dans leur intégralité et leur sensibilité. Elles sont devenues des côtelettes, des cuisses, des ailes ou du jambon... Comme un peuple de fantômes grouillant derrière le voile d'un anonymat probablement destiné à nous éviter le spectacle de la souffrance que nous leur infligeons.

Je me demande si ces vieilles considérations métaphysiques, qui attribuent à l'homme une primauté absolue sur tout ce qui vit, ne sont pas à l'origine de ce peu de considération pour la gent animale. Descartes ne disait-il pas que l'animal n'est qu'une « mécanique biologique » ? Mais comment en est-on arrivé à oublier à ce point que les animaux ont été pour l'espèce humaine des ressources alimentaires mais aussi de véritables auxiliaires ? Le monde industriel, grisé par ses « chevaux-vapeur », a interrompu cette belle aventure commune...

Je te disais tout à l'heure combien la beauté est essentielle dans ma démarche écologiste, et dans ma vie, tout simplement. Eh bien, à l'évidence, la présence et la beauté animales nous manquent. Regarde par exemple les fresques des pyramides égyptiennes avec ces magnifiques vaches zébus, portant des lyres en guise de cornes. Je les retrouve aujourd'hui dans le Sahel, où elles parcourent la brousse, généreuses, patientes et tranquilles. Comme un hymne vivant à la majesté d'une création qui nous est presque devenue étrangère...

N.H. : D'ailleurs, beaucoup de paysans français souffrent des dérives de leur métier, de ce rapport éloigné à leur terre et à leurs animaux. Ils les subissent. Leur métier n'est souvent pas celui qu'ils ont connu ou espéré. Quand on jette l'anathème sur les agriculteurs, on se trompe terriblement. Ce sont les malheureuses victimes des relations de méfiance entre les urbains consommateurs et la nature. Mais le système les a mis là où ils sont et c'est à la société dans son ensemble de les aider à en sortir.

P.R. : Le hors-sol appliqué à l'humain a rendu notre espace mental tellement exigu ! La ville produit de l'ignorance écologique avec des citoyens éloignés de la nature et une condition humaine très défavorable aux plus démunis. Nous vivons enfermés. Cet enfermement fait que nous nous contentons de survivre en aménageant ce microcosme. Nous l'instrumentalisons pour le rendre supportable.

N.H. : C'est pour cette raison que nous avons créé des substituts, de nouvelles dépendances.

P.R. : Des subterfuges qui nous permettent de supporter l'exiguïté de notre espace de vie, de l'aménager et de le considérer comme une norme. Il est rare que nous sachions concrètement d'où viennent les objets dont nous usons. Et même la nourriture que nous ingérons semble transiter clandestinement et anonymement à travers nos intestins. Tout devient virtuel et aggrave notre déconnexion de la réalité.

En essayant de rendre supportable cet enfermement, il y a eu suractivation de tous les dérivatifs. L'industrie du divertissement y a d'ailleurs trouvé un champ de profit extraordinaire. La télé, par exemple, vous ouvre au vaste monde et vous fait oublier votre confinement dans quelques mètres carrés. Certains instruments de communication semblent servir plus à connecter les solitudes qu'à créer du véritable lien social.

N.H. : Communication ne veut pas dire relation, et on compense par de l'artificiel...

P.R. : Pourquoi, dans un monde qui offre tant de possibilités, avons-nous fait ce choix stupide ? Nous avons légitimement droit à la beauté naturelle et gratuite et nous n'en profitons pas.

N.H. : Je ne rejette pas le matérialisme sous toutes ses formes, et je revendique même l'accès au superflu. Le problème est que le fait de posséder conditionne maintenant notre existence. C'est devenu une dépendance, une obsession ou le gage de notre bonheur. Nous ne pensons être reconnus que par ces attributs. Mais le seul gage du bien-être est intérieur. Le reste est accessoire.

P.R. : Il faut faire très attention à la revendication du superflu. Il peut être redoutable et ravager la planète si la conscience ne lui définit pas un seuil. Au lieu de mettre l'Humain et la nature au centre, on y a mis ce que nous appelons l'économie. C'est ce système global de l'annihilation que je déplore.

N.H. : L'homme est au service de la compétition et de la performance alors que ce devrait être l'inverse.

P.R. : C'est là qu'il y a eu une défaillance de l'humanisme, qu'il ne faut d'ailleurs pas confondre avec l'humanitaire.

N.H. : L'humanitaire est une réaction et l'humanisme, une anticipation.

P.R. : L'humanitaire me semble être un palliatif au manque d'humanisme. Seul l'humanitaire destiné à faire face aux cataclysmes et autres nécessités urgentes me paraît justifié.

N.H. : L'humanisme devrait être une exigence permanente permettant de guider l'évolution d'une société et de faire en sorte qu'elle puisse s'exprimer dans l'émancipation et la solidarité. Si nous étions de vrais humanistes, nous nous mobiliserions tous ensemble pour éviter les crises qui se réaliseront si nous ne faisons rien.

P.R. : Aujourd'hui, les secouristes sociaux sont partout. Si l'État n'arrivait plus à payer le RMI ou à subventionner l'agriculture, si Emmaüs et les Restos du cœur fermaient leurs portes, le désastre serait immense. Cela montre bien combien nous souffrons d'un manque d'humanisme. On a simplement créé des correctifs. Et tout cela dans un seul but : épargner l'idéologie dominante, même si le prix à payer est la destruction de l'Humain et de la nature.

N.H. : On est dans la situation de celui qui trouve son appartement inondé en rentrant chez lui et qui, au lieu de fermer le robinet, va éponger.

Chapitre V

De l'écologie et du progrès

N.H. : Venons-en à une question essentielle : que signifie réellement être écologiste ? Pour moi, ce n'est certainement pas une attitude politique, mais c'est, fondamentalement, une éthique. L'écologie, c'est le respect de la vie sous toutes ses formes. Compte tenu de notre communauté d'origine et de destin, je suis intimement convaincu que nous n'avons pas d'autre choix que de faire vie commune. Ensuite, sans doute, certaines spiritualités ou attitudes politiques peuvent-elles venir se greffer sur cette éthique. Mais si un seul mot devait incarner l'écologie, ce serait celui d'équilibre.

P.R. : Je suis arrivé à l'écologie par l'agriculture et son non-respect de la vie. Pendant très longtemps, j'ai été un simple observateur de la vie, pour l'analyser et la protéger. Puis, au fur et à mesure, j'ai ressenti l'écologie de façon charnelle, viscérale. Je me suis senti intégré à la terre. J'ai compris ces évidences, que j'ai déjà évoquées : la terre se nourrit et agit à l'image d'un estomac qui élabore des substances nutritives ; le végétal sert de cordon ombilical et transmet ces substances à mon propre estomac et si la terre meurt demain, je n'aurai plus de substances nutritives et je mourrai. Je suis donc organiquement dépendant de cet ordre des choses.

Aujourd'hui, l'écologie est pour moi un état, une façon d'être intégré à la réalité vivante, de respecter la vie dans toutes ses manifestations. Je me sens inscrit dans une intelligence universelle. Tous les jours, ma vie de paysan me fait assister à des miracles permanents. Voir jaillir comme par magie des plants de tomates à partir de quelques graines en est un exemple, et savoir qu'avec un grain de blé on pourrait nourrir l'humanité tout entière. Cela suffit largement à m'émerveiller et à me donner de la joie.

Plutôt que d'équilibre, je préfère d'ailleurs parler d'harmonie. L'univers est harmonie. On pourrait presque dire qu'il est réglé comme une musique, une partition avec ses rythmes et ses cadences, ses silences, ses soupirs, ses furies. Or je me suis parfois senti et ai parfois senti l'humanité comme une fausse note dans cette mélodie ! Être écologiste, c'est être une note qui résonne aussi juste que possible dans l'harmonie, en partant du respect absolu de la vie mais aussi du respect de soi. J'ai un rapport curieux à mon corps : comme s'il ne m'appartenait pas ou qu'il avait été confié à ma conscience par la vie elle-même. Il est subordonné à la règle biologique applicable à tout ce qui vit, avec des variantes en fonction des espèces. Il est également livré à mon libre arbitre. Je peux le malmener, le détruire ou, au contraire, en prendre grand soin. Les autres créatures ne semblent guère transgresser la règle comme je le peux et le fais à mes risques et périls.

Ma complexion biologique est une sorte de véhicule qui me conduit à m'exalter, à m'enchanter plutôt qu'à détruire. Cette magnifique organisation de chromosomes avec une sorte de mémoire cellulaire s'inscrit dans une filiation qui ne m'appartient pas. L'écologie prend naissance dans cet espace intime pour s'élargir en cercles concentriques vers l'infini. Elle tient donc de cette perception basique, mais fait aussi appel au domaine de la responsabilité et de l'enchantement.

N.H. : C'est la quête ultime de l'harmonie. C'est l'expression de deux formes de solidarité qui se complètent : la solidarité dans l'espace et dans le temps. L'harmonie, c'est combattre tous les excès. Il y a parfois eu, dans la démarche écologique, certaines dérives qui ont donné la sensation qu'elle ne plaçait pas l'homme « au cœur » de l'écologie. Mais tout ça a évolué et aujourd'hui, l'écologie me semble être la démarche humaniste par excellence. C'est même la plus belle – et la dernière – occasion offerte à l'humanité de redonner du sens à ce qu'elle est. Et, pourquoi pas, de confirmer cette spiritualité qu'on nous a annoncée pour le XXIe siècle ?

Étymologiquement, l'écologie veut dire « science de la maison ». Les hommes ont la capacité de prendre en charge leur demeure collective. Ils en ont aussi le devoir. Je suis convaincu que l'écologie est la seule porte d'entrée et de sortie possible du XXIe siècle. Elle nous donne les outils pour ne pas gâcher l'héritage indéniable que nous avons posé sur l'autel écologique, scientifique, historique et économique de nos sociétés. Je parle d'autel historique, car les leçons de notre histoire sont un vrai capital, qui nous permettent de prendre du recul. C'est une occasion inespérée de réorienter le progrès.

P.R. : Encore faut-il redéfinir ce qu'on entend par progrès ! On a trop souvent tendance à le confondre avec des acquis techniques et scientifiques censés améliorer la condition humaine. Or, nous sommes loin du compte. Ce progrès-là n'a profité qu'à une minorité qui en a fait supporter le coût à 75 % de l'humanité et à la nature, qui en sort meurtrie. Je ne pense pas qu'il puisse y avoir progrès sans changement de paradigme. La conception que nous avons de la vie n'est absolument pas en phase avec la réalité.

N.H. : Le progrès est l'amélioration durable de la condition humaine. Je ne parle pas d'amélioration matérielle, qui n'est pas forcément un gage de bien-être ni d'amélioration spirituelle. Le progrès serait de s'épargner, autant que possible, les affres et les souffrances de l'existence pour lui donner du sens. Ce serait aussi d'arriver à un degré d'égalité dans la condition humaine, à l'échelle planétaire. Il faut que le sentiment de bien-être soit partagé pour ne pas céder à une forme d'égoïsme ou de cloisonnement.

C'est pour moi un combat essentiel, peut-être parce que je suis né dans un milieu aisé... J'ai très vite constaté l'injustice de la vie. Certains naissent en souffrance et d'autres sans souffrir. Il faut réussir à se débarrasser de la culpabilité car tout n'est qu'une question de hasard et de combinaison génétique. Mais longtemps, quand j'ai commencé à voyager et à découvrir la détresse ici et ailleurs, j'ai culpabilisé. Dans un sens, cette culpabilité a aussi été salvatrice : elle m'a obligé à baisser les yeux et à me débarrasser de cette arrogance que mon milieu porte en lui. Je me devais de regarder ces gens de bas, et non de haut, car eux ont eu un parcours dans la souffrance que je n'ai pas eu. Quand on a été épargné de tant de souffrance, cela crée des devoirs.

P.R. : Il faut se poser sans cesse la même question quand on parle de progrès : quelle est la finalité de l'être humain ? Je n'ai toujours pas la réponse. En bon paléontologue chrétien, Pierre Teilhard de Chardin avait une vision particulière de l'évolution. Selon lui, tout doit converger vers un « point oméga », lieu final où tout se résout définitivement dans un champ d'amour infini. Il se place dans une perspective christique. Ce schéma m'avait séduit et je m'y étais confortablement installé.

Aujourd'hui, les événements m'ont bouté hors de toute certitude. Si l'histoire est déjà écrite, alors laissons les choses suivre leur cours... Mais tout me dit qu'il nous appartient plus que jamais de donner une orientation positive à l'histoire. Je ne veux pas me cacher derrière les alibis de la fatalité ou de la prédétermination.

N.H. : Teilhard disait que la finalité de l'être humain est d'exploiter l'énergie de l'amour.

P.R. : Comment donner une orientation au progrès quand nous ignorons si la vie est une nébuleuse qui tourne sur elle-même, avec des combinatoires de hasard et de nécessité, ou s'il existe un plan général qui a défini une évolution ? Si on se place dans la perspective d'un plan prédéterminé, cela signifie qu'une orientation aurait été dessinée dès le départ, dans laquelle s'inscrirait le progrès. Sinon, force est de réduire le progrès à la technique...

Il m'est très difficile de parler de progrès, mais il me semble évident que la terre que je cultive écologiquement et que je tente d'améliorer sera meilleure quand je la transmettrai à mes enfants. En cela, je suis solidaire avec les générations futures. Quand je récolte les fruits des arbres qui ont été plantés par les gens qui m'ont précédé, j'ai le sentiment de bénéficier d'une solidarité qui transcende le temps. Le drame de la société actuelle, c'est qu'elle bazarde tout, qu'elle solde tout, sans tenir compte de la continuité qui se fait par la transmission de tous les héritages de notre aventure terrestre.

Comme tu le dis si bien, l'écologie nous pose actuellement un dernier ultimatum, qui déterminera notre avenir. L'être humain doit faire son choix. Et je suis convaincu que les réponses fondamentales que nous attendons pour nous orienter n'auront de valeur que si elles sont inspirées par la nature, en tant que garante de la pérennité. On ne les trouvera pas dans des concepts.

N.H. : Comme je n'ai aucune idée de l'intention finale de la pulsion de vie, je me suis fixé un objectif plus rudimentaire, mais tout aussi efficace. En tant que voyageur, j'ai souvent constaté que nous vivons dans un océan de souffrances, avec quelques rares îlots d'opulence. D'un côté, il y a ceux que j'appelle les « damnés de la terre », les sans-espoir, pour qui la première respiration est une souffrance. Et de l'autre, il y a ceux qui ont tiré leur épingle du jeu, plus ou moins provisoirement, et qui tentent de préserver cet état de grâce. Mais le paradis de cette petite poignée d'êtres humains est pavé de l'enfer des autres, et si le progrès doit avoir une finalité, ce devrait être de mettre un terme à cela. L'épanouissement doit être partagé et la souffrance chronique, résorbée.

En cela, je crois beaucoup au génie humain, aux prouesses de la technologie et aux progrès de la science. Une performance ne vaut d'être réalisée que si elle participe à ce partage et à cet épanouissement. C'est comme cela que je conçois l'humanisation dont nous parlons. Je ne peux pas croire que le hasard soit seul responsable de notre destinée et que nous ne puissions pas contribuer à donner une orientation, dans un sens comme dans l'autre. Comme le disait si bien Bergson : « L'avenir de l'humanité est incertain parce qu'il dépend de nous. »

P.R. : Je ne partage pas tout à fait cette idée selon laquelle la technologie pourrait être constructrice de joie.

N.H. : La technologie et la technique peuvent participer à nous mettre à l'abri d'un certain nombre de souffrances.

P.R. : Mais elles peuvent aussi en générer de terrifiantes, comme les fameuses armes de destruction massive qui déshonorent notre espèce. Le problème du progrès, c'est qu'il ne peut pas tout résoudre. Si nous souffrons aujourd'hui de ces excès, c'est en partie à cause des progrès technologiques.

La technologie nous a dotés d'instruments d'une efficacité sans précédent. Je ne suis pas sûr que ces outils soient aujourd'hui dociles, soumis à notre volonté. Ils nous déterminent bien plus que nous ne les déterminons. À l'évidence, il nous faut organiser le monde à leur convenance, et de cela nous ne pourrons sortir sans nous demander quelle conscience détermine la règle du jeu, et selon quels critères. La technologie ne cesse de générer des besoins, la vitesse instrumentalise la frénésie, les moyens de transport créent des distances qu'ils sont seuls à pouvoir résoudre, les ordinateurs investissent tous les espaces de notre quotidien... Qui, aujourd'hui, est vraiment maître de ses moyens, dans le respect de ses valeurs ? L'un des livres d'Ivan Illich, *La Convivialité* [1], est très éclairant sur cette question de la surpuissance de l'outil. Plus que jamais, le retour aux valeurs fondamentales, l'applica-

1. Ivan Illich, *La Convivialité*, Paris, Seuil, 1973.

tion d'une déontologie et de la vertu sont décisifs si l'on veut donner une orientation positive au progrès.

N.H. : C'est parce que nous sommes incapables de remettre en cause certaines évolutions. Avec le temps sont nées des vérités dont nous ne tenons toujours pas compte. Nous développons des techniques jusqu'à l'absurde sans nous interroger sur la pertinence des choses. Nous nous entêtons.

P.R. : Tu parlais tout à l'heure des disparités dans la pyramide planétaire. Certains êtres humains ne naissent pas pour vivre mais pour entrer en agonie immédiate. La vie ne peut pas les accueillir par manque de nourriture, d'eau potable ou de soins.

N.H. : En Afrique de l'Ouest, et notamment au Sénégal, on a pu résorber nombre de difficultés en important un peu de technique, comme des panneaux solaires, des systèmes hydrauliques ou d'apport d'énergie.

Autre exemple : nous saurions très bien aujourd'hui doter l'ensemble des navires de pastilles électroniques et informatiques. On pourrait ainsi, par le biais de nos satellites, suivre et contrôler la navigation, vérifier qu'un bateau qui entre dans les eaux territoriales est bien conforme, qu'il a bien suivi tel type de révision, etc. On pourrait même voir par satellite un bateau dégazer. L'électronique, l'informatique, les satellites, toutes ces technologies pourraient nous aider, non pas à 100 %, mais d'une manière excessivement efficace : il suffirait de les orienter dans le bon sens. C'est une question de volonté. On est capable de contrôler des trafics aériens à flux tendu, il paraît incroyable qu'on ne fasse pas de même avec le trafic maritime !

P.R. : Je ne remets pas en cause le progrès en tant que tel, mais le fait de prétendre que c'est l'unique voie par laquelle tout le monde doit passer. Chaque peuple devrait avoir la possibilité de définir son progrès en fonction de ses moyens, dans le respect de ses valeurs, de sa spécificité génétique et culturelle. Par ailleurs, des gens dotés de tous les moyens technologiques ne sont pas à l'abri de la souffrance. La joie de vivre ne s'achète ni au supermarché ni même dans les magasins de luxe.

Si l'humanité avait vraiment évolué, nous devrions prendre conscience que nous disposons, avec notre planète, d'un patrimoine absolument exceptionnel. Mais de ce paradis, nous faisons un enfer, un champ de bataille de compétitivité. Notre choix est anthropophagique. Les plus nantis dévorent les démunis grâce aux mécaniques d'un système que nous appelons abusivement « économique ».

Dans un réel qui nous laisse libres de tous les choix, nous avons opté pour la dualité, celle que nous n'arrivons pas à résoudre en nous-mêmes. Religion contre religion, nation contre nation, individu contre individu... Nous allons jusqu'à employer les termes « sexe opposé » pour désigner les êtres qui devraient être considérés comme complémentaires. Dans cette problématique, comment d'ailleurs résoudre ce problème douloureux et intolérable qui subordonne le féminin au masculin, la femme à l'homme ?

La planète, elle, est une et indivisible. L'humanité également, car si vous mariez une Pygmée à un grand homme blanc, ils feront des enfants. Il y a une unité du tout. Le fondement du progrès, c'est de trouver comment décloisonner pour retrouver l'unité. Si nous n'atteignons pas cette convivialité planétaire, nous ne ferons aucun progrès.

N.H. : Il y a un vrai paradoxe. Jamais notre société

n'a été aussi puissante et étincelante et jamais elle n'a été aussi vulnérable ! C'est l'héritage du siècle des Lumières et du XIXe siècle : les Occidentaux voient l'histoire humaine comme une évolution constante, une libération progressive de la nature qui serait le gage de leur intelligence. Mais plus ils croient se libérer de cette nature, plus ils deviennent vulnérables.

Il y a indéniablement eu des progrès techniques et scientifiques dont nous profitons en permanence. Mais ils nous aveuglent. Nous avons à tort la conviction que notre projet est linéaire et que chaque jour qui se lève nous apportera un mieux par rapport à la veille. Nous avons aussi une confiance trop absolue en nos institutions et en nos progrès scientifiques.

Nous nous disons toujours qu'il y a bien quelque part un scientifique qui va trouver un vaccin contre le sida. Mais j'aimerais savoir qui va rerégler la machine climatique ! Je doute que cet homme existe. Passons du siècle des vanités au siècle de l'humilité avant qu'elle ne s'impose à nous ! Faisons en sorte que notre pouvoir et notre intelligence s'illustrent vraiment ! Nous ne nous interrogeons plus assez sur la finalité de cette évolution. Pour paraphraser Rabelais et son « science sans conscience n'est que ruine de l'âme », je dirais que « science sans conscience n'est que ruine de l'homme ». La profusion de science dans laquelle nous baignons aujourd'hui va de pair avec une pénurie de conscience.

P.R. : Je souscris totalement. Quand je pense à l'itinéraire de l'humanité, je me demande si la technologie est un progrès ou un accident. Et je finis par me dire que c'est un grave accident que d'avoir fait des découvertes qui ont fondé la civilisation sur la combustion. Notre civilisation si arrogante est subordonnée à la carburation de nos moteurs, de nos centrales... Nous savons ce que seraient les conséquences d'une grande pénurie de combustible. Dans ce cas, les pays « non développés » – selon notre modèle – s'en sortiraient mieux que nous. Par ailleurs, les dommages produits par le progrès ne sont-ils pas plus élevés que les bénéfices qu'on en a retirés ? D'autant plus que ces bénéfices ne concernent qu'une frange de l'humanité. Il ne faut jamais oublier qu'une minorité aventurière et un peu folle entraîne l'ensemble de l'humanité dans le désastre.

N.H. : Mais ceux qui disposent de cette technologie et ceux qui l'endurent subiront les changements climatiques de la même façon !

P.R. : C'est aussi l'une des injustices du destin collectif qui est difficile à admettre. Je me demande si le progrès ne se fait pas au prix de pertes considérables et de la disparition de notre patrimoine. Les nouveaux acquis reposent souvent sur la négation de ce qui les précédait. Tout cela mène à un appauvrissement généralisé dans le monde. Amadou Hampaté Ba, le grand écrivain malien, disait : « En Afrique, quand un vieillard meurt, c'est une bibliothèque qui brûle. » Dans les oasis où je travaille, seuls les vieux savent et peuvent traiter les palmiers dattiers. Tous les anciens savoirs liés à la gestion de la nature, en médecine notamment, sont en train de disparaître. Ce type d'érosion est insidieux, sournois et d'autant plus dangereux. C'est vrai que le monde moderne a généré des avancées considérables dans certains domaines, mais à quel prix ?

N.H. : Nous opérons deux schismes : nous nous désolidarisons à la fois du futur et du passé. Cela me met dans une colère absolue. C'est mentalement et éthiquement inacceptable, car cela revient à renier tout ce qui a constitué l'humanité et à compromettre notre avenir.

P.R. : Cela repose la question : qu'est ce que l'intelligence ? Pourquoi tant d'aptitudes pour une finalité aussi absurde ? N'est-ce pas parce que nous confondons la capacité du cerveau et des mains avec cette inspiration transcendante, seule capable de leur donner un ordre intelligent ? Des extraterrestres observant les humains pourraient légitimement conclure que nous sommes des surdoués inintelligents ! Car nos capacités ne s'exercent après tout que dans ce microcosme relativement exigu que représente l'espace de notre existence.

N.H. : Le XXIe siècle va probablement consacrer la disparition à l'état sauvage des grands singes. Si tant est que cela nous chagrine, nous sommes de toute façon incapables de stopper cette extinction. Mais nous avons quand même 99 % de patrimoine génétique commun avec eux ! À quoi nous sert notre technologie si nous sommes impuissants face à de tels phénomènes ?

On considère que les grands singes sont une « espèce parapluie », ce qui veut dire qu'en les protégeant, eux et leur environnement, on protège aussi toutes sortes d'autres espèces beaucoup plus anodines, qui n'auraient sinon aucune chance de bénéficier de notre attention. Leur disparition consacrerait le schisme entre l'homme et le vivant, d'autant plus que, au-delà de la proximité génétique, nous avons une proximité morphologique et anatomique.

Tout ce qui était censé caractériser l'homme, le rendre si particulier par rapport aux animaux, a récemment succombé sous l'éclairage de la recherche en éthologie. La frontière entre eux et nous est beaucoup plus floue qu'on ne l'imaginait. Non seulement le rire n'est plus le propre de l'homme, puisque les chimpanzés ont eux aussi cette faculté, mais leur cerveau est également programmé pour le langage. Seule la position de leur larynx les empêche de développer une forme de communication sonore plus élaborée. Mais l'association de vocalises et de mimiques faciales – dues à une profusion de muscles sur le visage – leur donne une panoplie d'expressions qui n'a rien à envier à celle de l'homme ! On en connaît aujourd'hui beaucoup plus sur les acquis culturels de certains groupes de grands singes, capables de fabriquer près d'une quarantaine d'outils. Je pense par exemple aux chimpanzés, qu'on a vu, en Sierra Leone, fabriquer des sortes de tongs pour se protéger la plante des pieds ou, en Ouganda, s'automédicamenter à partir de plantes et de racines. Tout cela montre bien quelle profanation serait leur disparition et combien cette phrase de Boris Cyrulnik est juste : « Le jour où l'on comprendra qu'une pensée sans langage existe chez les animaux, nous mourrons de honte pour les avoir enfermés dans des zoos et les avoir humiliés par nos rires[1]. »

Cela dit, au-delà de l'accablant constat que nous dressons, il y a une manière plus positive de voir les choses. Si nous étions dans le blizzard, tout nus, recroquevillés sur nous-mêmes et donc fatalement condamnés à disparaître, il faudrait profiter des derniers instants pour faire le point. Qui d'autre que nous pourrait tirer les enseignements de l'histoire de notre civilisation ? Et ceux d'autres civilisations qui ont commis, à leur échelle, les mêmes erreurs que nous ? Nous avons assez d'outils philosophiques et nous

---

1. Karine Lou Matignon, *Sans les animaux, le monde ne serait pas humain*, entretiens, Paris, Albin Michel, 2003.

sommes riches de toutes les sagesses qui nous ont précédés et de celles qui existent.

P.R. : Il n'y a de progrès que quand il est conduit, pas quand il est subi. Un indice du progrès est cette capacité d'anticipation qui nous fait défaut aujourd'hui. L'histoire se répète et nous n'en tirons pas les enseignements. Des civilisations assez nombreuses doivent à leurs outrances d'être ensevelies sous les sables.

N.H. : Effectivement, nous avons un capital matériel et immatériel que nous n'ordonnons pas. Nous le subissons. Est-ce une fatalité ? Cette fulgurance dans les changements fait-elle de nous des cavaliers fous, le pied à l'étrier sur un cheval lancé au galop et qui, malgré leur bonne volonté, ne peuvent plus reprendre le contrôle ? Nous sommes à la croisée des chemins et nous devons décider du meilleur ou du pire.

Certes, il ne faut pas se laisser aveugler par la profusion technologique qui crée toutes sortes de dépendances, de leurres et de trompe-l'œil. Certes, une grande partie de notre héritage s'est évaporée. Mais la science nous a indéniablement menés à un certain nombre d'améliorations. Dans ce capital, il y a des choses essentielles qui peuvent permettre à l'humanité d'évoluer, si les besoins et les identités de chacun sont respectés. Cette théorie passe par d'autres modes de gouvernance.

Si nous continuons à nous prendre pour des dieux en poursuivant cette phase d'enivrement et d'aveuglement, nous courons à notre perte avec une rapidité foudroyante. Nous arriverons à la fin de notre civilisation. D'aucuns disent que tel est notre destin, mais il ne faut pas oublier qu'une partie de l'humanité va subir ce chaos-là. Celle qui n'a rien demandé. Et c'est bien nous qui en serons responsables. C'est pour cette raison que j'entre dans une colère noire quand certains me disent que l'écologie est une préoccupation de riches. C'est en fait un devoir de riches !

Mais il y a là encore deux manières d'aborder le problème. La première est angoissante si nous ne redressons pas rapidement la barre. Mais la seconde est plus passionnante. Nous avons la possibilité de passer à une deuxième étape du progrès et de partager notre civilisation. Certains me reprocheront d'être utopique, mais l'utopie peut mettre une réalité en marche.

P.R. : Quand on parle de cela, on nous dit que c'est utopique, sous-entendu irréaliste. Alors que, étymologiquement, l'utopie peut signifier le « non-lieu de tous les possibles », ce qui n'a pas été expérimenté, et non pas la chimère ou l'illusion. L'utopie d'hier peut devenir la réalité de demain.

Il y a en nous, au-delà du fonctionnement rationnel, positiviste et objectif, de la subjectivité et de la conscience. Nous oublions trop souvent que ce sont l'irrationalité, l'intuition et les sentiments non vérifiables dans l'immédiat qui génèrent ce que les Anglais appellent l'*insight.* C'est une chose qui naît en toi et qui paraît complètement délirante par rapport au réel. Cette chose-là nous ferait croire que nous sommes connectés sans le savoir à un plan hors du champ de notre compréhension ou de notre investigation.

N.H. : Victor Hugo disait : « L'intuition est la vigie de la raison. »

P.R. : Le grand problème du monde moderne est qu'il nie la subjectivité, à tel point qu'une certaine science considère celle-ci comme une pollution de l'esprit, favorable à l'obscurantisme ou à la superstition. C'est possible, mais l'on voit aussi naître sous nos yeux un obscurantisme affublé de science, encore plus redoutable car il en appelle à une science considérée comme infaillible. C'est un type d'intégrisme scientifique plein de lui-même, qui assène des vérités tout comme les fondamentalistes religieux assènent des croyances qui ne se discutent pas.

Nous commençons à prendre conscience que la subjectivité est en fait un élément indispensable. Après la subjectivité vient la vérification. Einstein n'a pas utilisé, pour autant que je sache, de règle à calculer pour fonder la théorie de la relativité. Il en a d'abord eu l'intuition, puis il l'a vérifiée. C'est pour cette raison que les utopies sont indispensables à l'évolution humaine. Quand on me traite d'utopiste, je le prends comme un compliment. Cela confirme que je suis encore bien vivant.

Chapitre VI

De l'urgence écologique

N.H. : Quand nous dressons un constat alarmiste de l'état de notre planète, certains nous regardent comme si nous l'avions vu dans une boule de cristal ou dans le marc de café et que nous étions ravis de jouer les Cassandre... Mais notre rôle est très ingrat. Nous sommes porteurs de perspectives qui viennent ajouter des strates d'angoisse supplémentaires dans un monde déjà bien compliqué.

Il n'est pas question de culpabiliser tout le monde à l'excès, y compris dans nos pays occidentaux. Beaucoup d'entre nous vivent dans une forme de précarité, mis à part ceux qui se vautrent dans l'exploitation programmée et institutionnalisée des autres. En France, le chômage est une véritable tragédie sociale : ceux qui n'ont pas de boulot sont obsédés par leur devenir et ceux qui en ont vivent souvent dans l'angoisse de le perdre. C'est dire s'il est difficile de mobiliser avec des problématiques qui sont d'une tout autre échelle !

Mais le problème n'est pas de se positionner par rapport au malheur des uns et des autres. Adopter la politique de l'autruche n'a jamais empêché personne de se prendre des coups de pied dans le derrière. Et le coup de pied qu'on va se prendre sera de taille. Je suis un optimiste de nature. J'ai tendance à penser que les choses vont s'arranger et je constate qu'avec le temps c'est souvent le cas, y compris pour mes propres dilemmes. Mais je suis pessimiste de raison. Ma raison s'est nourrie de plusieurs vecteurs, parmi lesquels ceux que m'a donnés ma culture d'observateur. Partout sur le terrain, j'ai constaté l'efficacité de l'humanité pour dégrader la planète...

P.R. : Y a-t-il un pays, une région où tu en as pris conscience de manière plus aiguë ?

N.H. : Chaque endroit m'a donné une lecture, à un degré ou un autre, des désastres en cours. Partout j'ai pu les constater à l'œil nu, avant qu'ils ne soient confortés par des rapports de gens qui ont autorité et qui sont payés pour faire ces diagnostics. Je me suis récemment rendu au Yémen. Les Yéménites sont des grands consommateurs de *khat*, ces feuilles qu'on mâche et qui ont des vertus coupe-faim et antifatigue. Chaque jour, chacun s'approvisionne donc de ces feuilles qui, pour être consommées, doivent être cueillies le jour même. Jusqu'à présent, le *khat* était livré dans des feuilles de papier. Mais depuis peu sont arrivés les sacs plastique. Résultat, le pays en est jonché ! C'est terrifiant ! C'est le visage apocalyptique de notre société de consommation.

Au cours de ce voyage, je suis allé dans l'île de Socotra. Ce joyau naturel, qui avait jusqu'ici été épargné par son éloignement, a récemment été repéré par les Saoudiens. En deux ans, ils ont construit une espèce de route à quatre voies, qui part de la minuscule ville-capitale pour arriver nulle part... C'est tout simplement monstrueux, dans un pays qui ne comptait que quatre voitures il y a encore dix ans !

Mais je pourrais également te parler des cinquante

mille kilomètres de filets de pêche qui dérivent à la surface de la planète et piègent les oiseaux et les poissons... Ou encore de la déforestation, dont la nuisance est on ne peut plus visible. Il suffit de voir ces énormes engins qui pénètrent dans la forêt amazonienne et laissent derrière eux la terre à nu, complètement lessivée ! Je pense aussi à Bornéo : au début du siècle dernier, les orangs-outangs pouvaient traverser l'île du nord au sud par la cime des arbres. Aujourd'hui, ils sont agglutinés et hagards de peur dans cet îlot de forêt résiduel, tentant tant bien que mal de survivre au milieu des villes et des exploitations.

P.R. : Nous ne sommes plus logés à la même échelle. Les rapports de forces entre la nature et nous se sont presque inversés...

N.H. : Paul Taponnier, un géologue avec qui je suis allé en Himalaya il y a peu de temps, me disait que l'homme avait déménagé plus de matériaux que la nature n'en a jamais déplacé ! À cause de notre démographie et de notre technologie, nous n'exploitons plus nos ressources à la même échelle. La demande est plus forte que l'offre et la capacité de régénération de la Terre a été largement franchie depuis le début des années 80, comme l'a montré le WWF, l'Organisation mondiale de la nature. C'est à ce moment que « l'empreinte écologique » de l'homme a dépassé la capacité de la Terre à se régénérer et à produire [1]. Chaque jour,

1. Chaque année, les hommes consomment 20 % de plus que ce que la planète produit. Pour visualiser l'impact de la consommation de ressources, plusieurs instituts de recherche ont eu l'idée de tracer une empreinte écologique de l'homme sur la planète : cette empreinte équivaut à la surface nécessaire pour produire les ressources renouvelables actuellement consommées. Selon le Global Footprint Network, un Terrien moyen consomme l'équivalent de 2,2 hectares, alors qu'il ne dispose que de 1,8 hectare. Entre 1991

nous consommons dix mille fois plus que ce que la nature est capable de nous offrir.

P.R. : Nous vivons dans un monde clos, mais nous raisonnons comme s'il était infini.

N.H. : La nature est une pourvoyeuse, et elle a un rythme dans sa capacité à pourvoir. Il se trouve que nous avons largement dépassé ce rythme. Dans nos villes, nous pensons que c'est l'industrie qui pourvoit à nos besoins. Mais celle-ci n'est qu'un relais sur le chemin de l'approvisionnement. Nous avons malheureusement oublié que la nature est bien la pourvoyeuse initiale, parce que cette hypertrophie de la technique a troublé notre interprétation de la réalité des choses et que la nature a perdu son prestige au fil du temps. On n'a plus conscience de ce que les peuples premiers, eux, n'ont pas oublié : notre sort est entre les mains de la nature.

Je me souviens d'une discussion avec un haut personnage de l'État à propos de nos ressources halieutiques. Il se disait confiant, assurant que notre production était stable, qu'on pêchait autant de poissons qu'autrefois. Certes. Sauf qu'il oubliait un élément essentiel : on les pêche avec dix fois plus de moyens. Ce qui veut dire que l'océan se vide un peu plus, tous les jours. On sait aujourd'hui que la biomasse des océans, c'est-à-dire la quantité de matière vivante, a été divisée par dix en cinquante ans !

Résultat, plus on a de mal à approvisionner les étals des poissonniers, plus on met en œuvre de moyens, dans une espèce de fuite en avant : on utilise la détection par satellite, toutes sortes d'hélicoptères

---

et 2001, l'empreinte des vingt-sept pays les plus riches a augmenté de 8 % par personne !

pour traquer les bancs de sardines... C'est bien entendu efficace, mais on n'est plus à armes égales !

L'humanité est devenue une quasi-force géologique. Et c'est ce paramètre tout simple qu'on n'arrive pas à prendre en compte, cette donnée fondamentale, apparue au cours des quarante dernières années et validée par la communauté scientifique, comme par exemple dans le récent rapport du programme *Évaluation des écosystèmes pour le millénaire*, une étude monumentale réalisée à l'échelle planétaire par plus de mille trois cents experts de quatre-vingt-quinze pays, sous l'égide de l'ONU, et publiée en 2005.

P.R. : Encourager le productivisme comme nous le faisons encore est absurde. Le productivisme est déjà une notion dépassée, qui va se tarir d'elle-même puisque les ressources vont se tarir. On aura beau doper nos sols, ils vont finir par mourir, leur capacité de rendement va s'éteindre !

N.H. : Les empiétements de l'activité humaine, même réalisés avec de bonnes intentions, ont développé la civilisation du gâchis. Nous prélevons plus que ce dont nous avons besoin. On ne le sait pas assez, mais l'agriculture absorbe aujourd'hui 70 % de l'eau consommée dans le monde. Le surpompage des nappes phréatiques est ainsi avéré en Chine, en Inde et aux États-Unis. Un gigantesque gâchis quand on sait qu'un tout petit pourcentage de cette consommation serait nécessaire à la plante. Et quand on pense que cent mille litres d'eau sont nécessaires pour fabriquer un seul petit kilo de bœuf !

C'est totalement absurde et irresponsable à un moment où l'eau devient un problème mondial. Dès à présent, le volume d'eau disponible par habitant est plus de deux fois moindre qu'en 1950. En 2025, nous ne disposerons plus que du quart de la quantité de 1950...

P.R. : C'est la même chose pour la viande que nous continuons à manger en trop grande quantité. Nous sommes passés de « gagner son pain » à « gagner son bifteck » ! Ce fameux « développement » a généré un phénomène assez curieux : à partir d'un certain seuil de prospérité, les populations augmentent leur consommation de protéines animales – viande, beurre, lait, fromages, œufs, poissons... Ce qui a conduit à l'équation suivante : un animal doit consommer environ dix protéines végétales si l'on veut obtenir une protéine animale. C'est-à-dire qu'un bœuf doit absorber dix kilos de céréales pour donner un kilo de viande ! Le tout sur la base de la concentration des animaux dans des espaces restreints et d'aliments hyperriches en protéines.

N.H. : Résultat, plus de 50 % des surfaces agricoles dans le monde servent à produire des céréales afin de nourrir le bétail...

P.R. : On se souvient du syndrome de la vache folle, nourrie de farine animale et rendue cannibale. C'est aussi absurde que de vouloir nourrir des lions avec de la luzerne ! C'est ainsi que la rage du profit conduit la raison vers la déraison. Les animaux, compagnons de notre destin envers lesquels l'espèce humaine devrait avoir une dette de reconnaissance, sont ravalés à n'être que des masses ou des fabriques à protéines.

N.H. : Au-delà de la consommation des individus, c'est aussi dû au développement de l'industrie ou de l'agriculture. Nous sommes dans une société de consommation, de surproduction et de gâchis. Et il n'y a pas une parcelle de notre planète, même la plus éloignée, qui n'en soit affectée, à un degré ou à un autre. Au-delà des déchets visibles, tu t'en aperçois quand tu commences à t'intéresser à l'étude des êtres vivants. L'ours polaire, par exemple, est atteint de dérèglements hormonaux à cause de la pollution au mercure dans l'atmosphère.

P.R. : L'agriculture industrielle, avec son attirail d'engrais chimiques, a d'abord donné des résultats spectaculaires en termes de productivité. Mais on n'en a pas mesuré les effets à terme sur la biologie du sol. Les engrais ont finalement créé un déséquilibre et gravement carencé la plante, rendue vulnérable aux maladies, ce qui a justifié par la suite les pesticides.

N.H. : Sur quoi repose cette agriculture moderne ?

P.R. : Ces principes sont issus des travaux de certains chimistes, dont ceux de Justus von Liebig, le père de la fameuse tablette de bouillon. Ils reposent sur l'insertion dans la terre d'engrais, élaborés à partir de trois éléments majeurs : le nitrate, le phosphore et le potassium (autrement dit, les engrais NPK, rendus solubles).

Le bilan de ce type d'agriculture est lourd : destruction de l'humus des sols, pollution des eaux ; quantité de pesticides multipliée par un facteur 25 de 1950 à 2000, tandis que celle des engrais chimiques passait de quatorze à plus de cent soixante millions de tonnes ; perte de la biodiversité domestique animale et végétale au profit des hybrides non reproductibles ; multiplication des élevages hors-sol ; disparition des paysans, des structures agricoles à taille humaine ; désertification et dévitalisation de l'espace rural...

N.H. : Quand on pense que malgré la disparition de trente-cinq mille exploitations agricoles chaque année, la consommation d'engrais augmente, elle, de 10 % par an. Et selon ce rapport récent de l'ONU que j'ai cité tout à l'heure, plus de la moitié des engrais azotés synthétiques utilisés par l'agriculture (et mis au point en 1913) l'a été depuis 1985 !

P.R. : C'est certes moins spectaculaire que la fonte des glaciers, mais tout aussi alarmant. D'autant que cette évolution s'opère dans un climat d'indifférence... Je déplore et récuse ce mode de gestion destructeur, mais je n'ai jamais personnellement pointé du doigt les agriculteurs. Il s'agit d'une responsabilité partagée avec des consommateurs mal informés, complices inconscients à force de vouloir une alimentation la moins chère possible et pourtant frelatée.

Nous sommes en train de rompre les grands équilibres naturels, mais il semble que ces constats ne suffisent plus pour mobiliser les consciences.

N.H. : Ceux qui sont en charge scientifiquement de faire les diagnostics confirment et étayent ces impressions de terrain. Et quand, en plus, tu pars d'une approche environnementaliste ou écologiste, tu t'aperçois que tous les problèmes sont liés, que le devenir de l'humanité est en cause et que nous sommes dans une échelle de temps excessivement courte. Nous croyons encore que ces problématiques concernent les siècles à venir, mais nous sommes en fait à la croisée des chemins. Je ne dis pas que la fin du monde se produira au XXIe siècle, mais l'humanité n'avait pas besoin de ça. Il y a un énorme écart entre d'une part ces perspectives, et d'autre part la prise de conscience et la mise en place de moyens pour tenter d'en atténuer les effets.

P.R. : Nous devrions sonner le tocsin, mais nous ne le faisons pas.

N.H. : On a pu penser à un moment que ces écologistes forçaient le trait. Mais nous avions tort. Quand je lis les rapports du Programme des Nations unies sur l'environnement (PNUE), je me dis que mon dernier livre, *Le Syndrome du Titanic*[1], était presque idéaliste ! À moins de s'enfermer dans sa bulle et d'accepter de subir, on ne peut pas continuer comme ça. Les patrons de pêche utilisent la fuite en avant et le prétexte de dettes à rembourser quand on leur parle de la morue ou du cabillaud qui sont en voie d'extinction. Je peux comprendre. Mais si on laisse faire ça à l'échelle planétaire, comment vivront nos enfants ? C'est pour moi le combat humaniste par excellence, parce qu'il va rendre tragiquement et sinistrement dérisoire le reste de nos préoccupations.

Tout est lié : les fameux quatre pics – pollution, consommation, population et érosion de la biodiversité – se rejoignent et s'alimentent l'un l'autre avec la même vitesse d'accélération ! À cause de nos pics de pollution, et notamment d'émission de gaz à effet de serre, nous émettons désormais plus de pollution que la nature ne peut en stocker. Comme dans le même temps il y a un accroissement de la production, notamment dans les pays en voie de développement, on voit bien les phénomènes d'emballement qui se préparent.

P.R. : A quoi penses-tu précisément quand tu parles de phénomènes d'emballement ?

N.H. : Ces phénomènes d'emballement sont facilement explicables avec deux ou trois exemples dans les changements climatiques. L'effet de serre est un phénomène naturel sans lequel la vie à la surface de la Terre serait impossible, puisque la température y serait de -17 °C. Il participe donc à l'équilibre climatique en permettant à une certaine énergie reçue de l'espace de

1. Nicolas Hulot, *Le Syndrome du Titanic*, Paris, Calmann-Lévy, 2004.

rester à la surface de la Terre. Or, par nos activités humaines, nous balançons un certain nombre de gaz qui accroissent cet effet de serre. La conséquence, prévisible et irrémédiable, sera l'élévation de la température, même si nous en ignorons encore l'échelle et le délai. Même si certains sceptiques nous abreuvent de contre-informations car la prise en charge du problème irait contre leurs intérêts.

Devant le doute, la confusion, la crainte, les États se sont dotés de toutes sortes d'organismes compétents. Je pense par exemple au Programme des Nations unies sur l'environnement (PNUE), au Groupement international des études sur les changements climatiques (GIECC), à l'Organisation mondiale de la santé (OMS). En France aussi, on a plusieurs agences, comme l'Agence française de sécurité sanitaire environnementale (AFSSE) ou l'Institut français de l'environnement (IFEN)... Mais combien de fois ces gens-là envoient-ils des rapports sur les bureaux des autorités sans même qu'on leur en accuse réception ? On se donne bonne conscience dans l'analyse, mais on est parfois tellement abasourdi par ce qu'on lit qu'on occulte ces informations.

Tous ces experts sont unanimes : il n'y a aujourd'hui plus de doutes sur notre participation à l'effet de serre, même si on n'en connaît pas exactement l'échelle et s'il y a des fourchettes hautes et des fourchettes basses. Mais la fourchette basse est déjà terrifiante. Elle prévoit 1,5 à 2°C d'élévation de température à la fin du siècle, alors que l'estimation haute fait état de 4 à 5°C. C'est une moyenne ; certains pôles seront proches de 10°C, ce qui ne s'est jamais produit dans une échelle de temps aussi courte. Selon les climatologues, la première manifestation de cette élévation de température sera l'amplification des extrêmes que nous pouvons déjà observer aujourd'hui. Quand il fera chaud, il fera vraiment plus chaud ; les tempêtes seront de plus en plus énormes et les pluies tomberont plus fort...

Il est difficile de hiérarchiser les urgences, elles se nourrissent les unes les autres. Je suis tenté de placer les changements climatiques en tête parce qu'ils amplifient les autres problématiques environnementales : on sait qu'ils vont accélérer l'érosion de la biodiversité, accroître les problèmes d'accès à l'eau potable, etc.

P.R. : Mais aussi parce que les changements climatiques sont d'une autre échelle, celle qui touche aux grands équilibres.

N.H. : On aura beau me dire, comme l'a écrit le paléontologue Yves Coppens dans un article enflammé dans *Le Monde*[1], qu'on pourra rerégler la machine climatique, que la puissance atomique permettra de changer l'axe d'inclinaison de la Terre... Peut-être le génie humain y parviendra-t-il dans quelques millénaires, mais le problème, c'est qu'on est dans une échelle de temps bien plus courte.

Prenons un seul exemple. On a sur la planète un certain nombre de puits de carbone. Or, selon les experts, ces puits vont devenir des sources de carbone. D'abord à cause de la déforestation massive. Une

---

1. « Qu'on cesse donc de peindre l'avenir en noir ! L'avenir est superbe. La génération qui arrive va apprendre à peigner sa carte génétique, accroître l'efficacité de son système nerveux, faire les enfants de ses rêves, maîtriser la tectonique des plaques, programmer les climats, se promener dans les étoiles et coloniser les planètes qui lui plairont. Elle va apprendre à bouger la Terre pour la mettre en orbite autour d'un plus jeune Soleil. [...]. Le progrès est une réalité bien vivante ; il faut seulement quelquefois aller le chercher un petit peu plus loin que le bout de son nez ! » Yves Coppens, *Le Monde*, 3 septembre 1996.

plante a besoin de gaz carbonique pour vivre, ce qui fait des forêts un des principaux puits de carbone de la planète. Résultat, quand on coupe une forêt, cela libère le gaz carbonique et l'espace devient alors une source de carbone.

P.R. : Ce que les gens savent moins, c'est qu'à côté de la forêt, l'océan est aussi un des grands capteurs de gaz carbonique.

N.H. : Exactement. Or, plus la température s'élève, plus sa capacité de stockage de gaz carbonique diminue.

Mais cette élévation de température a aussi des conséquences catastrophiques, au-delà des puits de carbone, sur les puits de gaz à effet de serre. C'est par exemple le cas des permafrosts, dans les hémisphères Nord et Sud. Ces zones de terre gelée renferment des matériaux organiques en décomposition issus de périodes plus chaudes, dont la décomposition a été figée par des températures négatives. Or, depuis que le climat se réchauffe, les températures d'été repassent régulièrement en positif et la décomposition des matériaux reprend, avec pour effet de libérer du méthane, l'un des pires gaz à effet de serre.

Autre conséquence du réchauffement : la banquise polaire rétrécit comme peau de chagrin. À tel point que l'on nous dit que d'ici à 2050, il n'y aura plus de banquise en été, et qu'elle va perdre la moitié de sa surface le reste de l'année. Or la banquise avait une grande vertu, celle de renvoyer dans l'espace une partie de l'énergie qu'elle reçoit, car c'est une surface blanche qui réfléchit bien l'énergie. En lieu et place de cette banquise, on aura donc l'océan, autrement dit une surface noire, dont la capacité d'absorption calorifique est dix ou douze fois supérieure. D'où, encore une fois, un phénomène d'emballement... Peut-être les spécialistes se trompent-ils, mais j'en doute. Car malgré quelques voix divergentes ici et là, tout le monde semble d'accord.

P.R. : Tu penses par exemple à Bjorn Lomborg[1], qui est justement une de ces voix dissonantes ?

N.H. : C'est un statisticien et sa voix n'est pas vraiment dissonante. Il dit juste que le problème est tellement colossal qu'il ne faut pas essayer de le prendre en charge. En gros, selon lui, il vaut mieux mettre les moyens sur le sida que sur les changements climatiques.

Pourquoi les médias ne donnent-ils pas plus la parole aux spécialistes du GIECC, plutôt qu'à Bjorn Lomborg ou à Claude Allègre, qui ne sont pas plus climatologues que moi ? Des centaines de scientifiques de renommée internationale attestent du danger et quelques petits pôles de résistance ne font que remanier des statistiques ou véhiculer des informations non fondées.

P.R. : Comme celle selon laquelle l'effet de serre va mieux dans certains endroits...

N.H. : Localement, dans certaines villes, les choses vont mieux qu'à une certaine époque. Mais globalement, l'effet de serre s'aggrave de façon inquiétante. Nous avons réussi à résorber facilement le trou dans la couche d'ozone car les sources étaient plus limitées et les effets moins importants. Mais les effets

1. Lomborg est l'auteur d'un livre controversé, *L'Écologie sceptique* (Paris, Le Cherche Midi, 2004). À rebours des discours écologistes alarmistes, ce scientifique danois, statisticien et ancien membre de Greenpeace, clame haut et fort que la planète va mieux – amélioration de la qualité de l'air, allongement de la durée de vie partout dans le monde, etc.

de serre ont des durées de vie de plusieurs siècles et un retour en arrière nous prendra beaucoup de temps.

P.R. : Il va aussi y avoir des effets d'emballement dans la biodiversité. La nature a commis en quatre milliards et demi d'années une profusion de vies à partir d'une matière précaire et rudimentaire venue du cosmos. Et en quelques décennies, nous risquons de perdre cette diversité pour aller à l'uniformité !

Dans ce registre, il faut penser à la biodiversité domestique. Depuis l'avènement de l'agriculture ou la révolution néolithique (dix mille à douze mille ans), l'être humain n'a cessé d'augmenter son potentiel alimentaire. Il l'a fait à partir du potentiel considérable que lui offraient les divers biotopes où il vivait.

Entre parenthèses, je suis assez agacé par le caractère restrictif que l'on a donné au terme « culture ». Dans l'opinion générale, la culture se réduit à ce qu'on appelle la création de l'esprit : peinture, sculpture, littérature, musique, cinéma... Cette restriction a été préjudiciable à l'écologie, car elle est d'essence urbaine. C'est peut-être la raison pour laquelle il y a si peu d'intellectuels, de politiques et même de scientifiques sensibles à l'écologie.

Historiquement, c'est la nature qui a offert à l'être humain les ressources qu'il a su ensuite valoriser pour sa propre survie. Ainsi, l'agriculture est la matrice de la culture et sa biodiversité a diversifié les cultures. Durant toute l'épopée de l'agriculture, le potentiel alimentaire n'a cessé de croître, de se répandre, de s'échanger, même à l'occasion d'expéditions violentes. La découverte de l'Amérique a haussé ce potentiel d'une façon extraordinaire, jusqu'à l'avènement de l'industrie. À partir de là, ce potentiel n'a cessé de se réduire, à tel point qu'on peut craindre une pénurie alimentaire sans précédent. 75 % des variétés de plantes comestibles cultivées au début du XXe siècle ont disparu ! Mais cette menace élémentaire n'est pas prise en compte, tant les mentalités restent enlisées dans des certitudes factices. Les péroraisons politiques, la phraséologie intellectuelle, aussi brillantes soient-elles, ainsi que les incantations religieuses, paraissent insignifiantes lorsqu'on a vraiment conscience de ces graves menaces qui concernent les biens vitaux.

N.H. : À un certain stade, tout va s'effondrer d'un coup et ce ne sera plus tenable pour les espèces « clés de voûte ». On les appelle ainsi car la disparition des uns entraîne en cascade la disparition des autres. Les changements climatiques aggravent ce phénomène, et si nous continuons sur la même lancée, au milieu du XXIe siècle, 50 % de la biodiversité sera définitivement compromise. Chaque année, environ cent soixante mille kilomètres carrés de forêt tropicale, soit la surface de la Grèce et de la Belgique réunies, disparaissent dans les flammes ou sous les dents des tronçonneuses. Donc, c'est triplement handicapant : on se prive du principal lieu de stockage de gaz carbonique, du plus grand réservoir de biodiversité et d'un des meilleurs gardiens des équilibres climatiques !

Tous les experts abondent dans le même sens, avec quelques différences d'appréciation. Mais c'est une telle catastrophe qu'on ne peut pas faire la fine bouche. C'est honteux de se quereller sur les chiffres parce que, même minimisés, ceux-ci restent effrayants.

P.R. : Cette diversité n'est pas étrangère à l'homme, il n'y a pas de quoi s'enorgueillir de cette amputation du vivant. Ce n'est pas juste une préoccupation liée à de la sensiblerie.

N.H. : Puisque l'éthique n'est pas forcément la

chose la plus efficace en termes de mobilisation, il suffit juste de rappeler que ce sont nos ressources que nous sommes en train d'épuiser. Cela me fait penser à une anecdote que j'ai lue dans un livre du scientifique Robert Barbault : il y a quelques années, l'orge cultivée aux États-Unis a été frappée par une maladie, la jaunisse nanisante. Grâce à une espèce sauvage trouvée en Éthiopie, on a pu enrayer l'épidémie, ce qui a fait faire une économie de cent soixante millions de dollars par an. C'est bien la preuve que la diversité dans le vivant participe à l'équilibre général, et qu'elle constitue aussi une bouée de secours !

P.R. : Plus on rogne sur cette diversité, plus la nature devient fragile. Plus elle devient fragile, plus on a à faire face à des maladies. C'est un cercle vicieux.

N.H. : Je donne souvent l'exemple des éléphants de forêt qui sont menacés au Congo et au Gabon. Et on me rétorque quasi immanquablement, sous couvert d'humanisme : « Les éléphants, il y en aura toujours dans les zoos ou au cinéma ! Préoccupons-nous plutôt des humains qui meurent de faim. » Mais tout est lié. Ces éléphants jouent un rôle primordial dans la dispersion des graines des principaux arbres de la forêt tropicale. Ils maintiennent donc en vie la forêt, qui est indispensable à la vie des humains.

De façon plus générale, la revue américaine *Nature* a démontré en 1997 que la valeur économique des services écologiques rendus par l'environnement tels que la formation des sols, la filtration de l'eau, le contrôle biologique des parasites et la production d'oxygène était largement supérieure à la valeur de l'ensemble de l'économie humaine. Par exemple, les abeilles et autres insectes sauvages réalisent à eux seuls la pollinisation d'environ 80 % des cultures mondiales !

J'ai pour moi l'avantage et l'inconvénient d'être un profane, un non-scientifique. J'ai soif de comprendre et je vais là où on m'alimente, sans pour autant lire les textes d'illuminés, d'antiprogressistes ou d'antihumanistes. Je me préoccupe simplement de mon avenir et de celui de mes enfants. Et le constat est accablant.

P.R. : Je ne suis pas non plus un spécialiste en tout. Je comprends grâce à mon bon sens et à mon intuition. Je suis en revanche confronté au drame et aux problèmes des sols. On ne peut pas résoudre tous les problèmes en même temps et être sur tous les fronts, mais faisons notre possible pour limiter les dégâts dès à présent. Faisons-le honnêtement et cessons les lamentations et les incantations qui ne font rien évoluer. Demandons-nous : que puis-je faire à ma petite mesure et le plus honnêtement possible pour changer les choses ?

Je ne baisse pas les bras, mais je suis parfois tenté par le pessimisme. Je ne pense pas qu'on ressortira indemnes de toutes ces transgressions. Bernanos disait que « les pessimistes sont des imbéciles malheureux et les optimistes des imbéciles heureux ». J'ignore si le bateau coulera, si ce sera le *Titanic*. C'est probable. Les résultats de ma mobilisation pour l'urgence écologique restent aléatoires. Pourquoi alors s'obstiner à réparer les brèches à l'écopée ? Je fais partie de ces petits mécanos qui travaillent dans les soutes du navire pour lui éviter le sort du *Titanic*.

Peut-être est-ce un stratagème psychologique inconscient pour assumer ces incertitudes, mais je n'ai plus peur ni de vivre ni de mourir. J'ai complètement intégré l'hypothèse du naufrage et de l'éradication humaine, tout comme celle d'un miraculeux sursaut de l'humanité qui déciderait d'une mobilisation de toutes les nations pour sauver le vaisseau commun. Quelle que soit l'issue, j'aurai tenté d'être aussi cohérent que possible. J'aurai reconnu et souscrit à cette sorte d'intelligence universelle qui nous invite sans cesse à l'intelligence. Et si les générations futures, mises en difficulté par nos outrances, nous font un procès, je souhaite ne pas être accusé d'avoir su et de n'avoir rien fait, comme tu le dis souvent.

N.H. : Sachant que, comme d'habitude, les premières victimes seront toujours les mêmes. Prenons un exemple probant et récent de ce phénomène. Un anticyclone sur la Floride et une tempête en Haïti ont respectivement causé quatre et quatre mille morts. Ces désordres-là, on les impose à tout le monde, mais tout le monde n'est pas armé de la même manière pour y faire face.

P.R. : L'élévation des températures au Sahel sera beaucoup plus compliquée que chez nous. Les populations qui vivent de l'océan auront plus de problèmes quand il y aura raréfaction de leurs ressources alimentaires et apparition de la malaria. C'est pourquoi il est si essentiel de ne pas lutter uniquement à notre propre échelle.

N.H. : L'Académie américaine des sciences et le premier conseiller scientifique de Tony Blair, en Grande-Bretagne, ont reconnu eux-mêmes que le risque lié aux changements climatiques était beaucoup plus important que le risque terroriste. On ne peut pas ignorer ce problème et le remettre à plus tard.

Chapitre VII

De la mobilisation des politiques et de la société

N.H. : Je me demande où les politiques sont passés dans notre combat. Ils ne se rendent pas compte à quel point leur silence est pesant. Personne n'oubliera combien leur mutisme a fait du tort. Je suis un impatient chronique et plus on attend, plus les problèmes deviennent difficiles à résoudre, voire irréversibles.

P.R. : Je suis entré en écologie il y a quarante ans, en prenant conscience de la difficulté d'un rapport harmonieux et non nuisible entre l'être humain et la nature. J'ai milité, j'ai vu des gens pointer du doigt les problèmes. Mais rien ne bouge. Quand je fais le bilan de la durée de mon engagement par rapport aux acquis, je comptabilise non seulement peu de résultats, mais je suis aussi obligé de constater qu'ils ont été très longs à apparaître. Qu'attendons-nous pour que l'écologie soit enseignée à l'école, au même titre que les mathématiques ou le français ?

N.H. : Tu penses que les solutions sont là mais j'ai tendance à penser qu'il en manque encore. Beaucoup doivent être révélées par la recherche, et parmi celles dont nous disposons déjà, certaines sont difficiles à appliquer. Elles imposent de telles révisions sociétales, économiques, culturelles et comportementales que je comprends que ce soit long et compliqué. La réponse à ce problème lourd et complexe ne peut être que lourde et complexe.

Mais nous disposons d'un grand allié dans notre combat : le temps. Si nous nous inscrivons dans la durée et que nous fixons dès maintenant de nouvelles orientations, nous pourrons mettre en place des solutions sans pour autant provoquer des bouleversements tragiques.

P.R. : Je ne pense pas pour ma part que nous ayons du temps. Nous disposons aujourd'hui d'instruments efficaces qui accélèrent tout le processus et accentuent les conséquences de nos comportements, négatifs ou positifs. Tout va très vite et, plus que jamais, le temps nous est compté. Par ailleurs, nous ne pouvons pas appliquer au monde contemporain les mêmes critères que ceux de l'histoire antérieure, avec des civilisations qui naissaient, s'épanouissaient, déclinaient et laissaient le champ libre à d'autres émergences, d'autres combinatoires pour assurer la pérennité. Le déclin de l'Empire romain n'a pas entraîné le déclin ou l'extinction de l'humanité, car des régulateurs naturels intervenaient pour panser les plaies et reconstruire d'autres civilisations.

Le temps travaille aujourd'hui contre nous, avec ce système qui n'épargne plus aucun lieu de la planète, le clonage des esprits, la possibilité qu'a notre espèce de se faire disparaître, le démantèlement des organisations vernaculaires, les généralisations des nuisances, etc. En définitive, une question demeure récurrente : pourquoi l'humanité, en dépit de ses connaissances, ne parvient-elle pas à sortir de l'ornière ? Finalement, l'humanité ne serait-elle pas une erreur ?

N.H. : Il y a d'abord un verrou culturel. Je suis convaincu que le darwinisme a été la pire blessure faite à l'amour-propre de l'humanité. Certains ont autant de mal à accepter que nous soyons faits de la même pâte que les singes, que nous ayons un avenir en commun ! Nous réalisons maintenant que nous avons tous la même origine et que nous pourrions mettre en péril notre propre devenir. Mais la culture occidentale admet difficilement que notre puissance puisse générer notre propre vulnérabilité.

Il faudrait entamer une révision profonde de nos sociétés. Un paradoxe illustre à lui seul cette complexité : la croissance quantitative, qui est aujourd'hui le seul gage de « bonne santé » de nos économies, constitue la pire des nouvelles pour notre environnement ! Ceux qui sont dans l'action en sont paralysés.

D'autant plus que notre société procède dans des cadres temporels qui ne conviennent pas à l'écologie. Nous sommes incapables d'accepter que ce que l'on sème aujourd'hui puisse germer et profiter dans une autre échelle temps. C'est, entre autres, ce qui empêche le passage à l'acte. Je vais faire un parallèle un peu sordide, mais si les gens voyaient arriver le tsunami sur eux, tout le monde se mobiliserait. Comme le danger reste assez abstrait, ils ont du mal à bouger. C'est humain.

P.R. : Il y a des stratégies à mettre en place pour impliquer les gens. Nous disposons de formidables outils de communication qui pourraient servir de support à la mobilisation. Pourquoi ne s'en sert-on pas pour éduquer les gens et leur montrer quels comportements adopter pour améliorer la situation ? Il faudrait y mettre les moyens et ne pas se contenter d'un petit ministère de l'Environnement dont le budget ne représente que 0,28 % du budget national ! Il faudrait ameuter tout le monde pour participer aux programmes de dépollution. Les gens cesseraient de se sentir passifs mais se verraient au contraire comme des acteurs à part entière de la sauvegarde.

Je suis certain que la mobilisation des jeunes, par exemple, serait importante, à condition que le message puisse les toucher au cœur et à l'esprit, et pas seulement à l'intellect, comme le fait une écologie somme toute matérialiste. La dimension sacrée, non pas au sens où l'entendent les religions, mais à celui des évidences, est indispensable. Ce que j'entends par « sacré » instaure en nous une attitude profondément respectueuse de la vie et implique la poétique qui œuvre à l'enchantement. Je dois cependant reconnaître que certaines religions tentent progressivement de se mettre à jour face à l'urgence écologique...

N.H. : La pédagogie est le préalable indispensable à l'action, car il s'agit à la fois d'informer, de sensibiliser et de mobiliser. Malheureusement, force est de constater que nous ne sommes que quelques-uns à porter cette mission en France. Greenpeace, WWF, LPO, France Nature Environnement, Les Amis de la Terre, Hulot, Rabhi... nous sommes clairement identifiés dans le paysage, nous participons à donner bonne conscience. Et nous sommes récupérés, sans toujours nous en rendre compte. Tant que cette sensibilisation sera sous-traitée à quelques-uns dont on se gausse et s'empare, nous ne pourrons pas avancer.

Notre président et notre Premier ministre devraient se mettre côte à côte, à un autre moment que lors de la cérémonie annuelle des vœux, pour alerter les Français : « Cessons de faire la sourde oreille. Un grave danger pèse sur nos épaules. Nous devons réviser fondamentalement et collectivement nos comportements. » Il faudrait que ce préalable soit dit formellement, comme pour une déclaration de guerre : « Je vous mobilise. Une collision s'annonce. » Sans pour autant oublier de parler de l'espoir qui va avec.

P.R. : Sans ce préalable, posé par tous les politiciens de la planète, c'est impossible. Si les politiques ne se prononcent pas et ne font pas l'aveu public de la nécessité d'un changement, la situation n'évoluera pas. Comme gage de leur sérieux et de leur sincérité, ils devraient transférer une partie des fonds consacrés aux programmes de destruction, comme l'armement, à des chantiers de reconstruction de la planète.

N.H. : Une rupture n'est pas forcément immédiate et brutale. Le temps est un allié important et chacun doit tenir son rôle. Le politique est là pour fixer des orientations, des perspectives et des normes. À l'industrie ensuite de s'adapter, pour peu qu'on lui en laisse le temps, à la recherche de nous éclairer en proposant une alternative et au citoyen de l'encourager. Une mutation s'opère et s'organise.

P.R. : Le problème, c'est que nous avons complètement perdu notre capacité à anticiper. Aujourd'hui, notre système progresse par réaction à très court terme. Résultat, la politique, que l'on peut définir comme l'art de prévoir, ne met pas en route les processus d'un véritable changement de société pour éviter le chaos final. Peut-être que face à la complexité du monde, « après moi le déluge » est la seule réponse qu'elle soit capable de donner...

N.H. : J'ai pu constater cette incapacité à anticiper plusieurs fois de l'intérieur. Il suffit d'observer le mode de fonctionnement d'un ministère : il faut attendre que se produise un événement pour qu'on réunisse tout le monde pour discuter ! Ce n'est que de la réaction et de la communication. Où est l'anticipation ? Où est la réflexion ? À leur décharge, la fulgurance du temps, la densité des combats et la structure pyramidale impliquent que l'on demande aux mêmes personnes de gérer le présent et d'anticiper l'avenir. Dans notre système, tout repose sur un ministre, obligé de prendre des décisions qui devraient être pesées par un groupe pendant une bonne période.

En France, nous avons la capacité de nous doter de toutes sortes de commissions et d'instituts. Nous disposons par exemple de la Commission du Plan. Mais ses travaux et ses orientations ne sont absolument pas pris en compte à l'heure actuelle. Qu'il y ait deux degrés de lecture et d'appréciation n'est pourtant pas un principe idiot. Encore faudrait-il s'en servir ! On mobilise le Conseil national du développement durable, qui rassemble des énergies fantastiques, mais sa présidente n'a jamais été reçue par le Premier ministre et ses lettres restent sans réponse.

Dans le même ordre d'idées, on vient d'annoncer au ministère de l'Écologie qu'il allait devoir partager ses locaux avec celui de la Francophonie. Pendant les travaux, les écologistes vont travailler dans les couloirs... Sans compter qu'il y a des tentatives répétées pour rogner leur budget et que l'on vient de leur enlever leur secrétariat. On a certes créé à ma demande un délégué interministériel au Développement durable, mais ils ont mis un temps fou lui pour fournir un bureau et une secrétaire. Et on ignore toujours qui va le payer et de qui il dépend !

Le rôle des ONG consiste souvent à éviter des reculs plutôt qu'à opérer des avancées. J'ai dû défendre il y a peu de temps encore le budget de l'ADEME (Agence gouvernementale de l'environnement et de la maîtrise de l'énergie), un organisme essentiel qui a besoin de moyens.

P.R. : Le gouvernement ne considère pas l'écologie comme une priorité mais comme une préoccupation subsidiaire, un alibi démagogique à très bas prix. Ta description confirme les faits. Il est difficile de contenir sa colère quand on songe à l'immense enjeu que représente le devenir collectif !

À tous ces ministères, il manque le magistère, c'est-à-dire une responsabilité fondée sur la grandeur, la vertu, le désintéressement. Pour autant, je me suis toujours interdit de juger les êtres, même politiques, sachant parfaitement combien la règle du jeu est restrictive et les marges de manœuvre, limitées. C'est la règle qui est à changer de fond en comble, avec le souci d'instaurer une démocratie affranchie de ce qui la pervertit. J'ai seulement envie de dire aux politiques : « Je vous en supplie, soyez honnêtes ; dépassez ces ambitions qui donnent de vous une image si dérisoire, vous avez entre les mains des leviers redoutables. »

N.H. : J'ai fait partie de ceux qui pensaient que l'on pouvait les amener à l'écologie par la raison et le dialogue. J'essaierai de continuer ce dialogue dans toutes les strates de la société. Mais je ne me satisferai plus de cela.

Pour qu'il y ait une petite chance que l'on sorte de cette indigence et que l'on soit à la hauteur des enjeux, le signal devrait peut-être venir de la population. Et si l'opinion manifestait sa volonté de s'engager, de participer à des changements, et affirmait sa prise de conscience par rapport à la réalité ? Essayons de voir si cette volonté d'agir est assez conséquente. Si c'est le cas, peut-être pourrait-elle s'organiser dans une sorte de « lobby des consciences ». Nous pourrions avoir une bonne surprise, car nous sommes sans doute plus nombreux que ce que nous imaginons.

P.R. : Il faut apprendre aux gens à devenir acteurs du débat. Il faut clairement définir le monde que nous voulons et ce que nous sommes prêts à faire pour atteindre cet objectif. Il faut que la mobilisation soit très structurée.

N.H. : On me demande souvent si les individus sont vraiment prêts à modifier leurs comportements. Eh bien, je pense que oui, mais à deux conditions. Il faudrait que leur volonté individuelle rencontre l'organisation collective, car les gens ne veulent pas être seuls à pédaler dans le bon sens. Je ne vais pas demander à un seul mec de prendre son vélo à Paris et de mettre sa vie en jeu en risquant de se faire écraser par un bus ! C'est une belle action symbolique, mais sa portée est dérisoire. L'action doit nécessairement être collective pour avoir de l'impact. Deuxièmement, il faut offrir des vrais choix aux individus, pas des choix purement symboliques.

P.R. : Et des choix qui comportent une contrepartie tangible.

N.H. : Effectivement, il leur faut des choix dont ils puissent immédiatement identifier les bénéfices, notamment matériels. Parvenir à un comportement moins dispendieux peut engendrer un certain nombre d'économies, dans nos dépenses énergétiques par exemple. Et puis certaines choses doivent impérativement être interdites.

P.R. : L'interdiction ne doit pas tomber comme un couperet. La pédagogie est essentielle pour bien expliquer la raison pour laquelle il y va de l'intérêt collectif d'interdire. Des outils comme la télévision pourraient être intelligemment utilisés. À partir de là, l'interdiction devient une règle, mais sans arbitraire.

On ne peut pas gérer un pays sans règles, à grands coups de démagogie pour rassurer des citoyens apeurés. À ne vouloir fâcher personne, rien n'avance. À un moment, même si ça dérange, il faut agir si c'est dans l'intérêt collectif. Et Dieu sait que l'écologie concerne vraiment tout un chacun ! Il ne s'agit pas de favoriser un parti, mais de placer l'écologie au niveau le plus universel et le plus transcendant. L'écologie n'appartient à personne tout en appartenant à tous.

N.H. : Ceux qui se posent encore la question de savoir si l'écologie est de gauche ou de droite n'empruntent pas les bons chemins. C'est une question irraisonnable. Les enjeux écologiques devraient faire table rase des questions partisanes.

P.R. : Il est dans l'intérêt de chacun que l'air soit bon à respirer et que la nourriture soit salubre. Il faut, grâce à la pédagogie, proposer des solutions crédibles, vérifiables, et définir les autorités qui mettront tout en place sur le terrain.

N.H. : Il y a des limites à fixer. Par exemple, nous n'allons pas interdire totalement les voitures. Mais nous pourrions bannir celles qui roulent à plus de cent trente kilomètres à l'heure. D'abord pour une question de cohérence. On nous construit des voitures qui sont des tentations absolues alors que les choses seraient plus claires si leur vitesse était limitée. Il faut sortir de cette hypocrisie et aller au bout d'une logique, sans pour autant tomber dans l'excès.

P.R. : C'est une question de bon sens. On met tout un système répressif en place dès lors qu'on franchit les cent trente kilomètres à l'heure, mais on incite à la vitesse *via* la puissance des véhicules et la structure des routes ! Le problème, c'est que la voiture est vue comme le fleuron de la créativité moderne. L'analyser sur les seuls critères objectifs ne suffit pas. C'est un outil enrobé d'irrationalité, avec 40 % d'usage et 60 % de fantasme, que la publicité sait bien exploiter : l'habitacle matrice, l'évasion, la griserie de la vitesse, l'apparence sociale, le sentiment de puissance, la modification même du temps et de l'espace... C'est peut-être la raison pour laquelle elle est enkystée dans notre mode de vie, et que nous avons normalisé, la routine aidant, tous ces déplacements excessifs.

Dans ce domaine comme dans tant d'autres, nous devrions réfléchir sur les moyens de réduire aussi rigoureusement que possible nos excès. C'est un secteur où les alternatives devraient être activées. Il ne s'agit pas seulement de rouler avec du biocarburant. Nos terres agricoles risqueraient d'être mobilisées pour la production massive de végétaux destinés à alimenter les seuls moteurs à explosion ! Je tiens en si haute estime la terre nourricière que cette éventualité me répugne.

N.H. : N'est-il pas aberrant qu'on ne trouve en France qu'un seul modèle de véhicule hybride, qui plus est japonais ? Pourquoi nos industriels automobiles n'ont-ils pas déjà proposé toute une gamme ? D'autant que ça marche bien : ces véhicules permettent des économies d'énergie de plus de 50 %.

Quand je pense que même les États-Unis commencent à évoluer ! La Californie, qui rejette à elle seule autant de gaz carbonique que le Brésil, a ainsi récemment décidé d'imposer aux constructeurs automobiles des modèles moins polluants.

P.R. : Cela dit, avoir la sensation de rouler sans polluer ne sera-t-il pas un alibi contre la modération, et épargnera-t-on pour autant plus d'espace sur les autoroutes, parkings et tout ce qui s'ensuit ? Les pétroliers, les États et les entreprises semblent conjuguer leurs forces pour que jamais des solutions décisives ne puissent être envisagées. Il ne s'agit évidemment pas d'abolir les outils de transport, mais de redéfinir le rôle et les services positifs qu'ils peuvent jouer.

N.H. : Il faut être cohérent, car l'être humain a aussi ses propres faiblesses. Il m'arrive de dépasser les limites sans m'en rendre compte. On ne peut pas demander aux individus d'avoir une vigilance permanente. Si la voiture est bridée, on n'en parle plus. Le problème est réglé et, en plus, on peut mobiliser l'énergie économisée pour autre chose.

J'ai pris cet exemple car les solutions sont à notre portée. Et pourtant, personne n'agit. Certes, il est plus compliqué d'avoir d'autres types de véhicules sur le marché et de revoir les problèmes de flux. Reste que ce problème pourrait avoir disparu demain matin.

P.R. : Peut-être faudrait-il qu'il y ait un consensus européen, voire mondial ?

N.H. : Mais le problème est qu'aucun pays membre n'a encore proposé cela. Il faudrait que l'Europe dise à l'unisson : « Ne rentrent dans nos frontières que les véhicules bridés. »

Le récent débat sur la Constitution a bien montré, dans le camp des oui comme dans celui des non, que l'environnement n'était pas un élément de réflexion central. La Constitution se serait grandie à afficher comme objectif central et fondamental la lutte contre le changement climatique, vu qu'elle affiche des objectifs économiques ou militaires par ailleurs. Qu'on le veuille ou non, elle fixe des règles économiques qui sont incompatibles avec le fait que nous vivions dans un monde fini, limité. Mais reconnaissons que l'Europe a toujours été profitable à l'écologie, en tirant les pays membres vers le haut.

S'il y a bien une raison de construire l'Europe, c'est de proposer une vraie alternative écologique, et je continue à penser que la France peut jouer un rôle essentiel d'entraînement, d'exemplarité. Notre pays s'enorgueillit d'être la patrie des droits de l'homme, j'aurais adoré qu'il devienne aussi celui du respect de l'environnement et du droit des générations futures ! Je suis convaincu que nous pouvons insuffler des tendances, donner des impulsions pour créer cette dynamique de la raison.

P.R. : Je rêve moi aussi d'un État audacieux, capable de transgresser les cadres conventionnels et rigides qui stérilisent sa créativité pour mettre en œuvre, rationnellement, des utopies. Il n'est pas impossible que cette « folie » puisse être contagieuse, comme le sursaut de vie dont nous avons tant besoin. Mais force est de constater que, pour l'instant, nous sommes les derniers de la classe.

N.H. : Dans le domaine écologique en général, chacun évolue différemment. Les mentalités scandinaves ont un meilleur sens civique qu'ils ont même parfois tendance à pousser à l'extrême. En Norvège ou en Suède, il y a récemment eu un débat au Parlement sur le nombre de douches qu'il fallait imposer par jour aux animaux d'élevage. Nous en sommes très loin.

En même temps nous avons tous nos défauts, et ce sont ces pays-là qui ralentissent le moratoire sur la chasse à la baleine. Cela dit, je suis d'accord avec toi, le décalage entre les discours et la réalité est tout simplement consternant. Tant que nous serons dans cette structure architecturale gouvernementale, il en sera de même.

Reste que de toute façon, la responsabilité est collective. Même les particuliers sont responsables, à travers leurs comportements quotidiens, de la dépense d'énergie par exemple. Il ne faut pas fragmenter l'information. Il faut inciter à consommer et à produire différemment. Les individus vont devoir se responsabiliser en permanence dans leurs gestes de consommation. Il va falloir devenir des écolo-citoyens et des « consommacteurs » pour que la planète reste vivable. Chaque geste de consommation, avant de s'effectuer, doit nous interpeller sur sa nécessité et sa finalité. C'est une évidence que nous n'avons pas encore matérialisée.

P.R. : J'ai beaucoup de mal avec le qualificatif « consommateur ». Lorsque je me l'applique, je le trouve désobligeant. J'ai l'impression qu'il me ravale à une sorte de machine biologique ingurgitant de la matière pour faire tourner la machine économique. Car c'est bien de cela dont il s'agit, et lorsque les économistes et les politiques en appellent à l'augmentation de la consommation pour améliorer la croissance, ils nous invitent implicitement à considérer cela comme du civisme. Par cet acte, nous augmentons le PIB ou le PNB de notre nation, ce qui serait censé avoir des effets sur l'emploi... C'est en tout cas révélateur d'un ordre absurde.

Ma physiologie est heureusement régulée par la nature. Même un très gros mangeur a des limites ! Seuls le superflu et l'accumulation n'en ont pas, bien que nous ne puissions pas porter trois chemises à la fois, habiter simultanément deux maisons et rouler dans deux voitures en même temps ! Selon ce principe du « toujours plus » indéfini, chaque citoyen pourrait légitimement estimer qu'il a droit à son avion privé...

Il faudrait pouvoir faire l'inventaire de nos consommations et valoriser les ressources dont nous disposons, de façon à éviter les dépendances tout en restant ouverts. Il ne s'agit pas de créer des frustrations.

N.H. : Le consommateur doit encourager prioritairement les produits de proximité.

P.R. : Il est anormal que nous vivions de choses qui ont fait des milliers de kilomètres alors qu'elles peuvent être produites localement. Dans le domaine de la planification agricole par exemple, il faudrait aller très vite en maintenant les petites structures et en s'orientant vers la production qualitative. Aidons toutes ces petites structures agricoles ou artisanales à taille humaine, qui se passent parfois du pétrole et qui ne demandent qu'à continuer, dans le respect de l'espace rural et en donnant une âme à l'urbain.

La construction européenne offre une opportunité exceptionnelle pour appliquer la règle de l'économie à échelle humaine. L'Europe de l'Est fourmille de savoirs et de savoir-faire traditionnels encore affranchis de la dépendance pétrolière : petites fermes à traction animale, artisanat, dont l'habileté témoigne de la fameuse intelligence des mains. Ces valeurs devraient être d'emblée considérées comme des richesses à préserver ou à appuyer. Hélas, comment faire comprendre que la microéconomie et les microstructures ont plus d'avenir que le gigantisme, qui procède d'une pensée déconnectée des phénomènes les plus élémentaires de la vie ?

En ce domaine aussi l'écologie est inspirante. Ce sont les plus petits maillons qui tiennent l'ensemble et qui assurent durée et solidité. Il n'y a qu'à voir l'importance du plancton dans tout l'écosystème marin ! Nous sommes loin du compte, et l'Europe se prépare à affronter des ajustements difficiles avec un chômage généralisé. Les subventions ne changeront rien à l'affaire. Les agriculteurs de l'Europe prospère vont éradiquer les petits paysans.

Pourtant, il faudrait appliquer une autre logique à tous les secteurs de production, pas uniquement agricoles : orienter l'économie dans son ensemble vers une production qualitative et la relocaliser.

N.H. : Cela ne pourra aller qu'à contre-courant.

P.R. : Soit on admet la logique « macro » de l'économie, soit on part sur le principe d'une économie « micro », où l'on multiplie les acteurs économiques.

C'est un peu le problème de l'Afrique. On l'ignore encore trop, mais c'est un jeune continent qui dispose d'une énergie humaine considérable. Cette énergie humaine permet de limiter l'introduction de la technologie très coûteuse, et j'ai personnellement déjà dû annuler des projets qui incluaient trop de tracteurs. Les paysans acceptaient les véhicules pour le gros du boulot, mais une fois qu'on leur remettait les lopins de terre, ils voulaient utiliser leur propre énergie...

Un être humain mangeant son repas et s'occupant de son lopin de terre utilise son énergie métabolique à son maximum. Mais la technologie implique un temps d'investissement et d'entretien très lourd et constitue ce qu'on appelle une « énergie fondante ». Dès que tu achètes une voiture flambant neuve et que tu la mets au garage sans même l'utiliser, elle fond. Elle commence à perdre de sa valeur.

On a démontré qu'avec une calorie d'énergie humaine, on pouvait produire quarante calories alimentaires. Alors que c'est l'inverse pour la technologie. Nous démobilisons une quantité énorme de compétences et d'énergie pour créer des macrostructures qui, elles, vont centraliser, délocaliser et jouer le jeu de la règle économique internationale dans toute son horreur.

Évidemment, nous ne pouvons pas passer d'un système à l'autre par un simple coup de baguette magique. Mais les politiques pourraient engager le processus.

N.H. : Je peux comprendre qu'ils ne soient pas encore convaincus mais, au moins, ils pourraient essayer d'explorer. Notre entêtement à ne pas ouvrir d'alternatives est un de nos problèmes fondamentaux. Il y a une espèce de frilosité à inventer, de conformisme industriel et technologique. Pourtant, la recherche est essentielle pour valider de nouvelles pistes dans l'agriculture, l'écologie industrielle ou l'économie. Il faut libérer la recherche pour faire jaillir la technologie, qui rend compatibles les impératifs écologiques et économiques.

P.R. : Dans le domaine de l'irrigation agricole par exemple, nous nous trouvons dans une situation incroyable : on y utilise 70 % de l'eau en France, alors qu'à peine 3 ou 4 % de cette eau est nécessaire à la plante !

N.H. : La recherche industrielle pourrait nous fournir des systèmes totalement innovants. *Idem* dans le domaine énergétique, où l'on pourrait améliorer le rendement des éoliennes de 50 %. Il y a toute une palette d'opportunités qui attendent seulement d'être validées.

Chaque jour, je reçois des courriers d'inventeurs qui sont loin d'être des illuminés. L'un d'eux a élaboré une batterie nickel-zinc qui serait recyclable, non polluante et avec une autonomie sans comparaison avec ce qui existe aujourd'hui. Il n'arrive pas à trouver un industriel qui accepte d'évaluer son système ! Et combien de fois ai-je entendu parler du moteur penthol qui marcherait à l'eau ! Chaque fois que je l'évoque, tout le monde rigole ! Il faudra bien qu'il y ait à un moment une structure d'évaluation ! Le génie n'appartient à personne. Combien d'hommes sont d'abord apparus comme des illuminés avant d'être reconnus comme des génies ? Il n'y en a pas moins aujourd'hui qu'hier. Mais on en a plus besoin aujourd'hui.

On nous répète que la taxe Tobin n'est pas applicable, mais je ne peux pas croire que nos économistes ne soient pas capables de trouver des moyens de taxer les capitalisations boursières. À l'échelle de l'Europe, chaque fois que quelqu'un achète un billet d'avion, il pourrait payer un euro de cotisation pour la collectivité.

P.R. : C'est comme pour la vignette auto.

N.H. : Tu touches du doigt la précipitation et le réflexe démagogique ! Dans un souci de cohérence fiscale et de démagogie, le gouvernement a supprimé une vignette qui était devenue un état de fait. Certes, les Français ne supportaient pas que, au départ, cette vignette ait été créée pour aider les personnes âgées et ait peu à peu changé d'usage, sans qu'on les prévienne. Mais elle était depuis rentrée dans les mœurs. Il fallait profiter de cela pour lui donner une autre utilité.

P.R. : Il aurait fallu qu'on nous dise que les recettes seraient désormais versées à un fonds pour l'écologie par exemple, en mettant en place les moyens de le vérifier.

N.H. : Même chose pour la suppression du service militaire. C'est en soi une bonne chose, mais le service avait tout de même deux vertus, à commencer par le brassage social dans un monde ghettoïsé. Il était aussi vertueux pour le jeune de Neuilly-sur-Seine que pour le jeune de Saint-Denis de se rencontrer pour faire tomber leurs différences et leurs idées reçues. Par ailleurs, il est toujours bon de consacrer un temps de sa vie à son pays, pour peu qu'il ne s'agisse pas de faire le pingouin dans une caserne.

Pourquoi ne pas avoir transformé le service militaire en service humanitaire ? J'aurais adoré donner six mois de ma vie aux personnes âgées, à l'environnement ou pour aider l'Asie après le tsunami. Qu'on soit riche ou pauvre, une telle expérience permet de relativiser sa condition humaine et de nuancer ses révoltes. Nous avions toute l'infrastructure mais personne, à gauche comme à droite, n'a proposé quoi que ce soit.

P.R. : Au-delà des politiques, j'ai personnellement l'occasion de rencontrer régulièrement des acteurs de la société civile. Je peux témoigner de la richesse de ce vaste champ où la créativité, l'innovation et les initiatives humaines – souvent bénévoles – peuvent s'exercer librement. Comme tout système humain, la société civile est animée par du rationnel et de l'irrationnel, de l'objectivité et de la subjectivité : c'est une sorte de laboratoire des utopies et des rêves. Je la trouve très touchante, car encore profondément humaine et vivante.

Bien entendu, cela ne la met pas à l'abri des clivages et des antagonismes. Mais si le politique était vraiment attentif, il pourrait recevoir les messages essentiels que cette société civile lui adresse. Nous sommes pourtant loin du compte. Le politique reste circonscrit dans sa logique propre et a tendance à se crisper, ce qui est incompatible avec le mouvement dont la société civile témoigne. Tout se passe comme si la société civile, en tant que corps social, et la politique, en tant que tête, ne correspondaient plus ! Je ne sais si ce clivage a été aussi net par le passé. Peut-être est-ce dû à l'absence d'un facteur majeur en politique : la vertu. Le pouvoir implique une déontologie profonde si l'on veut échapper à la banalité de la volonté de puissance. Mais il y a ceux qui servent les valeurs et ceux qui s'en servent...

Je suis convaincu que la société civile est un espace où s'exerce une politique d'une autre nature, plus pragmatique et sans aucun doute indispensable au futur.

Chapitre VIII

Être dans ou en dehors du système ?

N.H. : J'ai aimé ma rencontre avec toi parce qu'elle était improbable. Et comme je crois que l'on se nourrit des différences, je ne pouvais pas tomber mieux. J'ai visité toutes sortes de sphères aux niveaux humain, social, géographique, religieux et économique, et j'ai glané des enseignements dans toutes les strates que j'ai traversées. Je me suis aussi débarrassé de certaines choses et je continue encore, même si je ne renie rien de mon parcours.

P.R. : Il y a des choses essentielles auxquelles on ne renonce pas parce qu'elles donnent une orientation et protègent des vermines et des sirènes.

N.H. : Je n'ai justement pas cédé à ces sirènes. La forme de vérité à laquelle je suis arrivé me semble solide et ancrée en moi. Si mon parcours avait été brutal, stratégique et opportuniste, je n'aurais pas résisté.

Ma trajectoire m'a permis, à un moment, d'entrer dans cet univers médiatique. Je ne l'ai ni choisi ni fui. Je pensais que ça ne durerait qu'un temps et j'en ai saisi l'opportunité. Mais c'est un univers à part, fait de facilité, de tentations et de dispersion, qui aurait pu m'engloutir tant il était antinomique avec mon mode de vie. C'est un milieu qui aime conserver et modeler.

Quand tu es exposé, tu peux facilement te perdre dans l'image à laquelle on essaie de t'identifier. Tu n'es pas forcément ce que tu parais être à la télé et le risque est de se laisser prendre au jeu. Entre l'image que les gens ont de toi, ce que tu es profondément et ce que tu aimerais être, il y a de quoi se perdre.

P.R. : Avant de te rencontrer, je n'avais jamais vu tes émissions. J'avais évidemment entendu des propos du style : Nicolas Hulot s'est construit grâce à une multinationale et à l'argent. Mais personnellement, je n'avais jamais pris ces arguments au sérieux. Du moins, cela n'entrait pas dans mes préoccupations. Lorsque j'ai découvert ton travail, je me suis rendu compte qu'il me concernait, m'interpellait, et qu'il était utile dans un paysage médiatique souvent stérile et éloigné de ce que nous considérons comme éminemment important.

Quant au problème que soulève le mécénat, il me paraît difficile de tout accepter. Le mécénat peut être l'occasion pour certains nantis, perçus à tort ou à raison comme des prédateurs, de faire leur bonne action en soutenant des actions généreuses. Certains le font avec beaucoup d'ostentation, avec des cérémonials, comme je l'ai vu en Afrique, et exigent une contrepartie marketing des bénéficiaires de leurs libéralités. Mais l'argent n'est pas d'emblée diabolisable. Il constitue une sorte de flux, à la fois vital et mortel, selon ce qu'il représente et ce qu'il induit. Son omniprésence dans l'ensemble de la structure sociale le rend incontournable.

Notre association, Terre et Humanisme [1], vit en partie de la générosité des personnes qui adhèrent aux valeurs que nous servons et qui nous permettent d'aider

1. Née en 1994, l'association Terre et Humanisme (anciennement les Amis de Pierre Rabhi) travaille à la formation, à l'informa-

des populations en difficulté alimentaire. Il y a quelques années, nous nous sommes cependant trouvés en difficulté financière et on nous a suggéré de nous tourner vers le mécénat de Carrefour. Après avoir refusé, j'ai fini par céder sous la pression de mes compagnons. J'ai seulement posé comme condition de pouvoir parler au P-DG de cette multinationale. J'avais besoin de rencontrer une conscience pour me déterminer. Le rendez-vous n'a jamais abouti et les choses se sont finalement arrangées sans ce recours... Mais je crois fermement que, face aux graves problèmes de notre temps, une fédération des consciences et des bonnes volontés doit se faire, au-delà des apparences et des moyens. Cela fonctionne et notre engagement en bénéficie de plus en plus. Exemple important, le site écologique de cinquante-cinq hectares que nous réalisons dans la Drôme est entièrement financé par un chef d'entreprise, Michel Valentin, qui s'y implique totalement, au-delà d'un simple mécénat[1]. Je suis convaincu

---

tion et à l'expérimentation de pratiques écologiques alternatives. En France, elle accueille en Ardèche méridionale, au mas de Beaulieu, des formations destinées au grand public (initiation à la terre, sensibilisation à l'écologie....). À l'étranger, et notamment en Afrique (Mali, Niger, Maroc, etc.), elle développe toute une série de programmes d'aide internationaux sur la base de trois éléments : sécurité alimentaire, implication locale, débat public.
http://terrehumanisme.free.fr et http://www.pierrerabhi.org

1. Situé dans la Drôme provencale, le site des Amanins repose sur une idée novatrice : la création, dans un cadre naturel exceptionnel, d'un centre d'accueil et d'hébergement pour vacances, stages et séminaires, le tout étant organisé autour d'une ferme agro-écologique. Depuis sa conception jusqu'à sa gestion, le projet est entièrement voué à l'écologie (architecture en matériaux sains et locaux ; énergies renouvelables, éoliennes et/ou solaire ; gestion économe de l'eau, récupération des eaux pluviales, phytoépuration... ; réduction et traitement des déchets ; toute une palette d'activités accordant une large place à l'éducation des sens, à la santé, à la

que la planète de convivialité à laquelle nous aspirons, habitée d'êtres humains qui prennent soin de la vie, ne naîtra que grâce à la mutation des consciences.

N.H. : En 1992, une trentaine de scientifiques qui avaient reçu le prix Nobel ont lancé un appel pour la sauvegarde de la nature. En préambule à cet appel, ils ont dessiné la trajectoire de la nature et des êtres humains, montrant que les deux allaient bientôt entrer en collision. On pouvait constater quatre pics qui se nourrissaient les uns les autres : le pic de consommation, le pic de pollution, le pic démographique et le pic d'extinction des espèces. Il faut propager cette idée dans tous les milieux, d'autant que certains comportements progressent, et avec sincérité...

Partout et dès que je peux diffuser mes convictions, je le fais. Avec un certain nombre de réserves, évidemment. Si demain Jean-Marie Le Pen voulait me rencontrer, ma « religion » est telle qu'il irait se faire voir. À part ça, je n'ai pas de démarche élitiste. S'il y a une petite chance que les choses bougent, ce sera globalement et transversalement. Nous devons parvenir à nous harmoniser sur la méthode et la stratégie.

Nous évoluons tous les deux dans des sphères de rayonnement très éloignées des sphères dominantes. Je me suis rapproché physiquement de celles-ci, mais pas spirituellement. Des années-lumière m'en séparent. Mais il faut trouver un moyen d'y opérer des change-

---

connaissance de la terre, à la redécouverte et à la préservation des patrimoines nourriciers ; expérimentation et démonstration agro-écologique et de sauvegarde de la biodiversité, etc.). Tous les bénéfices seront affectés prioritairement à des programmes internationaux pour l'autonomie alimentaire des populations par l'agro-écologie. Ouverture prévue : 2007. Les Amanins, séjour en agro-écologie, 26400 La Roche-sur-Grâne, France. Tél. : 04 75 43 75 05, courriel : info@lesamanins.com, site : www.lesamanins.com

ments. Il est important de sortir de son vase clos pour ne pas remâcher sans arrêt les mêmes constats.

P.R. : Je me sens souvent pataud dans le monde d'aujourd'hui. Je ne sais pas m'y comporter à des fins d'efficacité. Comme me le disait mon ami François Lemarchand, le fondateur des magasins Nature et Découvertes, avec qui nous travaillons, nos actions nous ont permis de nous construire une petite notoriété et un potentiel de crédibilité important mais, en dépit de cela, nous tirons la langue pour essayer de survivre. Peut-être ne les avons-nous pas suffisamment valorisés ? C'est une chose que je n'ai jamais su faire, contrairement à toi. Tu détiens la stratégie de ce monde, que tu connais de l'intérieur. Tu connais même l'espace politique, qui m'est totalement étranger.

N.H. : Il y a partout des gens plus ou moins respectables. Il faut trouver le bon dans chaque sphère, créer une passerelle et mutualiser nos énergies. Cette réorganisation de notre société doit s'imposer comme une nécessité. Il ne faut pas oublier que ce sont les hommes qui font bouger les choses et que, derrière les partis politiques et les entreprises, il y a aussi de l'humain.

P.R. : Tu ne t'es jamais senti bridé dans cette sphère médiatique ?

N.H. : J'ai appris à être pragmatique. Il existe deux manières de se positionner par rapport à ce qu'on appelle le « système » : soit on reste définitivement à l'extérieur en le fustigeant, mais cela revient à jeter des petits cailloux sur un dinosaure, sans compter qu'on fait, par là même, abstraction du fait qu'un système est aussi fait de nature humaine ; soit on l'intègre en essayant de faire bouger les choses. La complémentarité de ces deux méthodes est importante.

Quand j'observe mon parcours, je m'aperçois que j'ai probablement fait bouger le curseur dans ce système. À mon niveau, et avec d'autres, j'ai obligé des entreprises à se poser un certain nombre de questions et à évoluer. Essayer de faire évoluer les attitudes de l'intérieur, à la façon d'un cheval de Troie, peut être efficace. Je n'ai jamais eu de réticences à avoir des interlocuteurs dans toutes les sphères, et j'ai toujours trouvé que la manière dont on avait l'habitude d'aborder l'écologie était vaine. Pour que le système change lui-même, il faut qu'il soit convaincu de la nécessité de ce changement, ce qui ne se produira pas si nous l'attaquons en permanence.

P.R. : J'ai souvent ressenti le « système » comme étant un mode d'organisation restrictif et tyrannique, dans lequel l'individu est prédéterminé, programmé. Ça a été le cas quand j'ai été ouvrier spécialisé, noyé dans une grande entreprise. Je n'orientais pas ma vie, c'est le « système » qui le faisait à ma place, qui validait ou non cette existence. Et pour être validée, il fallait qu'elle soit conforme aux critères établis, qu'elle entre dans le cadre défini.

Toutes ces conditions mettent en évidence que la modernité n'est pas un simple segment de l'histoire, façonné par des circonstances plus ou moins aléatoires, mais une véritable idéologie, en l'occurrence celle du progrès technoscientifique pour l'amélioration de la condition humaine. Se pose alors la question de savoir si l'on veut être dans ou hors du système.

Pour ma part, ne pouvant souscrire à la logique du système, j'ai essayé, avec le retour à la terre, de me créer un microcosme où les valeurs qui me paraissaient essentielles pouvaient être sauvegardées. C'est une tentative de cohérence, mais qui a ses limites. Aujourd'hui, je roule en voiture, je voyage en avion pour mes programmes de solidarité internationale, je m'éclaire à l'électricité nucléaire, j'ai des machines agricoles pour m'aider à travailler ma terre... Je n'aspirais pas à la marginalité, qui m'aurait rendu associable ou membre d'un ghetto. J'ai toujours tenu à rester membre à part entière de la communauté humaine, mais en travaillant à réduire le pire pour mieux servir le meilleur. Il ne s'agit donc pas de déserter la société, mais de l'affranchir d'un système absurde. Par exemple, je dis souvent que la meilleure façon de se libérer du pouvoir des multinationales, c'est de s'organiser pour ne plus en avoir besoin. En ce sens, privilégier les petits commerces locaux et cultiver son jardin sont pour moi des actes politiques, de résistance au système.

N.H. : On te définit souvent comme un radical...

P.R. : Ma radicalité n'est ni de l'intolérance ni une agression contre l'ordre établi. Je la définis plutôt comme une réprobation invitant à agir. Elle m'est indispensable. Si je me mettais à composer par-ci par-là, je serais dans la démarche d'un funambule tentant d'équilibrer les choses. Mais évidemment, nous ne pouvons pas fonctionner sans compromis.

Cela dit, il ne pourra y avoir d'évolution notable au sein d'un système erroné que nous nous épuisons à arranger à la marge. Une erreur ne s'aménage pas, elle s'abandonne. Et je crois profondément que le temps est venu de changer de paradigme si l'on ne veut pas disparaître. Comment une idéologie de l'outrance peut-elle perdurer alors même que la réalité écologique nécessite impérativement la modération ? C'est toute la logique qui est à remettre en question. Il faut renoncer au modèle qui place le profit au centre et lui substituer une alternative qui mette l'humain et la nature au cœur de nos préoccupations. C'est un préalable absolu. Je n'accepte pas que l'on dise que ce n'est pas possible. Nous savons mettre tant d'énergie et d'efficacité dans ce qui est négatif ! L'obstacle n'est pas ailleurs que dans le cœur et l'esprit humains. Pourquoi est-il plus facile aux hommes de lancer une navette ou un satellite dans l'espace que de sortir de l'ornière où nous nous enfonçons depuis des années ?

N.H. : Il faut être radical dans les objectifs, évolutif dans l'engagement. Le hasard m'a laissé disposer d'un espace, la télévision. Dès lors, j'ai essayé d'avoir une exigence quant à l'utilisation de cette tribune. La télévision peut créer un effet de contagion aussi efficace que des attitudes plus radicales. J'essaie de créer des passerelles plutôt que de creuser des fossés. Mais il est important de rester lucide et de garder une indépendance d'expression et de pensées. J'ai toujours fait en sorte de ne pas être contraint de dire ce que je n'avais pas envie de dire.

Je suis bien conscient du fait que je participe à donner bonne conscience à une société, mais ce qui est important, c'est d'avancer. Si je n'ai eu qu'un succès dans mon parcours, c'est d'avoir réussi, à mon niveau, à déghettoïser l'écologie en France. Je suis convaincu d'y avoir contribué au moins dans le milieu politique et dans les industries, deux sphères très éloignées de l'écologie. Ce n'est pas encore palpable au niveau des choix, mais ce le sera peut-être prochainement.

Quand je fais *Ushuaïa*, je suis salarié d'une entreprise et j'appartiens à un groupe. Si je trouvais que rien dans ce groupe n'était supportable, je le quitterais. Mais je refuse d'avoir une approche manichéenne : je n'oublie jamais qu'une entreprise est, d'abord et avant tout, une somme d'individualités. Dans ce média très puissant, j'ai essayé de tirer les choses vers le haut. Dans une telle puissance de feu, avoir abordé des problématiques fondamentales à vingt heures trente me semble aussi honorable que d'autres succès dans la prise de conscience.

Au départ, quand *Ushuaïa* s'est présenté, j'ai pensé que l'expérience ne durerait qu'un moment et j'ai saisi l'opportunité de voyager avec des moyens que je ne parvenais pas à réunir depuis des années. Au départ, ma démarche était très personnelle et égoïste. Plus tard, je l'ai fait fructifier. L'opportunité s'est doublée d'un sens. L'émission me permettait de faire partager un certain nombre de convictions. Je pensais que ce serait éphémère mais je me trompais. J'ai fait évoluer tout ça en un univers, *Ushuaïa*, qui est devenu juridiquement la propriété de mon employeur.

P.R. : Pourquoi ne pas avoir choisi de produire toi-même ? Tu n'as pas eu peur que cela t'échappe ?

N.H. : Pour *Ushuaïa*, mon leitmotiv n'a jamais été ce que ça rapporterait. Tout a été guidé par mon intuition, mes convictions et mon désir de partager. Quand on évolue dans une structure confortable comme TF1, l'économie vient en second. Quand, en revanche, il s'agit de sa propre structure, l'économie prévaut sur le reste. Dès que l'émission a commencé à fonctionner, j'ai eu le choix de rentrer dans une mécanique d'autoproduction, de protéger le tout et de le faire fructifier. Mais ce n'est pas mon métier et j'étais assez lucide pour me rendre compte qu'il aurait été difficile, en m'autoproduisant, de rendre compatible l'objectif d'une entreprise avec mon éthique éditoriale. Je n'aurais jamais pu développer *Ushuaïa* avec la liberté dont je dispose actuellement, celle d'être débarrassé des contingences matérielles. Cette liberté s'est parfois exercée dans des rapports de forces car, il y a quelques années, une émission de ce type était inenvisageable en *prime time* sur TF1.

P.R. : Le succès n'y est pas pour rien !

N.H. : Mais il faut reconnaître que les décisionnaires ont accepté de tenter l'aventure. Pour clarifier les choses, *Ushuaïa* est un patrimoine qui appartient depuis toujours à TF1. Je n'avais pas imaginé à l'époque que ce patrimoine allait se décliner en un certain nombre de produits dérivés. Dans un premier temps, cela m'a chagriné, mais je n'avais aucun moyen de m'y opposer, sauf à démissionner de TF1. Je me serais privé, au-delà de mon activité professionnelle, d'une vitrine, d'une tribune et d'un média essentiels à mon engagement.

Dès lors qu'aucun produit indigne n'était fait, que mon indépendance n'était pas entravée, qu'au contraire cela me donnait plus de moyens de production et donc de qualité, le pragmatisme qui conduit souvent mes décisions m'a fait m'accommoder de cette situation. À choisir, je préfère que ces investissements proviennent du privé – à commencer par ceux qui exploitent l'univers que j'ai créé – plutôt que du public. De surcroît, il faut bien admettre que c'est pour TF1 l'un des moyens de rentabiliser de lourds investissements de production. Les documentaires de cet acabit et de cette exigence coûtent très cher. Sur une chaîne publique, c'est la redevance qui les finance. Dans un groupe privé, c'est la publicité. Personnellement, *Ushuaïa* m'a donné les moyens de poursuivre mon travail. Je ne vais pas cracher dans la soupe.

Mais pour donner encore plus de sens à tout cela,

j'ai quand même voulu que ceux qui ont récupéré mon univers contribuent à participer à mon combat, dans le cadre de mécénats. Je suis allé les voir un par un et, à partir de là, les firmes comme L'Oréal, pour ne citer qu'elle, m'ont été utiles. De toute façon, que je le veuille ou non, ils auraient utilisé *Ushuaïa*.

P.R. : As-tu été tenté par la rupture ?

N.H. : Oui, mais j'ai évalué le pour et le contre de façon pragmatique, par rapport à mon engagement. J'ai utilisé la disponibilité matérielle que m'a donnée *Ushuaïa,* en temps et en énergie, pour m'engager dans un combat. Je n'en tire aucune gloriole, car je ne subis aucune pression matérielle. J'ai profité d'un confort pour donner du sens à mon parcours. C'est un choix que j'assume pleinement, même si je comprends ceux qui le mettent en cause. La méthode aurait pu paraître suspecte, mais je me suis servi du système pour toucher des publics auxquels je n'aurais jamais eu accès. Si mon bilan est maigre en termes d'engagement collectif, il n'est pas négligeable en termes de diffusion.

P.R. : Ton rôle se précise. Ton livre, *Le Syndrome du Titanic*, a dissipé pas mal de malentendus. Cet ouvrage n'est pas seulement celui d'un spécialiste, d'un expert en écologie, mais un témoignage profondément humain. Chacun de nous peut y trouver ses propres questionnements, ses capacités et ses limites. En même temps, il est une interpellation forte dont chacun peut se sentir le destinataire.

N.H. : On m'a souvent reproché le fait que les mécènes de la fondation que j'ai créée[1] soient pour

1. Créée en 1990, la Fondation Nicolas Hulot pour la nature et l'homme s'est donné pour mission de modifier les comportements individuels et collectifs pour préserver la planète dans une perspective de développement durable. Pour en savoir plus : www.fnh.org

certains des industriels, des représentants du grand capitalisme... Cela fait partie de ma stratégie : il vaut mieux essayer d'utiliser ces entités que de les fustiger. Pour agir, il faut des moyens. Plutôt que de solliciter le citoyen, qui est déjà ponctionné en permanence, il me semble plus légitime de demander à ceux qui profitent du système de payer leur tribut, dès lors que mon indépendance n'est en aucun cas aliénée. D'autant plus que dans un cadre de mécénat, la part de retour est faible : les bailleurs de fonds me donnent plus que je ne leur donne. Si je fais le bilan de ce que cela a apporté à mon combat écologique en quinze ans, la balance penche largement en ma faveur...

En même temps, ces entreprises ont été contraintes d'évoluer de l'intérieur, de se mettre en cohérence. Mon combat ne leur est pas totalement indifférent. Bon an mal an, je draine dans ce couloir de la réflexion des gens qui en étaient très éloignés il y a encore quelques années. Cela me semble aussi efficace – je ne dis pas plus efficace – que des attitudes frontales. Bien sûr, on peut se lancer dans une « marche pour la décroissance » comme François Schneider, qui a choisi de faire le tour de France avec un âne pour parler de la décroissance [1]... Mais il y a aussi d'autres méthodes.

P.R. : As-tu obligé ceux qui exploitent la marque Ushuaïa à faire des produits écologiques ?

N.H. : Je les ai obligés à beaucoup de choses qui se savent ou pas, sur le contenu et les contenants. Par exemple, quand L'Oréal est arrivé, j'ai exigé d'eux et de leurs sous-traitants qu'ils s'engagent à arrêter toute expérimentation animale. Ce n'est pas qu'un détail. Et

1. *Cf* www.decroissance.org/françois

je les mobilise en permanence, avec des consultants, sur leur politique environnementale.

Quand j'ai découvert au journal télévisé que les bâtons d'encens Ushuaïa étaient soi-disant cancérigènes[1], j'ai fait plus qu'un bond. À l'étude, les résultats ne sont d'ailleurs pas aussi noirs qu'on a bien voulu le dire. Des contre-expertises ont été faites et j'ai l'impression que nous sommes tombés dans l'excès. Je me permets de le dire car je n'y suis pour rien et je n'en tire aucun profit. En tout cas, face à cela, j'ai demandé au service des droits dérivés de réunir tous les sous-traitants et de réviser complètement leur charte et leur éthique. Je ne suis pas impliqué dans ce commerce, mais je reste néanmoins excessivement vigilant.

Bien entendu, je ne suis pas très heureux que tout cela existe. Je préférerais vivre dans un monde idéal dans lequel Ushuaïa m'appartiendrait et se limiterait à l'émission. Cette histoire de bâtons d'encens m'a pourri des nuits entières alors que, au final, il n'y a pas péril en la demeure. Mais j'essaie toujours, une fois l'émotion passée, de regarder si les choses sont véritablement indignes. Si oui, il faut opérer des ruptures. Je m'efforce de tirer des leçons, dans tous les cas. Je suis salarié d'une entreprise. Comme tout un chacun, j'ai des droits et devoirs, et je l'accepte tant que je peux garder une totale indépendance dans mon combat, ce qui a été le cas sans faille jusqu'à présent.

P.R. : Appliques-tu la même logique pragmatique dans tes liens avec le monde politique ?

---

1. En 2004, une enquête de l'Union fédérale des consommateurs, l'UFC-*Que Choisir*, sur trente-cinq parfums d'ambiance, encens ou bougies parfumées dont les bâtons d'encens Fleur de vanille Ushuaïa, avait montré que tous émettaient, à un degré plus ou moins important, des émanations toxiques ou allergisantes.

N.H. : Une de mes grandes fiertés est d'avoir plus de sympathisants à gauche qu'à droite. Cela prouve bien que les gens ont compris mon combat. Je n'ai jamais confondu l'estime que je pouvais avoir pour quelques personnes, comme le président de la République, avec de l'allégeance. Cette estime n'a jamais remis en cause mon indépendance. Si j'ai des mécontentements à exprimer, je le fais.

On ne peut pas me prendre en défaut de ne pas tenter d'opérer le même dialogue dans tous les cercles politiques. Je suis convaincu que notre combat passe par la diffusion et la transversalité, et non par la fragmentation de la société. Ce qui importe le plus dans notre lutte, c'est d'aller chercher ceux qui en sont le plus éloignés. C'est bien de vivre en vase clos pour se rassurer, mais il faut aussi envoyer des éclaireurs dans des régions intellectuelles éloignées.

En plaçant un leader de droite dans cette zone de préoccupations, on oblige ceux de gauche à se positionner. Je m'aperçois progressivement que les François Hollande, Laurent Fabius ou Julien Dray se rapprochent de mes sphères de questionnement et engagent le dialogue. Et tant mieux, car je ne roule pour personne. Ou plutôt, je roule pour tout le monde !

Si un jour j'essaye d'appliquer d'autres méthodes, j'aurai ma conscience pour moi et je ne me dirai pas que j'aurais dû dialoguer. J'ai le sentiment d'être arrivé au bout d'une première phase. Mon bilan n'est pas nul, sur la diffusion au moins. Je pense avoir largement contribué à la déghettoïsation dont je parle. Évidemment, je n'ai pas fait cela tout seul, et sans ceux qui nous ont précédés, nous ne serions rien.

P.R. : Il faudrait maintenant que ces graines de

consciences que nous avons semées se transforment en graines de « possibles »...

N.H. : Nous avons atteint notre seuil d'efficacité par rapport à la diffusion du diagnostic. Et nous n'avons plus autant de temps qu'avant pour faire bouger les choses. Arrive maintenant la question : allons-nous nous contenter de cela ? Ne faudrait-il pas essayer d'autres méthodes pour transformer cette diffusion dans les choix et les comportements ?

J'aurai beau multiplier les livres, les coups de gueule et les actions de terrain, cette phase touche à sa fin. Je travaille avec pas mal d'outils visibles. Mais ce qui est visible a occulté ce qui est invisible, à savoir le travail de fourmi que je fournis sur le terrain avec ma fondation, et sans lequel il n'y aurait pas eu cette confiance. Une confiance qui était d'autant plus difficile à acquérir pour une personne comme moi, émanant du « système » !

P.R. : La vision que nous avons de ton engagement est toujours liée aux médias. C'est une façon d'amoindrir ton action, alors qu'elle est considérable. Quand nous travaillons sur la conscience, la subjectivité humaine, les aspirations des êtres humains et les secrets de leur cœur, il est difficile d'évaluer les répercussions de notre action, la façon dont tout cela germe et se développe dans ce terreau.

Pour ma part, mon engagement se situe loin de la sphère médiatique et j'ai toujours privilégié le dialogue et le débat public. Je rencontre des personnes de tous âges, de toutes catégories sociales, qui me font penser que nous ne perdons pas notre temps. Quelque chose de beau mûrit dans les consciences, une sorte de levain ou de ferment de changement, d'autant plus précieux qu'il est le fruit des souffrances, des désillusions qui jalonnent le chemin d'initiation de chacun de nous. La question est de savoir si ce ferment est assez puissant et diligent pour éviter l'irréversible. Il faut à présent que les choses s'incarnent.

N.H. : L'application nous dépasse et ne relève plus de notre responsabilité. Elle tient à d'autres facteurs. Mais je tiens à entretenir ce que j'ai fait pour éviter que cela ne régresse. Je suis certain, vu la méthode et les moyens dont on dispose, d'avoir atteint mon périmètre. Nous sommes condamnés à tenter autre chose. Mais quoi ? Je procède par élimination et je ne me vois pas créer un parti politique. Pourquoi y échapperais-je aux vicissitudes et aux maux qui sont inhérents à toute quête de pouvoir ? La nature humaine reprend toujours le dessus et finit par préempter le combat de fond. Les Verts en ont malheureusement été une triste démonstration.

D'ailleurs, tu t'es présenté aux élections présidentielles de 2002, comme René Dumont en 1974. Qu'est-ce qui t'y a poussé ? Cela semble étonnant par rapport à ton parcours et à ta démarche...

P.R. : Lorsque René Dumont s'est porté candidat aux présidentielles de 1974, je me suis dit : « Voilà enfin une sorte de prophète qui pose à la politique la question fondamentale de la survie de notre espèce et de la Terre qui l'héberge ! » Il portait sur la place publique tous les grands thèmes d'une alternative écologique : pillage du tiers-monde, épuisement des ressources, urbanisation croissante, dénonciation de la société de consommation... La planète Titanic qui t'a inspiré était pour moi aussi une évidence. À l'époque, j'avais lu un ouvrage fondamental et précurseur, *La Planète au pillage*[1], de l'Américain Fairfield Osborn.

1. Fairfield Osborn, *La Planète au pillage*, Paris, Payot, 1949.

Ce livre, qui est malheureusement épuisé aujourd'hui, date de 1948. Il posait déjà d'une façon remarquable, à la fois rétrospective et prospective, le problème de la discordance entre l'humanité et ce à quoi elle doit irrévocablement la survie, notre planète. Lors de sa sortie, il avait été applaudi par les plus grands esprits de l'époque, dont Albert Einstein[1].

Pour en revenir à René Dumont, il n'a pas été mon éveilleur, mais celui qui a donné un espace d'expression politique à l'écologie en France. J'ai toujours considéré que la politique n'était pas l'affaire des seuls politiciens. D'une part, le suffrage universel est censé permettre à chaque citoyen de prendre parti dans les choix et les orientations de la nation. D'autre part, nos actes quotidiens, notre manière de nous comporter, de consommer, de penser influent obligatoirement sur les orientations de l'histoire commune. Retourner à la terre, devenir écologiste, m'impliquer en Afrique, prendre position dans l'opinion, cultiver mon jardin : tout cela constituait pour moi des actes politiques.

Mais le clivage entre la société civile et le monde de la politique, au sens conventionnel, me paraissait évident. J'étais également de plus en plus alarmé que l'urgence écologique ne soit pas prise en compte par la politique. Et puis, un beau jour, j'ai reçu un fax d'Alain Lecuyer, membre du Mouvement écologiste indépendant, me disant qu'Albert Jacquard, Jean-Marie Pelt et moi-même étions les plus habilités à porter ce message d'urgence lors des élections de 2002. Cette sollicitation m'a abasourdi. La demande s'étant concentrée sur ma personne, je suis entré dans un temps de réflexion,

1. « On sent d'une façon aiguë en lisant ce livre la futilité de la plupart de nos querelles politiques comparées avec la réalité profonde de la vie. » Albert Einstein.

d'insomnie et d'appréhension. Mon engagement politique n'allait-il pas ruiner la cohérence que j'avais essayé de bâtir depuis tant d'années, et avec tant de difficultés ? La gravité de l'enjeu m'a paru mériter le risque et, avec le soutien de Michèle, de ma famille et de certains amis, je suis entré en politique.

N.H. : Comment la campagne s'est-elle déroulée ?

P.R. : Un comité de campagne s'est mis en place et nous avons publié un texte de quatre pages, porteur des valeurs que nous défendions : le féminin au cœur du changement, une autre éducation des enfants, la relocalisation de l'économie, pas de changement de société sans changement humain, la sobriété et la beauté comme valeurs de bien-être, la décroissance soutenable, le tout intitulé, sous la forme d'une sorte d'injonction : « Appel à l'insurrection des consciences. » La mobilisation a été spectaculaire. Des comités de soutien se sont organisés dans quasiment tous les départements, des conférences de campagne et des débats ont eu lieu dans des salles toujours combles. En seulement quatre mois de campagne, sans appareil politique et sans réelle médiatisation, nous avons collecté cent quatre-vingt-quatre signatures d'élus.

N.H. : Vous avez dépassé Brice Lalonde, Antoine Waechter et bien d'autres !

P.R. : En dehors de tout triomphalisme, nous avons découvert que de très nombreuses personnes, femmes et hommes, jeunes en particulier, adhèrent à nos valeurs, et que le potentiel mobilisable est très important. Nous sommes inscrits officiellement comme parti politique non conventionnel, le « Mouvement d'appel pour une Insurrection des consciences ».

N.H. : Où en es-tu aujourd'hui ? Penses-tu t'engager lors des prochaines présidentielles ?

P.R. : Bien des gens ou des groupes m'assurent qu'ils sont prêts à se mobiliser si je renouvelle ma candidature en 2007. Je suis conscient qu'il faudra, si nous nous décidons, tenir compte des échéances pour réussir à faire entendre notre message et à lui donner une place dans le champ politique. Mais je n'ai pas encore de réponse. Je continue à sensibiliser, à agir sur le terrain, au Nord comme au Sud, et bientôt à l'Est. C'est aussi ma façon de faire de la politique.

Puisque nous parlons d'engagement politique, on t'a proposé à plusieurs reprises de rentrer au gouvernement. Pourquoi as-tu refusé ?

N.H. : Cela n'a jamais fait partie de mes fantasmes d'endosser l'habit ministériel. D'autant que ça aurait été un véritable sacrifice par rapport à mon mode de vie. Mais si j'avais eu le moindre espoir que ma présence puisse faire bouger la situation utilement, et non symboliquement, j'aurais pu donner deux ans de ma vie à mon pays, mettre une veste et faire fi de ma vie privée pour habiter Paris.

Certains m'ont fait culpabiliser d'avoir pris cette décision, mais j'ai la certitude que ça n'aurait rien changé. Tant qu'on ne lui donne pas une lisibilité politique et économique réelle, à même de se diffuser dans un gouvernement cohérent, un ministre de l'Environnement est condamné à prendre des coups et à mécontenter les écologistes comme les capitalistes. Serge Lepeltier (ex-ministre de l'Écologie et du Développement durable dans le gouvernement Raffarin), pour ne citer que lui, se faisait engueuler par les écologistes comme par le gouvernement ! Il aurait fallu que le développement durable devienne la priorité des priorités, avec un ministre qui ait autorité sur l'agriculture, les transports, etc.

P.R. : Aujourd'hui, tu as plus de pouvoir à l'extérieur qu'à l'intérieur ?

N.H. : Je reste convaincu qu'à l'extérieur du système politique, nous ne sommes pas suffisamment nombreux, en termes de lisibilité, pour prendre le risque de perdre ce capital de confiance. Si je franchissais la petite ligne qui me sépare du pouvoir, celui-ci – gauche et droite confondues – s'organiserait immédiatement pour me laminer. Les politiques me trouvent très sympathique à l'extérieur, mais si je m'aventurais sur leurs terres, les pitbulls seraient immédiatement lâchés. Les corps étrangers ne sont pas les bienvenus. Ma force, elle est à l'extérieur. Parce que je peux mobiliser l'opinion, parce que je peux éventuellement dialoguer avec eux et les mettre face à leurs contradictions.

Par exemple, la campagne de mobilisation intitulée le Défi pour la Terre, que j'ai lancée au printemps 2005, est un test grandeur nature[1]. En quelques jours à peine, nous avons recueilli plus d'un million de tentatives de connexions sur le site www.defipourlaterre.org et en l'espace de trois mois, comptabilisé près de trois cent mille personnes prêtes à modifier leurs comportements quotidiens ! Cela montre bien que j'ai là un bras de levier passionnant, que je peux faire fructifier pour essayer de créer cette étincelle de cohérence entre la volonté individuelle d'agir et l'organisation collective. Si je franchis dans les mois qui viennent le million

1. Lancé le 24 mai dernier par la Fondation Nicolas Hulot et l'ADEME, le Défi pour la Terre veut inciter les Français à devenir des écolo-citoyens. Cette campagne, qui s'étalera sur deux ans, propose notamment à chaque Français d'adhérer au Pacte pour la Terre en s'engageant à modifier un certain nombre de comportements quotidiens : trier ses déchets, utiliser moins sa voiture, etc.

d'engagés, je pourrai me retourner vers les politiques fort d'un message percutant, apolitique mais citoyen.

Je suis convaincu que le système changera, de gré ou de force. Mais s'il change de gré, c'est que ceux qui sont dans le système l'auront décidé. Parler avec un président issu d'une culture libérale de droite est aussi important que de parler avec François Hollande ou avec des élèves de banlieues difficiles. Nous avons besoin de jeunes, de vieux, de gens de gauche, de gens de droite, d'ouvriers, de penseurs... Et c'est ce que je m'efforce d'illustrer en tentant de tous les mobiliser. Sans jamais perdre mon indépendance, qui m'est indispensable.

Je me souviens, entre autres, d'avoir déjeuné avec le président de la République et que le même jour, par hasard, *Le Figaro* publiait une interview dans laquelle je portais de sévères critiques sur la politique du gouvernement. J'étais un peu gêné, mais Jacques Chirac m'a dit : « Notre échange ne repose que sur notre indépendance réciproque et il ne peut pas en être autrement. » Jusqu'ici, ce dialogue n'a pas été totalement inutile.

P.R. : Tu penses au discours de Johannesburg [1] par exemple ?

N.H. : Oui, même si ses effets sont loin de corres-

---

1. Discours prononcé en septembre 2002 par Jacques Chirac, lors du Sommet mondial du développement durable, à Johannesburg, en Afrique du Sud. Un discours vigoureusement écologiste et alarmiste, qui s'ouvrait sur ces mots : « Notre maison brûle et nous regardons ailleurs. La nature, mutilée, surexploitée, ne parvient plus à se reconstituer et nous refusons de l'admettre. L'humanité souffre. Elle souffre de mal-développement, au Nord comme au Sud, et nous sommes indifférents. La Terre et l'humanité sont en péril et nous en sommes tous responsables. Il est temps d'ouvrir les yeux. Sur tous les continents, les signaux d'alerte s'allument. »

pondre à ce que j'avais espéré. À l'international, ce discours a tout de même eu beaucoup d'impact. Et mine de rien, en France, il a fait trembler l'édifice, à droite comme à gauche. Jacques Chirac lui-même, en prononçant ce discours, s'est contraint petit à petit. Si les ONG ont aujourd'hui autant d'arguments vis-à-vis du gouvernement, c'est parce que, chaque fois, elles lui ressortent ce discours. On peut évidemment voir le verre aux trois quarts vide, mais comme il était totalement vide il y a quelques années, observons quand même qu'il est en train de se remplir un peu !

Nous ne voyons que ce que nous n'arrivons pas à faire. Tout nous semble inutile, puisque la finalité reste d'éviter ces grandes crises. En même temps, y avait-il eu dans le gouvernement précédent des séminaires interministériels sur le développement durable ? Notre action n'est pas inutile. J'essaie d'être lucide tout en gardant mon exigence. D'autant que je suis aujourd'hui plus à l'aise. Les hommes politiques qui mentent ne pourront pas me dire : « Mais monsieur Hulot, vous n'avez qu'à venir nous voir si vous voulez changer les choses. » Je l'ai déjà fait. J'ai travaillé avec des dizaines de scientifiques et d'experts pour leur concocter des rapports. En 2007, lors des prochaines présidentielles, ces dialogues transversaux vont peut-être me donner plus de légitimité vis-à-vis d'eux.

P.R. : La question de ma légitimité dans le système s'est aussi posée à certaines périodes. Je n'avais aucune validation par des filières scolaires ou des diplômes et certains scientifiques me considéraient comme illégitime. Dans les tables rondes, les gens applaudissaient plus à ce que je disais qu'aux discours des collègues, mais je n'en tirais aucune vanité. Je me disais juste que s'ils réagissaient comme cela, c'est que j'étais à ma place.

N.H. : Au début, les écologistes m'observaient comme une sorte d'extraterrestre. Ils étaient convaincus que mes actions avaient toutes un but médiatique. Je ne me suis pas offusqué, je savais que je devais faire mes preuves. Aujourd'hui, ils admettent que j'ai été utile. C'est la même chose dans le milieu associatif, que j'essaie d'aider le plus possible. Je crois à la complémentarité et à la variété dans le monde associatif. Si nous agissons tous de la même manière, nous n'y arriverons pas.

Chapitre IX

Les alternatives

P.R. : Ce qui me gêne dans la société d'aujourd'hui, c'est qu'il n'y a aucune anticipation. Il faudrait dès maintenant commencer à manœuvrer pour engager l'histoire dans une voie qui ne soit pas sans issue. Nous sommes aujourd'hui dans une impasse sans précédent. Encore une fois, je ne demande pas aux politiciens de faire des miracles, mais de la politique. Ne dit-on pas que gouverner c'est prévenir...

N.H. : Je suis complètement d'accord. Il n'y a pas de progrès sans anticipation, surtout à la vitesse à laquelle nous avançons. Les événements risquent de nous prendre de court, comme dans un film d'épouvante. Pourquoi n'avons-nous pas mis en place cette anticipation ? Nous nous aveuglons en pensant être dans une dynamique vertueuse.

Mais il y a une autre raison. La structure pyramidale de notre société rend impossible la gestion de front de l'action à court et à long terme. Prends par exemple le fonctionnement d'un bureau de ministre. Le gars a un calendrier minuté du jour lui indiquant à la minute près les événements, les dossiers et les manifestations à traiter. Dans un tel cadre, quand a-t-il le temps d'anticiper et de s'interroger sur la finalité de son action ?

Cette remarque est applicable à tous les niveaux politiques. Pour que notre société cesse de progresser uniquement par réaction, nous devons complètement réviser nos modes de fonctionnement, au niveau national comme au niveau global. D'où la nécessité d'avoir, à parité avec l'Organisation mondiale du commerce (OMC), un organisme mondial de l'environnement qui validerait ou orienterait les actions, selon d'autres paramètres que ceux dictés par la loi du marché.

P.R. : Nous sommes loin du compte. L'écologie n'est guère présente dans ce champ de bataille de la marchandise. Il semble même qu'elle gêne le fonctionnement du système. Ne penses-tu pas que les individus se répartissent aujourd'hui en deux catégories bien distinctes ? D'un côté, nous avons ceux qui font fonctionner l'État et le gouvernement, les membres de la fonction publique qui suivent un chemin assuré, sécurisé, et reçoivent leur chèque tous les mois, que le dollar monte ou descende, qu'il pleuve ou qu'il vente. De l'autre côté se trouvent ceux que j'appelle les « guerriers de l'économie » et qui regroupent les professions libérales, les artisans, les commerçants, les agriculteurs et même des chefs d'entreprise qui non seulement agissent à leurs risques et périls, mais génèrent les richesses. Il y a là une asymétrie de condition qui explique en partie le dysfonctionnement de la nation.

Comment les décideurs peuvent-ils gérer un pays s'ils ne sont pas soumis aux mêmes règles que les non-décideurs ? C'est le fameux test du « combien coûtent une baguette de pain et un ticket de métro, monsieur le président ? ». C'est pourtant de ces contingences « triviales » qu'est fait le quotidien du citoyen ! J'ai du mal à ne pas voir dans cette configuration une sorte de féodalité avec suzerains et vassaux. Honnêtement, a-t-on vraiment aboli les privilèges quand, par ailleurs, on accepte des disparités abyssales au niveau des revenus ? Je ne prêche pas le communisme, le poujadisme ou autre. Ma référence est simple, elle porte le nom magnifique d'« équité », qui n'est pas l'égalité mais le souci de l'autre.

N.H. : Tu parles de cette espèce de bulle aseptisée dans laquelle le personnel politique évoluerait, déconnecté d'un certain nombre de difficultés réelles auxquelles le peuple est confronté. Mais je ne crois pas que ce soit aussi simple.

Tout homme politique rêve qu'un jour le peuple le réclame ou le regrette, et qu'un jour son nom s'inscrive dans l'histoire. Pourquoi alors y a-t-il toujours cet immense décalage ? La tâche est beaucoup plus compliquée qu'on ne l'imagine et les responsables politiques doivent en permanence gérer des antinomies et des sommes d'intérêts particuliers qui ne participent pas à l'intérêt général. Combien de fois ai-je vu des hommes politiques d'envergure se prendre la tête entre les mains et me dire : « Mais que veux-tu que je fasse ? » Notre système réagit de manière épidermique dans les situations de crise. Par exemple, nous avons arrêté les farines animales quand la démonstration du pire a été faite. Mais si nous avions fait la même chose dans une situation de non-crise, tout le pays aurait explosé. Chacun a sa part de responsabilité. Je ne prends pas l'opinion pour plus bête ou égoïste qu'elle ne l'est, mais je n'en ai pas non plus une vision angélique, surtout quand la psychologie des hordes se substitue à la psychologie individuelle.

Une autre question me vient à l'esprit : où sont passés nos intellectuels, nos artistes ou nos leaders religieux dans ce combat ? Pourquoi sommes-nous seuls à porter ce discours ? Peut-être sommes-nous des crétins absolus, mais dans ce cas, qu'ils prennent leur plume pour nous le dire ! Alors, par rapport à l'ampleur de la tâche, l'homme politique peut lui aussi se sentir seul. Le jour où les artistes, les intellectuels et les hommes politiques de tous bords se bougeront à l'unisson, nous aurons opéré la moitié du chemin. Alors, la société civile pourra à son tour entendre.

Nous avons cruellement besoin d'un nouveau capital de valeurs, notamment immatérielles. Aux artistes, aux intellectuels, aux scientifiques de le faire jaillir et de le légitimer. Qu'ils nous incitent à passer d'une société épicurienne à une société plus raisonnable, à comprendre que notre plaisir et notre enchantement ne résident pas que dans la possession. Entre le superflu et le vital, on peut aller vers le raisonnable.

P.R. : Les questions que tu soulèves sont importantes. Il est vrai que mon engagement en faveur de ce qui me paraît essentiel – la nature, l'humain – me place dans une telle singularité que je finis par me demander si tout cela ne cache pas quelque vanité ! Il m'arrive d'envier des gens qui semblent mener une vie tranquille, acceptant le monde tel qu'il est et s'y adaptant. Je me dis que c'est peut-être la sagesse. Et si on croit à la prédétermination, alors tout est en ordre, la gabegie du monde s'inscrit dans le plan, elle est inéluctable. Certains disent même qu'elle est indispensable, les crises faisant avancer la conscience...

Mais cette hypothèse suscite en moi une rébellion farouche, cette rébellion qui m'a fait prendre le maquis physique et spirituel en 1961 avec le retour à la terre. Comment admettre tant de souffrances et de destructions de ce qui est à l'évidence la manifestation de la beauté, de cette beauté qui transcende la réalité ? Et pourquoi les religions n'ont-elles pas proclamé que la création est l'œuvre du Créateur et que la souiller et la détruire sont une profanation majeure ? Pourquoi les intellectuels vivent-ils confinés dans leurs phrases et leurs concepts ? Quant aux politiques, il n'y a pas lieu d'y revenir. Toute la difficulté consiste à avancer dans ce désert, où il faut chaque jour affûter son sabre et poursuivre le combat. J'y trouve bien sûr des contreparties : d'une part, je me dévoue à cette intelligence évidente, dans laquelle ma destinée est incluse. D'autre part, je travaille sur ma cohérence intime, je mets en concordance mes convictions et mes actes.

À un niveau plus élémentaire, je trouve que les individus ne prennent pas cette responsabilité première que devrait être la protection de leurs enfants. Ils les habillent, les nourrissent, les envoient à l'école et les soignent quand ils sont malades. Mais que font-ils pour que l'avenir leur soit vivable ? Il est très urgent que les enfants soient reconnectés à la nature. Cette éducation à l'écologie ne doit pas rester abstraite, mais au contraire être très sensorielle : toucher, sentir, goûter, écouter... mais aussi agir, planter, prendre soin. L'agriculture écologique offre de grandes possibilités en la matière.

N.H. : C'est pour cette raison que lorsque je vois un politique ou un industriel, je m'adresse d'abord au parent. Car, à moins d'être un cynique absolu, il ne peut pas être insensible à cela.

J'ai récemment rencontré le cardinal Philippe Barbarin, archevêque de Lyon. Je lui ai demandé où l'Église était passée dans ce combat et si l'humanité les intéressait toujours. Il m'a répondu que l'Église avait été présente, notamment avec saint François d'Assise. C'est un peu daté. Mais il m'a aussi dit qu'ils devraient envoyer un certain nombre de leurs cadres faire des séminaires sur le tas.

P.R. : Les chrétiens croient en un Dieu qui a créé l'univers et la Terre. Le catéchisme devrait se résumer à apprendre aux enfants à respecter cette création, plutôt que de continuer à leur bourrer le crâne d'abstractions qui ne riment à rien. Ce serait déjà un grand pas.

N.H. : Tous les problèmes ne sont pas traités dans les Évangiles. Il n'y a aucun précepte formel, par exemple, contre la cruauté envers les animaux... Bien au contraire, pour les premiers Pères de l'Église, les animaux n'avaient été créés que pour l'utilité ou le plaisir de l'homme, roi de la Création ! Les hommes d'Église contemporains devraient lever ces ambiguïtés et préciser notre rôle et notre place dans le vivant, afin de diminuer le gouffre que la religion a créé entre l'homme et les autres êtres vivants.

P.R. : Ce blocage est dû, à mon avis, au concept de Ciel. La destination finale étant le Ciel, peu importe la Terre, qui n'est qu'un aéroport de transit : la fameuse vallée de larmes... Et voici notre belle planète transformée en pénitencier ! Il n'est pas impossible que l'écologie ait été fortement handicapée par ces concepts.

N.H. : Je distingue bien les différents chantiers et voies sur lesquels il faut travailler, et nous participons à notre niveau à l'éducation. Il ne s'agit pas seulement d'aller voir les enfants dans les écoles, mais de décloisonner les consciences sur le long terme. C'est le préalable nécessaire à l'action. Dans un monde où chacun revendique sa part de liberté, personne ne supporte qu'on lui inflige des changements tant qu'on ne l'a pas convaincu que ces changements participent à son mieux-être, individuellement et collectivement. Pour l'instant, la pédagogie n'a pas opéré et personne ne se met en situation d'aller vers ces changements.

Ensuite, il faut proposer un certain nombre d'alternatives et soutenir la recherche fondamentale dans tous les domaines. Combien de fois ai-je entendu dire : « Mais ça, c'est utopique ! » L'utopie, c'est justement ce qui précède la réalité. Il faut ouvrir de nouvelles alternatives ou valider des pistes. Dans cette profusion de science et de techniques, personne n'a de connaissances exhaustives et transversales. Les décideurs et l'opinion publique ont besoin d'éclairages.

Pour prendre le cas des OGM, le profane se trouve sous un feu croisé d'arguments contraires. D'un côté, on lui dit qu'il va être responsable de famines dans le tiers-monde, et de l'autre, on l'accuse de participer au désordre écologique. Le gars qui n'est pas chercheur finit par enfouir le problème, en se disant que si on a décidé de les utiliser, c'est qu'ils ne doivent pas être si mauvais que ça. C'est bien la preuve que nous avons plus que jamais besoin de validations et de nouvelles ouvertures.

Donner le sentiment que tout cela est simple est une grave erreur. Ce qui est simple, ce sont les perspectives si nous ne faisons rien. Le tableau n'aura alors qu'une couleur : noire. Le traitement de tout cela est éminemment complexe, d'abord parce que nous devons faire face à des sommes d'intérêts particuliers qui vont s'entrechoquer, mais aussi parce que la science est encore dans une forme de confusion. Chacun, à son niveau unique, irremplaçable et indispensable, doit participer dans une même cohérence à ces combats et à cet enjeu. Il faut mettre la société en ordre de marche. Or, comme notre société ne répond pas aux claquements de doigts, il faut absolument la convaincre.

Chapitre X

Les alternatives (suite)

N.H. : On me dit souvent que la pensée écologique manque d'alternatives concrètes, de nouveaux modèles à proposer. Mais je voudrais lever un malentendu : les écologistes ne peuvent remplir tous les rôles et toutes les missions. Ils ne peuvent à la fois être ceux qui alertent sur les effets ou les risques, ceux qui identifient les causes et ceux qui proposent les solutions. Cette tâche est immense et complexe et l'idée que les écolos puissent seuls y contribuer est une ineptie ! C'est comme si on demandait au gars qui monte à la proue du bateau pour avertir le capitaine de la présence d'une brèche de l'avoir déjà colmatée ! Et puis, c'est facile de toujours nous demander de résoudre des problèmes qui sont la conséquence d'une obstination ou d'erreurs vieilles de cent cinquante ans ! Surtout quand cette demande s'accompagne d'une certaine forme de piège, destiné à prouver que nous sommes de doux rêveurs, tout juste bons à fustiger...

J'ai évidemment participé à identifier quelques solutions ponctuelles. Et je sais qu'on peut probablement améliorer un certain nombre de choses et engager une dynamique pour corriger les trajectoires. Mais cela ne suffit pas : il va falloir s'attaquer aux causes si nous ne voulons pas reproduire les mêmes effets. Et c'est à l'ensemble de la société de prendre en charge ce défi.

Nous nous sommes mis dans une impasse dans un certain nombre de domaines par entêtement, obstination, vanité ou manque de curiosité. Avec un peu de bonne volonté et de bon sens, nous pourrions dès demain résoudre un certain nombre de ces problèmes, notamment dans l'économie des ressources. L'intelligence humaine et la recherche doivent nous ouvrir des voies pour nous en sortir. Plus on tarde, plus la résolution des problèmes devient difficile. C'est vrai dans le domaine de l'énergie ou dans celui de l'écologie industrielle. Nous vivons dans un monde où la majorité de ce que l'on produit n'a qu'une utilisation et une durée de vie éphémères.

Je sais et j'admets que l'immense tragédie sociale qu'est le chômage préempte toutes nos énergies. Mais je suis convaincu que le temps est l'allié indispensable pour opérer des transferts. Il permet de faire passer les choses durablement et en douceur. Pour cela, il nous faut une société capable de fixer une orientation avec une vision de l'avenir sous l'éclairage clair, précis, unanime et indépendant de la science. C'est ensuite aux industriels de s'adapter, et aux consommateurs et aux citoyens de l'accompagner.

P.R. : Je perçois nos initiatives plus comme un moyen de corriger et d'infléchir le cours des choses que de le changer en profondeur. J'ai le sentiment que l'on essaie d'aménager une option sociale et planétaire qui est elle-même erronée. Nous sommes dans la logique du pyromane-pompier. Il y a d'une part tous ces comportements légalisés, validés, qui détruisent et mettent le feu à la planète, et face à cela, quelques pompiers, comme nous, qui essayons de l'éteindre...

L'esprit humain contemporain semble tellement déconnecté des valeurs naturelles et d'une réalité qui véhicule depuis des millénaires une certaine intelligence ! Cette déconnexion nous a conduits à créer notre propre ordre, qui est en dysharmonie avec l'ordre naturel. Une partie de la science a remis en cause ce dernier, avec force arguments censés être savants. Aujourd'hui encore, le bipède démiurge est conforté dans son statut de prince. J'ai un jour entendu le credo d'un fervent chrétien disant que s'il fallait exterminer tous les éléphants et les baleines de la planète pour sauver un seul homme, il le ferait sans hésitation.

Comme nous ne nous posons pas les questions fondamentales sur le devenir de l'homme, notre pensée est confinée. Nous sommes prisonniers de schémas qui sont devenus des normes auxquelles tout le monde est sommé de souscrire. Nous ne sommes plus capables de transcender ce cadre de références pour avoir une pensée totalement originale, libérée des vieilles conventions.

N.H. : Pour s'attaquer aux racines du mal, il faudrait engager une réflexion en profondeur. Pour que, parallèlement aux traitements d'urgence et aux nouvelles orientations, on reconsidère les fondements de notre société et sa finalité : cette fameuse société matérialiste où, pour exister, il faut posséder, consommer, et où l'« avoir » a pris le pas sur l'« être ». Le monde contemporain est le plus matérialiste et le plus minéral de l'histoire de l'humanité ! Le progrès escompté est pour le moins équivoque et sa marche triomphante prend les allures d'un malentendu, d'une gigantesque déconvenue. Nous avons généré une civilisation du gâchis, et nous y avons perdu le sens de l'équilibre, comme si on n'y avait pas pris garde, que la finalité nous avait échappé... Nous avons développé une attitude de médiocrité, voire de vulgarité, vis-à-vis de la nature. Notre avidité nous égare. Pour reprendre Victor Hugo, à force de vouloir posséder, c'est nous-mêmes qui sommes devenus possédés. Notre société est aujourd'hui à la croisée des chemins et doit urgemment faire son autocritique. Je comprends qu'on en soit arrivé là et qu'on ait cédé à la fascination. Mais je ne comprends pas qu'on s'entête. On a développé des techniques jusqu'à l'absurde et on s'en est intoxiqué, il faut maintenant qu'on se désintoxique pour arriver à la bonne mesure. Tout n'est pas à jeter dans la civilisation occidentale, c'est une question de dosage, je n'ai pas envie d'aller vers un monde de privations.

P.R. : Nous disons que le progrès avance alors qu'il y a déperdition. Nous disposons de ressources, mais nous n'en faisons pas un bon inventaire, ni un bon usage. J'ai le délicat privilège d'être, avec l'agriculture, impliqué dans une problématique vitale, celle de l'alimentation humaine. Nous sommes en train d'épuiser des ressources rares en négligeant les ressources pérennes qui ne demandent pourtant qu'à être entretenues. Le long du fleuve Niger, des quantités énormes d'eau sont perdues tous les ans. La nature offre le sol, l'eau et la biodiversité, mais tout cela n'est pas mis en valeur. Du coup, les peuples africains pensent être pauvres et ne font pas l'inventaire de leurs propres ressources.

C'est transposable en Europe. Si on refaisait un nouvel inventaire des ressources, on s'apercevrait que chaque être humain a des compétences et que la nature nous offre, sur nos territoires, des quantités de biens précieux : l'eau, la terre, la biodiversité... Mais nous négligeons cela en préférant ce qui vient de l'autre bout de la planète et qui nécessite une énergie extravagante.

Pour la société actuelle, l'argent est fondamental. Nous avons tout bâti sur l'argent et l'énergie, combustible évidemment. En Afrique et dans d'autres pays du tiers-monde, il y a pourtant une énergie humaine fantastique qui est peu mobilisée et qui pourrait l'être avec une planification intelligente. En dépit de toutes ces potentialités, nous restons prisonniers d'un principe qui nous empêche de valoriser des richesses capables de répondre facilement aux besoins du monde. C'est sans issue. Tant que ne sera considéré comme richesse que ce qui est monnayable, on n'en sortira pas.

Cette indexation sur l'argent est si totalitaire que, aujourd'hui, un individu qui n'en a pas n'est plus rien, il est socialement oblitéré. Ce système dont le postulat initial était l'amélioration de la condition humaine s'est retourné contre nous, n'obéissant qu'à ses propres lois et trahissant ses objectifs. Peu importe qu'on dégraisse, qu'on élimine des gens, pourvu que le PNB, lui, continue d'augmenter. L'humain est devenu contingent.

N.H. : Je suis convaincu qu'il nous faut absolument revoir nos indicateurs économiques, pour mieux orienter nos choix, qu'il s'agisse des citoyens comme des entreprises et des pays. D'ailleurs, on essaie actuellement d'élaborer d'autres types d'appréhension de la réalité à l'aide de nouveaux indicateurs sociaux ou environnementaux, comme l'« indice de développement humain », élaboré sous l'impulsion de l'Indien Amartya Sen (prix Nobel d'économie en 1999), l'« indice de bien-être économique », proposé par l'ONG Les Amis de la Terre, ou encore le concept d'« empreinte écologique ». Qu'en penses-tu ?

P.R. : Nous nous sommes amusés et nous nous

amusons toujours avec des tas de belles formules. Mais où se trouve la volonté politique honnête et déterminée pour les incarner ? Je crois qu'il y a des richesses réelles et une biodiversité qu'il faut sauver. Il vaut mieux agir là où on le peut plutôt que de s'accrocher à des concepts qui font diversion. En outre, ces concepts semblent valider un état de fait, un mode économique conventionnel que l'on rendrait généreux et équitable. Or, pour moi, à tort ou à raison, c'est ce que nous appelons « économie » qui est à mettre en cause car dans notre système, elle repose sur l'avidité sans limite. Nous pourrions par ailleurs équitablement épuiser les ressources de la planète. L'approche systémique de l'économie occulte le fait qu'elle peut être d'une tout autre inspiration. En l'occurrence, l'écologie est une excellente école si on est attentif à l'ordre qu'elle suggère.

Il faut comprendre comment tirer partie de notre savoir et de notre savoir-faire et comment générer autre chose que cette obsession de la croissance. Il faut faire fi de ces règles absurdes selon lesquelles le PNB et le PIB ne peuvent être augmentés qu'au détriment de la nature et des êtres humains. Nous nous sommes focalisés sur un élément partiel du réel et nous avons créé une espèce de ghetto de pensée selon des critères que l'on ne remet plus en question. Comme si le système générait sa propre pensée et pensait à la place des hommes. Mais est-ce que nous sommes seulement des citoyens-consommateurs ? Ou est-ce que nous construisons quelque chose de plus glorieux avec notre existence ?

N.H. : Nous sommes toujours dans le constat et nous devons essayer d'avancer. Tu tends vers un idéal et c'est essentiel. J'adhère à ce que tu dis sur le constat et la finalité de l'humanité. Mais pragmatiquement, quelle alternative peut-on proposer, quel compromis peut-on trouver entre notre idéal et le monde tel qu'il est avec son inertie, sa résistance et sa dynamique fulgurante ?

Si notre combat était partagé par le plus grand nombre, nous l'aurions déjà mis en chantier. Ce n'est pas une utopie de penser que tout serait en marche si l'adhésion était générale. L'utopie, c'est de penser que le monde va réfléchir sur le sujet, en tirer des leçons et agir en fonction. Ce cheminement ne peut pas se faire que dans un groupe, mais dans la collectivité.

Où trouver le bon équilibre entre l'utopie et l'abandon ? Ta vision n'est pas utopique, mais je crois que sa réalisation l'est. Je suis un observateur des systèmes et je mesure la difficulté de les transformer, d'autant plus que nous nous trouvons dans une urgence. Si nous avions le temps, l'humanité se débarrasserait d'un certain nombre de miasmes, forte de l'expérience de crises autrement plus démonstratives que tous nos propos. Mais actuellement, nous devons essayer de bouger le cap et de limiter les conséquences de notre impact sur l'environnement. Il ne faut pas perdre de vue la finalité et, en même temps, il faut avoir des choses immédiates à proposer. Sans abandonner ses idéaux ni en faire une condition *sine qua non* pour s'engager. Cela va nous contraindre à d'énormes compromis, mais nous n'avons pas le choix.

P.R. : Les altermondialistes proclament à juste titre qu'un autre monde est possible. D'accord, mais lequel ? Ce monde ne naîtra pas uniquement de proclamations mais de la conviction que nous mettons à le construire. Nous sommes par ailleurs empêtrés dans une société où il est devenu impossible de vivre sans compromis. Nous nous trouvons dans une contradiction permanente, à entretenir et à nourrir ce que nous souhaitons abolir.

Je me permets aujourd'hui de parler car je ne pars pas d'un concept mais d'une réalisation appliquée pendant quarante ans de vie. On a eu beau me traiter d'utopiste bercé par ses chimères, j'ai démontré que je pouvais individuellement incarner ce que je proposais. Ensuite, je suis entré dans une problématique plus vaste sur des populations plus larges. J'ai proposé des solutions concernant des questions aussi sérieuses que la désertification et la sécurité alimentaire. Je lcs ai mises à l'épreuve des faits et j'en ai mesuré les éléments techniques et scientifiques. Les remèdes sont encore à notre portée. Des techniques simples de lutte contre la désertification existent : construction de diguettes, plantation de haies vives, reboisement, utilisation intelligente des ressources en eau aussi bien pluviales que terrestres... Éradiquer le désert serait irréaliste, mais limiter son extension, voire régénérer des espaces désertifiés est possible, à condition d'y mettre les moyens. Un petit pourcentage de ce qui est consacré à l'armement suffirait...

Pour les sols, des techniques de stabilisation et des techniques agronomiques efficaces existent également. Quant à la biodiversité végétale et animale, il suffirait de sortir de l'option stupidement restrictive, orchestrée par des grands groupes d'intérêts privés, pour libérer le patrimoine génétique constitué depuis des millénaires par l'humanité, et décider politiquement et économiquement de sa sauvegarde pour le bien-être et la survie de tous.

Quant aux paysans, on peut dire qu'ils deviennent en Occident une espèce en voie de disparition, remplacée par des industriels de la terre, serviteurs dévoués de la macroéconomie. Reste la paysannerie du tiers-monde, sur les épaules de laquelle repose la pérennité de toutes les nations. Il serait temps de cesser de la considérer comme une catégorie surannée. Ce monde de l'oralité, pour la plupart, est en marge d'une histoire qu'il ne comprend pas, mais dont il subit les effets meurtriers. Si l'on veut vraiment enrayer le fléau de l'immigration vers la misère urbaine ou vers le mirage occidental, il est urgent de déployer des programmes intelligents, conciliant l'amélioration de la condition économique, sociale et environnementale grâce à des pratiques agronomiques inspirées de l'écologie. Toutes ces alternatives fonctionnent et sont réelles et vérifiables.

N.H. : Elles sont démonstratives de manière absolue dans des pays qui ne sont pas arrivés au stade de développement qui est le nôtre. Ce que tu as fait au Burkina est probablement applicable en France, mais il faudrait balayer tellement de choses que ça en deviendrait très complexe.

P.R. : Ça a déjà été fait en France. L'alternative agro-écologique, qui pourrait avoir des effets sociaux, écologiques et économiques extraordinaires, n'est pas un vœu pieux. Beaucoup de gens ont démontré qu'une telle voie était tout à fait réaliste et réalisable. Nous ne sommes pas en train de brasser des théories. Nous sommes dans une réalité tangible que l'on peut mesurer. L'alternative existe donc. Mais elle bute sur l'inertie des vrais décisionnaires, qui auraient les moyens de la généraliser.

Nous ne prétendons pas apporter de solutions à

toutes les misères du monde. Mais aujourd'hui, il faut définir les moyens à mobiliser pour que les alternatives, imaginées et testées à leur échelle par les citoyens, puissent être soutenues et généralisées. Nous avons quant à nous pris en main un créneau auquel nous avons travaillé avec toute la rigueur nécessaire, jusqu'à y impliquer notre propre existence, à nos risques et périls. Nous n'avons pas travaillé en station expérimentale, avec notre chèque mensuel, mais sur nos humbles structures. Il suffirait à présent que les pouvoirs le décident et y mettent les moyens pour que notre alternative puisse se généraliser rapidement.

N.H. : Tu le dis toi-même, ce choix personnel implique des sacrifices. Vous avez accepté à Montchamp des conditions matérielles extrêmement difficiles pendant un certain nombre d'années. Demander cela de façon rapide à tous semble compliqué. Ce serait une transformation radicale dans un pays comme le nôtre.

P.R. : Je ne pense pas. J'essaie de témoigner de mon expérience en toute simplicité. En toute modestie, je crois que, comme d'habitude, les pionniers essuient les plâtres et se confrontent à des difficultés. En tant que pionniers, nous avons modélisé notre système, ce qui nous a permis d'identifier les forces et les faiblesses de notre prototype. Quand j'ai commencé à faire de l'agriculture biologique, l'expérience des autres m'a manqué. J'étais condamné à me plonger dans les bouquins et à accumuler les erreurs et les retards à mon détriment. Aujourd'hui, le système est au point, il fait l'objet d'un enseignement, et ceux qui l'appliquent n'auront pas à souffrir des mêmes difficultés que nous.

N.H. : Tant que la société ne se met pas en situation de regarder les alternatives mises en avant par la recherche ou des pionniers comme toi, elle est dans l'impasse. Le préalable, c'est le doute. Et le doute, c'est l'esprit qui cherche. Commençons par identifier, dans un certain nombre de secteurs, des gens qui proposent des alternatives. Puis validons ces expériences. Ce devrait être un devoir de notre société pour qu'elle puisse s'adapter.

Dans le domaine énergétique, il y a visiblement toute une palette d'opportunités qui sont en attente d'être validées ou développées. Je pense ainsi aux hydrauliennes, dont on parle beaucoup aujourd'hui – c'est l'équivalent des éoliennes, mais utilisant les courants marins –, ou encore aux recherches sur le thermique. Sachant que les hydrauliennes ne pourront pas couvrir tous nos besoins, elles doivent être complétées par les éoliennes, l'hydraulique, le solaire et la biomasse... Il en va de l'énergie comme du reste : les solutions passent par la diversité.

P.R. : Il faudrait aussi diversifier les modes de transport : du fluvial, du maritime, du ferroviaire... Le routier est aujourd'hui totalement saturé.

N.H. : Cela dit, le changement ne peut pas se décréter comme cela, du jour au lendemain. Pour en revenir à l'agriculture, si nous devions passer demain, en France, à un mode agricole écologique, ce qui serait salutaire sur le plan sanitaire et environnemental, les conséquences seraient globales et ne concerneraient pas le seul domaine de l'agriculture. Si tu devenais demain matin ministre de l'Agriculture et que tu appliquais cette alternative, ce serait évidemment pour le bien de tous, mais cela créerait inévitablement une révolution chez les transporteurs routiers ou dans la grande distribution notamment. Tu travailles dans un domaine fondamental qui est celui de la vie et de l'alimentation. Mais c'est aussi un domaine qui implique tous les autres.

Pour qu'un jour notre société soit mûre pour ce type d'expérience, il faut d'abord opérer une mise en condition générale. Une fois que les gens auront compris que l'agriculture est dans une impasse, il faudra leur présenter l'inventaire des solutions. Cela suscitera évidemment un débat. Mais pour cela, il faudrait une ouverture d'esprit qui n'existe pas aujourd'hui. Ce changement en impose tellement d'autres que l'on ne peut pas l'isoler d'une réflexion globale.

P.R. : Il ne faut pas oublier la société civile. Je peux témoigner des potentialités humaines qui sont prêtes à ça. Mais les politiques bloquent tout. Beaucoup de jeunes viennent apprendre chez nous. Ils ont le rêve d'acquérir de la terre et d'organiser leur vie sur des critères qui respectent la nature mais, compte tenu des blocages actuels, je leur dis souvent : « Même si vous voulez vivre pauvrement, commencez par devenir millionnaires. »

Pourquoi diable une politique foncière ne valoriserait-elle pas ce potentiel déjà existant ? Le politique, confiné dans sa logique, a les yeux rivés sur le PNB et la croissance. La société civile, elle, est un laboratoire d'expérimentations de toutes sortes qui ne reçoit pas suffisamment d'écoute de la part de l'État. L'État refuse de déverrouiller et pense que tout est à faire, alors que beaucoup de choses sont prêtes. Les gens proposent des options raisonnables mais se heurtent souvent à l'impossibilité de les réaliser à cause de réglementations parfois obsolètes.

N.H. : Tu raisonnes dans un périmètre de gens qui

te ressemblent. Ils sont certes plus nombreux qu'on ne l'imagine. Mais ils ne détiennent pas les clés du pouvoir. Tu oublies de tenir compte des structures économiques, politiques et géopolitiques d'une Europe dont nous sommes l'un des wagons. Il faudrait pouvoir se déconnecter de tout cela pour que le changement soit rapide ! Tu oublies aussi que son application aurait des effets secondaires sur un certain nombre de secteurs d'activité, comme celui des transports par exemple, qui se verraient pénalisés en première lecture. Ceux-là ne verraient pas la finalité positive mais les conséquences négatives immédiates sur leur secteur.

Je te provoque volontairement car j'ai moi-même besoin d'y voir clair. Tu as un si bel esprit que tu ne comprends pas que ce qui est frappé de vérités ne soit pas immédiatement appréhendé par ton interlocuteur de la même façon. C'est ce qui fait que tu es un vrai cristal. Mais nous évoluons dans un système. Même si certains individus sont prêts, c'est un tel bouleversement qu'il ne peut pas être décrété.

P.R. : Je comprends parfaitement tes réserves, elles sont réalistes. Mais l'enjeu n'étant rien moins qu'un désastre social majeur, la stratégie qui consiste à plaire à tout le monde est-elle la meilleure ? Cela me rappelle un film catastrophe, *La Tour infernale,* qui est porteur de plus d'enseignements qu'il n'y paraît. Cette tour vaniteuse, censée avoir été réalisée avec les moyens les plus performants du savoir humain, était considérée comme totalement invulnérable. Or voici qu'un incendie s'y déclare. Pour ne pas troubler l'inauguration et les convives, on leur cache le danger qui les menace et cela finit par une tragédie.

Certains proposent des solutions. Il faudrait que la gestion nationale tolère au moins qu'il puisse y avoir des expérimentations soutenues et appuyées. Hélas, ce n'est pas le cas.

N.H. : Il faudra bien y arriver, car l'expérimentation marginale ne mènera nulle part. Comme tu le soulignes, accepter cette expérimentation est la première étape. Non pas pour se donner bonne conscience, mais pour explorer des pistes qui pourraient être exploitées collectivement. C'est là toute la différence. Aller vers Jacques Chirac ou le président de la Commission européenne ne sert à rien si on leur dit : « Si vous n'acceptez pas de faire de l'agriculture agro-écologique en France ou en Europe, il n'y a pas de dialogue possible. » En revanche, il faut leur dire : « Vous devez à tout prix valider les expérimentations, puis faire une évaluation pour arriver en fonction de cela à une nouvelle planification. » C'est ce que j'appelle ouvrir de nouvelles pistes.

P.R. : Je suis d'accord avec cette approche. Dans le grand champ social, des initiatives se prennent. Modélisons-les et soyons très rigoureux et sérieux sur leur fonctionnement. C'est ce que nous avons fait : nous avons modélisé, pour savoir si c'était pertinent, la possibilité pour une famille d'assurer par elle-même son alimentation, selon la formule « un hectare, une famille, un habitat », et cela a fonctionné.

N.H. : Il ne faut pas modéliser dans une perspective d'alternative marginale, mais en considérant ce champ d'expérimentations comme un moyen de nous ouvrir des voies. C'est pour cette raison que la recherche est l'un des piliers fondamentaux. Toi, tu es plus qu'un chercheur, puisque tu as appliqué. Le génie humain est disséminé partout, surtout chez les gens qui sont un peu à l'écart du mouvement. Notre société doit se mettre en situation de les écouter, d'observer et d'accepter d'ouvrir les alternatives, car elles existent et nous sommes dans des impasses. Nous sommes à la croisée des chemins et il faut nous mettre dans une disponibilité psychologique.

Chapitre XI

De la décroissance et du développement soutenable

N.H. : Comment sortir de cette spirale infernale qui consiste à sans cesse prélever des ressources pour des produits à usage unique et limité ? C'est la question essentielle. À un moment donné, le capitalisme n'aura plus lieu d'être, dans la mesure où la circulation à flux tendu des énergies et des matières premières ne pourra plus se faire. Quand il ne restera plus de pétrole ni de gaz, comment fera-t-on ? On sait depuis 1972, quand le fameux rapport du Club de Rome, *Halte à la croissance*, de Dennis et Donella Meadows, est sorti, que les choses ont une fin. Comme l'ont bien montré les économistes Kenneth Boulding et Nicholas Georgescu-Roegen, la Terre est un système fermé, qui ne peut consommer plus qu'elle reçoit du Soleil. Le problème n'est donc pas de savoir si nous sommes capitalistes ou pas, cela n'a plus de sens !

Les écologistes souffrent d'ailleurs d'un handicap majeur : celui de ne pas avoir suffisamment développé, jusqu'à maintenant, de pensée économique. Il faudra bien inventer, entre le collectivisme qui a échoué et l'ultra-libéralisme qui a atteint ses limites, une économie mixte où l'État pourra jouer un rôle de régulateur, en fonction de la rareté des ressources et au-delà des critères sociaux. Un certain nombre de chercheurs en économie – je pense par exemple à Lester Brown, de l'Earth Policy Institute, qui a écrit un livre passionnant, *Éco-économie*[1], ou en France à des gens comme Jacques Weber, directeur de l'Institut français de la biodiversité, et Jean-Charles Hourcade, directeur du Centre international de recherche sur l'environnement et le développement – proposent des alternatives nouvelles qui tiennent compte des services gratuits rendus par la nature et qui ne mesurent pas la richesse d'un pays uniquement à son PIB. Et surtout, qui intègrent un nouveau paramètre : nous vivons dans un monde clos.

Sans être économiste, je suis convaincu que la fiscalité écologique et énergétique est un outil incontournable. Il faudra bien réguler les flux de matières et d'énergies avant qu'ils ne se régulent tout seuls, par la pénurie. Et le meilleur moyen d'y arriver, c'est de soutenir les filières à faible impact énergétique et écologique et de pénaliser celles à fort impact. Comment mettre ce système en place ? Quels sont les critères pour définir l'impact énergétique et écologique d'une bouteille de lait en plastique par exemple, en tenant compte de tous les paramètres pour la fabriquer, la transporter, la réfrigérer, l'emballer et la faire disparaître ? Quand on arrivera à connaître l'empreinte écologique de tous les biens de consommation et de services, on pourra mettre en place cette nouvelle fiscalité et organiser peu à peu de nouvelles filières, de façon à ce qu'il n'y ait pas de chômage à la clé.

P.R. : Au risque de me répéter, je ne suis pas sûr

---

1. Lester Brown, *Éco-économie : une autre croissance est possible, écologique et durable,* Paris, Seuil, 2003.

que nous puissions changer les choses durablement uniquement en aménageant la logique dominante. Celle-ci procède d'une vision erronée de la réalité et nous a mis dans un véritable traquenard. Faute de visionnaires capables de nous alerter sur les risques encourus, nous n'avons pas perçu l'impasse qui se préparait. Pour être plus juste, certains – peu nombreux, certes – ont été visionnaires. Mais ils ont hélas été incapables de se faire entendre face à l'enthousiasme suscité par les prouesses scientifiques et technologiques. Ces prouesses qui semblaient mettre en évidence notre pouvoir prométhéen et notre capacité à résoudre et à surmonter tous nos problèmes... Car il y a plusieurs décennies déjà que la science s'est engagée à nous affranchir de la nature, cette dernière étant vue comme une marâtre empoisonnant notre destin et non comme un livre de sagesse et une pourvoyeuse des ressources vitales.

Le bilan final est que ni les doctes théories scientifiques, ni la technique, ni la religion, ni les grands économistes ne nous ont préservés de l'impasse. À présent, nous n'avons que deux possibilités : laisser le processus engagé aller à sa conclusion, c'est-à-dire au chaos généralisé, ou bien commencer, toutes affaires cessantes, à donner une autre orientation à notre histoire, sans certitude d'éviter le grand écueil. Quelle que soit l'issue, je préfère la deuxième option parce qu'elle me permet d'affirmer encore et encore ma liberté et mon adhésion totale à la beauté du monde et à l'évidente intelligence qu'il manifeste derrière les grands voiles du mystère.

N.H. : Quelle orientation concrète proposes-tu ?

P.R. : Parmi les alternatives, je crois beaucoup à l'idée de décroissance. C'est-à-dire à une résistance à la mondialisation compétitive et négative : une résistance fondée sur l'autolimitation et la sobriété. Je revendique pour moi et tous mes semblables ce que la vie elle-même a établi comme légitime : nourriture, vêtements, soins et abri, sans lesquels l'épanouissement humain est impossible.

Cette notion de décroissance, inspirée de la pensée du Roumain Nicholas Georgescu-Roegen, s'est imposée à partir d'une évidence très simple, que tu as évoquée : nous sommes sur une planète limitée. Nous avons longtemps pensé qu'elle représentait un gisement de ressources inépuisables, mais nous nous trompions. Nous sommes aujourd'hui en mesure de calculer ce qui s'épuise et ce qui peut se renouveler. Parallèlement à cela, notre population n'en finit pas de croître. Résultat, il y a de plus en plus de demande et de moins en moins de ressources.

Dans les pays du Sud, beaucoup d'êtres humains ne sont ni nourris, ni vêtus, ni soignés comme ils devraient l'être. Tandis qu'au sein des pays occidentaux, le moteur est celui du superflu, de la pénurie artificielle programmée, sans aucune limite. Nous devons renoncer à la croissance illimitée et réduire l'outrance actuelle. Sans quoi nous allons inévitablement arriver à une fracture ou à une pénurie mondiale.

Nous nous évertuons à généraliser notre modèle occidental au reste de la planète. Mais il n'est pas généralisable, puisqu'il n'a pu prendre cette ampleur que grâce au pillage de la Terre tout entière ! Celle-ci ne peut, comme tu l'as dit, renouveler ses ressources au rythme des prélèvements. Nous allons donc à l'évidence vers un dépôt de bilan planétaire imputable à moins de 30 % du genre humain. C'est une tragédie sans précédent.

La tentative de généraliser le modèle s'est appuyée sur un concept apparemment généreux, celui du développement. Mais c'est un leurre dont nous pouvons aujourd'hui mesurer les terribles conséquences : misère, famine, insécurité, mal-être, destruction des structures sociales vernaculaires qui ont permis aux peuples de traverser les siècles... Ce principe affecte également les pays dits prospères où l'exclusion et la misère évoluent à grande vitesse. Tout cela au nom d'un progrès défini par l'idéologie technico-scientifico-marchande.

Telles des entreprises, les nations industrialisées invitent chaque citoyen à besogner pour élever le PIB et le PNB de sa nation. Il n'est tenu compte que des richesses monnayables, ce qui occulte les biens non monnayables. Si une pénurie planétaire grave advenait, nous referions rapidement un autre inventaire des richesses en reconsidérant la terre, l'eau, la biodiversité, les savoirs et savoir-faire manuels, etc. Nous serions bien obligés de relocaliser l'économie, de reconstituer du lien social, de l'entraide, de la réciprocité, et de préserver les biens vitaux de nos territoires.

Ainsi, pour moi, la décroissance passe obligatoirement par la réduction de l'emprise de l'énergie combustible sur l'organisation des sociétés. Cela donnera plus de travail et de sécurité de l'emploi qu'un système dont la fiabilité ne cesse de se réduire sous nos yeux. Quel est le père ou la mère qui oserait dire aujourd'hui à son enfant : si tu travailles bien à l'école, tu auras un diplôme qui te donnera un emploi et assurera ta sécurité ? Pour combattre durablement le chômage, il faut changer de paradigme et mettre résolument au centre de nos préoccupations l'humain et la nature, et non le profit illusoire.

N.H. : Contrairement à toi, je ne vois pas comment nous pourrions imposer une décroissance économique dès demain sans provoquer un séisme social et économique... C'est une question de réalisme.

P.R. : Je ne pense pas qu'il faille sauter à pieds joints dans la décroissance. Mais il faut convaincre les esprits que le « toujours plus indéfini » est impossible. Ce n'est pas la peine de s'engager sur une route qui mène à une impasse. La croissance est un dogme irréaliste et dangereux qui suppose qu'on puisse accumuler indéfiniment sur une planète dont on sait qu'elle est limitée. En nous organisant bien, nous pourrions en sortir et revenir à l'équilibre. Mais il faudrait d'abord se poser ces questions essentielles : comment allons-nous vivre, que faire des personnes âgées, comment éduquer nos enfants, soigner nos maux, nous nourrir avec moins d'énergie combustible, moins d'argent, etc. Cela ouvrirait un chantier extraordinairement stimulant pour l'imagination et la créativité. De toute façon, nous n'aurons pas le choix.

N.H. : Nous avons aimé le luxe, le superflu, l'excès. Que cela nous serve au moins à mesurer et à définir ce qui nous est essentiel ! J'aime beaucoup l'idée d'« abondance frugale ». J'ai lu ce terme pour la première fois sous la plume de Jean-Baptiste de Foucault, qui est un ancien commissaire au Plan [1]. L'abondance n'a rien à voir avec l'opulence. C'est le fait que chacun dispose de ce dont il a besoin, mais de manière frugale.

1. Jean-Baptiste de Foucault, Denis Piveteau, *Une société en quête de sens*, Paris, Odile Jacob, 2000.

Le bien-être n'est pas proportionnel à l'avoir. Il est important d'utiliser la technique pour se faciliter la vie et se débarrasser d'un certain nombre de tâches, mais les relations humaines sont un réservoir de joie infiniment plus important.

On aura du mal à demander aux gens d'aller vers une société de privation, mais pourquoi pas vers une société de modération ? Tout l'enjeu consiste à sortir de cette civilisation du gâchis, à créer, à côté du capital matériel, du capital immatériel, et à réguler et à modérer. Passons nos réflexes de consommation par le filtre de notre conscience et séparons l'essentiel du superflu. Interrogeons-nous sur la légitimité de nos actes les plus quotidiens. Est-ce utile ? Ai-je le choix ? Puis-je m'en passer ?

P.R. : Et ce ne serait pas un retour en arrière, comme certains le prétendent ! Il s'agit simplement de mettre les acquis de la modernité au service d'un projet humain : recréer des structures à taille humaine, revaloriser la microéconomie et l'artisanat, reconsidérer l'organisation du territoire, la manière dont le travail doit être réparti pour réduire le nombre d'inactifs... Cela implique un processus qui n'est ni déraisonnable ni injustifié. On ne pourra faire disparaître ces dictatures économiques de spoliation des biens communs qu'en s'organisant, peu à peu, pour ne plus en être dépendants.

Il ne s'agit pas pour autant d'être autarcique, mais autonome et ouvert à d'autres autonomies. Une mondialisation positive et une convivialisation planétaire sont à construire, en appelant à l'insurrection de toutes les consciences qui aspirent à une véritable humanisation de notre espèce.

N.H. : Et selon toi, la notion de développement durable s'inscrit dans cette prise de conscience ?

P.R. : Le premier développement durable, c'est la décroissance, ou bien nous allons nous retrouver dans la situation de pompiers-pyromanes, dans un système qu'on ne cesse de déglinguer en même temps que l'on prétend le faire durer par de petites réparations. D'un côté, on prône une logique du toujours plus, celle de la croissance indéfinie. De l'autre, on veut adopter une démarche de pérennité et de modération. Je me méfie de cette terminologie qui risque de n'être qu'une digression, un os à ronger jeté à l'opinion pour la rassurer et ajourner les décisions radicales qui s'imposent.

N.H. : Il faut s'extraire des problèmes de sémantique. Personne ne se laissera leurrer par les structures ou les organisations que l'on mettra en place. Il ne faut pas être dans l'habillage, mais concilier les impératifs de demain et ceux d'aujourd'hui. Il s'agit d'un objectif excessivement complexe à atteindre dans un monde qui ne fonctionne que sur le culte de la croissance quantitative. Dans notre système, une croissance à deux chiffres est une bonne nouvelle alors que c'est la pire des choses pour l'écologie. Notre société est condamnée à faire mieux avec moins. Chacun doit garder à l'esprit que le monde de demain sera radicalement différent, de gré ou de force. Si le changement est subi, les premières victimes seront toujours les mêmes, mais nous prendrons aussi notre part en deuxième ligne.

Alors, on ne pourra peut-être pas aller vers une décroissance économique, mais on peut en tout cas choisir une décroissance énergétique. Si nous ne l'organisons pas, elle va s'imposer d'elle-même, alors que si nous la mettons en place, nous pourrons au moins la limiter.

P.R. : C'est ce que peut remarquablement produire l'autonomie que je préconise. Dans les années 80, deux camions transportant des tomates se sont percutés dans la vallée du Rhône. L'un venait de Hollande pour livrer en Espagne et l'autre d'Espagne pour livrer en Hollande. Cet accident, plus qu'un long discours, résume l'incohérence dans laquelle nous nous trouvons !

Produire et consommer localement aurait un effet immédiat sur la facture énergétique. De toute façon, on ne pourra pas débattre indéfiniment sur la nécessité d'appliquer la décroissance dans la manière d'exploiter nos ressources, puisque la source va se tarir... Si nous avions le choix, nous pourrions disserter pendant des heures sur le matérialisme ou la production. Mais le débat est obsolète : nous sommes condamnés pour l'avenir à consommer et à produire mieux sur nos terroirs et territoires, ce n'est qu'une question de temps.

N.H. : Nous consommons chaque jour ce que la nature a mis dix mille jours à commettre. Cette fantastique usine qu'est la nature a aussi son rendement. Nous devrons bien nous y soumettre.

Des études ont prouvé qu'il était possible de réduire par quatre ou cinq la consommation d'énergie simplement en consommant mieux nos produits et en organisant de nouvelles filières, beaucoup moins gourmandes sur un plan écologique et énergétique. Ce sont des perspectives passionnantes parce qu'elles mettent à contribution le génie humain. De façon générale, je crois beaucoup à la possibilité que nous avons de scinder les flux, pour une raison simple : les flux économiques n'entraînent pas de flux énergétiques ou de matière à proportion égale. C'est tout l'enjeu de l'écologie industrielle.

Je ne crois pas que nous pourrons brutalement

cesser d'être des consommateurs. Mais nous pouvons devenir des nouveaux consommateurs qui apprennent à opérer des choix.

P.R. : Il faudrait par exemple que nous ayons, sur n'importe quel bien ou service, une lecture claire et fiable de l'impact écologique et énergétique et que, selon le critère ou la couleur, nous ayons une dissuasion ou une incitation fiscale. C'est une approche qui peut être mise en place en quelques années à l'échelle européenne et être immédiatement efficace.

N.H. : Ensuite, petit à petit, il faudra faire des transferts de filière. La croissance des flux de matière et d'énergie est totalement irrationnelle. Quand on pense que 80 % des biens vendus sont jetés après une seule utilisation ! Résultat, nous croulons sous les déchets. L'écologie industrielle peut nous permettre de réutiliser tout ce que nous produisons. Il y a des tas de techniques, de possibilités, d'idées. C'est une question de recherche, mais aussi de politique, de réglementation.

Il faut aussi avoir une politique drastique sur la réutilisation des matériaux. On pourrait dès demain diviser nos emballages par quatre, sans aucun problème. La France a enclenché le mouvement, par exemple, en limitant les sacs plastique. C'est un exemple tout simple. Est-ce que les gens vivent moins bien ? Est-ce que c'est moins confortable pour eux ? Tout le monde y trouve son compte.

Mais on peut aller beaucoup plus loin. Il faut sortir de l'ère du jetable et du gâchis. À l'heure actuelle, rien n'est organisé pour recycler bon nombre de produits, comme les ordinateurs, les téléphones portables ou l'électroménager ! C'est pour cela qu'il faut aller vers une société de services. Des filières pourraient se mettre en place et créer de l'emploi dans la réparation des biens. Combien de fois se dit-on : « Je ne fais pas réparer tel produit, ça va me coûter moins cher de racheter » ? C'est insensé. Les producteurs devraient être réglementairement responsables de la durée de vie de ce qu'ils produisent, et si ce n'est pas réparable, être responsables de la disparition du produit.

P.R. : Pour avoir une lecture plus pragmatique de l'économie, j'ai pris l'habitude, lors de mes voyages dans des pays étrangers, de visiter le marché et la décharge publique. Ces indicateurs tangibles sont très éclairants, car la quantité produite de rebuts donne la mesure de la prospérité et celle du gâchis.

La richesse matérielle rend les citoyens repus, dans une gestuelle désabusée, où le fait de jeter fait partie du comportement quotidien normalisé. À l'inverse, la pauvreté des Burkinabés, que j'ai bien connus, leur donnait une sorte de maestria dans l'art du recyclage. Tu aurais eu du mal à trouver sur la décharge un objet qui aurait encore quelque utilité ! Les mobylettes et les voitures roulent, entretenues par des mécanos disposant d'un outillage dérisoire. L'imagination fonctionne à plein rendement et fait de véritables miracles. Je ne prétends évidemment pas que c'est l'idéal humain. Cela me donne le sentiment qu'un point d'équilibre entre l'insuffisance du Sud et l'excès du Nord pourrait changer le monde.

N.H. : Il faut exploiter les gisements d'économies de matière ou d'énergie dans tous les domaines. Dans le bâtiment, nous savons qu'il y a un gisement d'économie d'énergie de 60 %. Par exemple, on a mis au point un système qui éteint automatiquement l'électricité dans une pièce quand il n'y a plus personne. Si on obligeait tous les bâtiments collectifs à le mettre en place, cela permettrait de fermer plusieurs centrales nucléaires. De la même manière, si tous les foyers français s'équipaient d'ampoules basse consommation, on pourrait fermer quatre « tranches » nucléaires, ce qui représente une ou deux centrales.

P.R. : Aujourd'hui, quand nous faisons un geste de consommation respectueux, il est pénalisé par un impact économique. Pour la bonne raison que ceux qui produisent écologiquement travaillent à plus petite échelle, ce qui augmente les prix. Mais nous pouvons très bien changer cette économie d'échelle.

N.H. : Le temps que cette nouvelle économie se mette en place, il faudra évidemment un accompagnement fiscal. À pression fiscale égale dans une société qui taxe le travail et l'huile de coude, il faut taxer l'énergie. Je suis convaincu que c'est le préalable à toute politique de développement durable.

Le marché doit refléter la réalité écologique. Quel est le coût de la pollution pour nos sociétés ? Quel est celui du changement climatique ? Nous ne le calculons pas et, pourtant, ce coût existe. Les services et les biens doivent intégrer la valeur écologique des choses. Il est par exemple aberrant que le transport aérien ne tienne pas compte, pour des réglementations diverses, de son impact environnemental. On sait pertinemment que les traînées des avions à réaction modifient le climat et renforcent l'effet de serre. Le boom du trafic aérien prévu pour les années à venir ne devrait pas arranger les choses, même si les nouvelles générations d'avions s'équipent de moteurs plus « propres ». Pourtant, le trafic aérien a été exclu du protocole de Kyoto, et par ailleurs le kérosène des avions n'est pas taxé... si bien qu'il coûte beaucoup moins cher que l'essence utilisée par les automobilistes !

P.R. : Je voudrais revenir sur l'impact de la sémantique. Quand quelqu'un dit suivre une logique de développement durable, il est persuadé qu'il est en règle avec la limitation globale. Mais ce n'est pas forcément le cas. L'histoire a prouvé que la sémantique a un pouvoir extraordinaire, plus encore que la rationalité. Les grandes guerres ne se sont pas faites sur des critères tangibles. S'il n'avait été question que de contentieux territoriaux, nous aurions pu nous arranger. Mais derrière ces prétextes, des principes moraux, idéologiques, raciaux, tribaux, religieux ne cessent de mettre de l'huile sur le feu. La sonorité même des mots provoque dans la psyché de véritables remous.

N.H. : L'écologie était un joli mot, mais il a été dévoyé. Ce qui m'intéresse dans la sémantique, c'est ce qu'on met derrière.

P.R. : D'une façon générale, il ne faut pas minimiser le pouvoir des mots. Leur décryptage révèle souvent d'autres réalités profondes. Je pense par exemple à ce que cachent des expressions comme « sexe opposé », « sexe faible » ou encore « compression du personnel », qui suggère un homme-matière... Parler de « développement durable » ou de « décroissance soutenable » n'a pas le même impact. Concernant cette dernière, j'aimerais que nous trouvions une autre appellation qui fasse moins trembler les gens mais qui garde assez de force provocatrice pour ne pas être banalisée.

N.H. : Faisons en sorte que personne ne soit dupe. Ce qui importe, de toute façon, c'est que nous nous mettions en ordre de marche. Hélas, aucun signe actuel ne va dans cette direction. Je serais beaucoup plus indulgent si j'étais convaincu que la société est collectivement en train de se mobiliser.

Je veux bien accorder du temps et je l'ai d'ailleurs déjà fait. Mais c'est terminé. J'ai joué le jeu des gouvernants et je leur ai donné la possibilité d'orienter différemment. C'est comme pour Kyoto. La seule vertu que j'accorde à ce traité, c'est qu'il enclenche une tendance.

P.R. : Pour ma part, j'ai cessé d'attendre quoi que ce soit de sérieux de la part des États ou des institutions internationales. À l'évidence, l'urgence écologique n'entre pas dans leurs préoccupations. Les États s'honoreraient de dire leur désintérêt plutôt que de faire croire à l'opinion, par démagogie, qu'ils sont soucieux du sort de l'humanité et de la nature.

N.H. : Je voudrais revenir une fois encore sur cette idée de décroissance. La croissance est tout de même directement liée au développement des démocraties et à l'avancée des programmes sociaux ! C'est ce qui a permis de mutualiser une partie des richesses, de donner aux plus démunis.

P.R. : Je dirais plutôt que ça a permis de combler le déficit d'équité et d'œuvrer ensemble par des péréquations charitables. Au sein d'une nation pauvre, cela peut se comprendre. Mais quand il s'agit de nations riches, j'ai du mal à l'admettre. Cela nous replace encore une fois dans le principe du pyromane-pompier, de l'humanitaire compensant le manque d'humanisme...

De toute façon, une solidarité qui ne se fonde pas sur le souci de l'autonomie de chacun ne peut être considérée comme normale. Il en va du droit et du devoir de chacun de se nourrir lui-même. Encore faut-il que l'organisation de la société et la répartition du travail le lui permettent. Comme tu vois, je reste un incorrigible réactionnaire irréaliste et utopiste ! Ces tares sont incurables !

N.H. : Je n'ai pas une vision aussi noire et je considère qu'il y a des étapes. La société doit passer par ces étapes, en faisant de temps en temps des bilans pour distinguer ce qui est vertueux de ce qui est obsolète ou pervers. Par exemple, la mutualisation dont nous parlons a largement opéré, mais reconnaissons qu'elle a aussi généré ses propres effets pervers.

P.R. : Nous sommes devenus des populations dépendantes qui demandons de l'aide à l'État en permanence. Et puis, n'oublions pas que notre prospérité est aussi due aux ressources que nous allons puiser ailleurs, dans le tiers-monde notamment.

N.H. : Nous avons implicitement profité de cela et nous avons tous une dette. Nous devrions mettre nos compétences et nos technologies à leur disposition, mais de manière adaptée à leur milieu.

P.R. : Il ne s'agit pas de réactiver le contentieux Nord-Sud. C'est parfois un alibi commode invoqué par le Sud pour justifier ses handicaps et occulter les égoïsmes et les corruptions qui ruinent presque tous les pays dits « en développement ». Si l'on doit évoquer ces contentieux, ce n'est pas pour se lamenter sur le passé, mais pour éclairer le présent pour un avenir affranchi des laideurs du passé. Le temps est venu de mutualiser ce que l'humanité a de positif.

Chapitre XII

Des OGM

N.H. : Quand on me demande s'il faut forcément être radical pour être écologiste, je réponds que nous ne sommes pas révolutionnaires dans l'âme. Nous sommes radicaux de raison. Pour en revenir à ma métaphore, quand tu es à la barre d'un bateau et que tu vois un récif, l'idée n'est pas de réduire la voilure, parce que tu couleras tôt ou tard, mais de changer de cap. Notre désir le plus ardent est d'éviter le grand choc, la collision entre la trajectoire des êtres humains et celle de la nature. Et cela ne peut passer que par des changements radicaux.

Mais radical ne signifie pas nécessairement brutal, et n'est pas une promesse de chaos ou de vie malheureuse. Au contraire, combien de peines nous seront épargnées ? Nous voulons nous éviter des souffrances et ne pas attendre qu'elles soient là pour les soigner. Je préférerais fermer le robinet avant que les gens n'aient besoin d'éponger. Je refuse de participer aux manifestations du genre « La journée sans voitures ». De qui se moque-t-on ? C'était bien au début pour alerter la population mais maintenant, il faut passer à l'action, se fixer des perspectives et construire de nouvelles villes.

P.R. : J'ai du mal à intégrer cette menace de choc

entre l'être humain et la nature, dans le sens où je ne vois de choc nulle part. J'observe les lois d'une nature dont la puissance s'exprime universellement, par l'intermédiaire des bactéries par exemple et de bien d'autres manifestations plus tangibles. Comme simple jardinier, je suis tous les ans confronté à ces plantes spontanées, appelées injustement « mauvaises herbes », qui envahissent les plates-bandes de mon potager dès que j'ai le dos tourné. Lorsque j'ai connu la ville minière d'Alès, de grands terrils grisâtres trônaient comme des montagnes. Ils sont à présent entièrement recouverts de végétation. Je suis sûr que si l'humanité s'absentait durant cinquante ans de la planète, tout serait à refaire. Le bitume, le béton seraient disloqués par les racines des végétaux. Des bactéries sont même capables, paraît-il, de survivre dans les réacteurs d'avion.

Devant les forces de la nature, l'humanité ne fait pas le poids. L'humilité devrait être à l'ordre du jour. Je me souviens de la grande péroraison d'un scientifique faisant l'éloge de la domination de l'homme sur la nature. Quelques mois après, le malheureux devait déserter la vie, emporté par une maladie virale. Cela m'avait bouleversé. Cela me rappelle également une anecdote racontée par Gorbatchev : une planète d'une autre galaxie rend visite à la Terre et lui dit : « Oh, ma pauvre ! Comme tu as l'air mal en point, malade, harassée ! Que t'est-il arrivé ? » Ce à quoi la planète Terre répond : « Ne m'en parle pas, j'ai attrapé l'humanité ! – Oh, mais ce n'est que cela ! reprend l'étrangère, je l'ai eue moi aussi et m'en suis complètement guérie. » Je crois que c'est ce qui risque de se produire...

N.H. : Sans parler de choc, nous ne pourrons pas échapper à la convergence des trajectoires. La sanction remet en exergue cette phrase prémonitoire et tragique de Cioran : « L'homme est un animal qui a trahi. L'histoire est sa sanction. »

P.R. : En effet, notre histoire laisse derrière elle une traînée de sang. Nous avons expérimenté tout ce qui était possible dans l'horreur. Si j'étais dans un certain état d'esprit, je dirais qu'il s'agit vraiment d'une malédiction. Mais je refuse cette idée, qui nous dédouanerait de notre responsabilité en faisant de nous des victimes.

La sanction est déjà là mais nous ne voulons pas la reconnaître. À voir le nombre de pathologies auxquelles nous sommes aujourd'hui confrontés, je suis persuadé qu'une grave dégénérescence de l'espèce est engagée. Je me suis toujours demandé pourquoi, par exemple, la détérioration de plus en plus précoce de notre dentition ne nous alertait pas. Aucun animal ne peut survivre sans dentition. Nous avons recours aux prothèses et considérons que le problème est résolu. Notre organisme est d'une telle intelligence qu'il ne cesse de nous envoyer des signaux comme les voyants de nos véhicules. Mais nous sommes plus attentifs à nos véhicules qu'à notre propre corps.

La nature semble nous considérer de plus en plus comme un corps étranger dont il faut se débarrasser. Nous devons prendre conscience de la place que nous occupons pour intégrer cette modestie et cette humilité qui sont indispensables à l'évolution. Humilité ne veut pas dire subordination, mais c'est une forme de lucidité qui nous aide à trouver notre juste place au sein de la réalité, en évitant les transgressions aveugles.

N.H. : Que veux-tu dire ?

P.R. : Nous n'arrêtons pas de franchir les barrières, poussés par une insatiable curiosité, sans être en mesure de savoir de quel éventuel danger ces barrières nous préservent. C'est la fameuse boîte de Pandore...

Nous faisons face à un dilemme permanent : comment répondre à notre besoin de donner des réponses à nos multiples et légitimes interrogations, d'améliorer notre condition, sans basculer vers ce qui la dégrade ou la met en danger ? Depuis deux siècles, la connaissance et la science ont contribué au meilleur comme au pire, de l'aveu de certains scientifiques eux-mêmes. Si les constats négatifs ne peuvent être reconnus qu'*a posteriori*, nous devons *a fortiori* redoubler de vigilance et de lucidité. Accorder à la science le pouvoir de tout résoudre, y compris ses propres erreurs, me paraît être l'une des attitudes les plus dangereuses.

Étant engagé dans la voie écologique depuis plus de quarante ans, j'ai été témoin, comme bien d'autres, de bavures scientifiques. Je ne parle même pas de l'agriculture, qui concentre des pratiques désastreuses et utilise des substances dangereuses, validées par la science agronomique et dont on se demande ce qu'on attend pour les réformer ! L'amiante, le DDT, le talc « Morange », la Thalidomide et le Distilbène, le dentifrice à l'hexachlorophène ont été considérés comme des innovations positives, malgré les mises en garde de certains scientifiques. Et que dire du nucléaire, qui occupe une place majeure dans notre réalité contemporaine et qui serait capable du pire, à tel point qu'on se demande s'il ne faut pas renoncer à ce qu'il a de meilleur ! Nous nous sommes engagés dans l'aventure de la connaissance sur fond de grande ignorance. Il y a une bonne dose de dérision dans notre prétention à maîtriser notre aventure terrestre.

N.H. : J'imagine que tu es opposé aux OGM ?

P.R. : Farouchement ! N'étant pas spécialiste, je

n'ai pas les arguments de mes amis Jean-Marie Pelt, Jean-Pierre Berland, Gilles-Éric Seralini ou d'autres autorités en la matière, mais je leur fais confiance quand ils parlent de risques sérieux sur l'espace naturel et la santé humaine et animale.

Les partisans des OGM considèrent que nous avons là une opportunité de réel progrès, à même d'améliorer la condition des populations affamées. Mais il est criminel de prétendre qu'ils sont en mesure de sauver le tiers-monde ! OGM, cela veut dire « Organismes génétiquement modifiés ET brevetés ». Autrement dit, c'est une propriété privée, qu'il faut donc acheter. Vouloir vendre des semences à des populations désargentées est une aberration.

Il existe des espèces végétales fantastiques, parfaitement adaptées aux milieux les plus difficiles, y compris aux régions désertiques. J'ai beaucoup agi dans le Sahel, zone semi-aride d'Afrique où vit une communauté de nomades qui se stabilise parfois pour cultiver la terre, et notamment le mil à cycle court. Comme ils cultivent dans le sable, ils n'ont pas besoin de faire d'effort pour creuser et disposent d'un outil à très long bec. Ils travaillent à trois. Le premier creuse un trou dans le sable, le deuxième dépose les graines et le dernier rebouche. C'est assez intrigant quand on voit cela pour la première fois, mais c'est une technique culturale qui a fait ses preuves. S'ajoute à cela la rusticité propre du mil, qui se contente de cent millimètres d'eau pour pousser en deux mois à peine, et est particulièrement riche en vitamines. Voilà donc un vrai miracle de la nature !

Nous avons utilisé le mil lors de nos expériences en Afrique, et en y ajoutant simplement des techniques de fertilisation différentes, nous en avons quintuplé les rendements ! Quand on apporte un minimum de soins à ces espèces génétiquement puissantes et résistantes, elles explosent. Avec des techniques appropriées, l'agro-écologie peut réellement aider l'Afrique à nourrir ses populations.

N.H. : Plutôt que de miser sur les OGM, il faudrait se préoccuper de sauver la biodiversité.

P.R. : Exactement ! C'est d'autant plus urgent qu'on peut déjà observer les conséquences désastreuses de l'invasion des OGM en Inde, comme le dénonce en particulier Vandana Shiva[1].

Je reste totalement inflexible et refuse les arguments des nombreux thuriféraires que les firmes ont dispersés sur l'ensemble de la planète pour convaincre les États et les paysans de choisir la voie « salvatrice » des OGM. Comment être dupe d'une telle imposture issue de la coalition de scientifiques grisés par leur capacité à transgresser un ordre génétique, de firmes en mal d'investissements et de profits et de politiques subordonnés ou ignorants ? La génétique est organisée depuis les origines de la vie selon certains codes, garants de la pérennité. Brouiller ces lois me paraît être une grave transgression et me bouleverse.

En dehors de toutes ces considérations, je trouve intolérable qu'une infime minorité humaine puisse jouer aux dés le destin collectif. Depuis la naissance de l'agriculture, les humains n'ont cessé d'augmenter leur potentiel alimentaire, l'améliorant, l'adaptant à leur

1. Scientifique indienne, chef de file du mouvement antimondialisation, Vandana Shiva lutte pour préserver l'Inde de l'agriculture chimique, des tentations des OGM et des excès d'une globalisation ultralibérale. Elle est notamment l'auteur de *La Biopiraterie ou le pillage de la nature et de la connaissance*, Paris, Alias etc., 2002, et du *Terrorisme alimentaire*, Paris, Fayard, 2001.

usage spécifique pour se nourrir, se soigner, se vêtir, construire leur abri, mais aussi en savourer les parfums, les arômes, les couleurs, la beauté et la subtilité... Or nous sommes en train d'assister à un véritable processus d'usurpation graduelle avec l'accaparement de ce bien commun que l'on appelle semence, à savoir le principe même de la vie et de la survie. Peu de citoyens sont conscients de ce « hold-up » organisé par des confréries de profiteurs internationaux au détriment de l'ensemble de l'humanité.

N.H. : C'est ce que tu as vu à l'œuvre en Afrique ?

P.R. : Au Burkina, ces firmes ont obtenu l'aval du gouvernement. En Afrique, comme dans beaucoup de pays du tiers-monde, la plus grande tare est la corruption. Tant que ce problème ne sera pas résolu, on ne pourra rien faire. Comment faire quand les États préfèrent toucher l'argent des multinationales au détriment de la population ?

N.H. : N'ayant ni ta connaissance ni ton expérience, je ne pouvais pas être dogmatique quand les OGM ont pointé le bout de leur nez sur le marché. La question reste : les OGM répondaient-ils à une urgence alimentaire identifiée ? Y avait-il péril en la famine pour justifier une telle précipitation ? Si tel avait été le cas, cela aurait peut-être un peu justifié qu'on force la main à la décision. Mais cela n'a pas été du tout le cas. Pour bien culpabiliser les écolos romantiques que nous sommes, on nous a dit que nous risquions de participer à des famines ou de contrarier les avancées de la science sur les maladies génétiques si nous nous mettions en travers de ce progrès fabuleux. Ils nous ont enfoncé la tête dans une mare de culpabilité absolue.

Pourquoi n'avons-nous pas pris plus de temps ? Au lieu de faire 98 % des recherches appliquées, pourquoi ne pas avoir fait 98 % de recherche fondamentale et donné à des organismes, indépendants et dignes de ce nom, la possibilité de nous éclairer et de quantifier les risques et les bénéfices, non pour les firmes mais pour les populations ? Sans utiliser de subsides gouvernementaux, certains ont fait des études sur les OGM. Ils se sont aperçus que, dans des plantations de colza et de coton génétiques aux États-Unis, les rendements étaient moins bons et les rotations de culture beaucoup plus complexes. Ils ont aussi découvert que ces semences étaient stériles.

P.R. : Si nous nous trompons, que l'on nous fasse au moins la démonstration du contraire.

N.H. : En cela, nous ne sommes pas dans une démocratie. Les décideurs nous font courir un risque collectif sans qu'il y ait la moindre nécessité. Cela dit, il faut bien distinguer les nécessités de culture transgénique pour les recherches sur les maladies génétiques.

Je lis ce que disent des généticiens et des biogénéticiens en qui je ne peux qu'avoir confiance. Une plante immunisée contre un certain nombre d'agressions n'est pas protégée par la grâce de Dieu. Elle sécrète un certain nombre de substances qui, on l'a découvert, sont allergogènes et probablement cancérigènes. Sans compter les problèmes de dissémination dans la vie sauvage. Par quel enchantement serions-nous nous-mêmes immunisés contre tout cela ? Nous confondons trop souvent vitesse et précipitation.

P.R. : Encore une fois, l'énergie que l'on met à propager ces techniques devrait servir à sauvegarder des espèces qui ont prouvé leur non-nocivité et qui constituent ce patrimoine extraordinaire que l'agriculture n'a cessé d'accumuler depuis douze mille ans.

N.H. : À Bruxelles, certaines personnes sont payées à l'année pour aller faire du lobbying. À force, ils finissent par semer le doute et par convaincre.

P.R. : C'est tout simplement de la manipulation mentale, la négation du bon sens.

Chapitre XIII

De l'écologie et du partage

N.H. : On ne peut que constater, en regardant l'histoire du monde, qu'il y a une espèce de dualité entre la pulsion de vie de l'ensemble des vivants et la pulsion de mort qui anime l'homme. D'ailleurs, on reproche souvent à l'écologie de ne pas prendre en compte le tragique de l'homme. Mais la finalité serait peut-être de se distinguer de cette pulsion de mort et de ne pas s'y résigner. Autrement, il n'y a plus de raison d'être. Je n'ai pas une vision machiavélique du monde et je considère qu'une partie de l'humanité subit son évolution ou son destin.

Nous sommes dans l'humanisme absolu. L'écologie a une vision globale et veille à n'exclure personne dans le processus d'amélioration qu'elle recherche. Tant que ce qui permet à l'homme de progresser n'est pas partagé par le plus grand nombre, le progrès est un trompe-l'œil. L'écologie a une approche qui tient compte du passé, de l'avenir et de la solidarité dans le temps et l'espace. C'est la volonté de tirer la quintessence de tout l'héritage que nous avons posé là et que nous ferions mieux de sublimer au lieu de le diluer et de le disperser.

P.R. : Il y a eu une divergence entre l'histoire

humaine, déterminée par des pulsions irrationnelles, subjectives, alimentées par la peur de la finitude en particulier, et la nature, gardienne de lois et de règles rigoureuses qui assurent la pérennité. Le but de l'écologie est de susciter une concordance, ce qui dépend de la seule responsabilité humaine, la nature maintenant le même cap depuis les origines. Notre prétention à modifier ces règles est irréaliste.

Je ne vois rien de tragique à la mort si ce n'est la mort profanée, causée par la guerre par exemple, ou cette situation paradoxale où la peur de vivre devient plus forte que celle de mourir et se conclut par le suicide. La mort naturelle, basée sur cette loi immuable de la nature selon laquelle tout organisme naît, s'épanouit, décline et disparaît, est magnifique. C'est un cycle auquel je suis heureux d'appartenir. Quand on gère des animaux et des végétaux comme ma vie de paysan me l'a permis, on a le sentiment d'être au cœur d'un processus simple et irrévocable : chaque organisme vivant a sa durée de vie et une fois qu'il l'a accomplie, il s'en va pour laisser la place à une autre durée. C'est la vie qui se donne à la vie...

Mais la mort est profanée quand elle est infligée par ce qu'il y a de pire chez l'être humain : la violence qu'il n'a su ni régler ni maîtriser. Le problème du progrès dont nous parlons est qu'il instrumentalise cette violence. C'est effrayant de constater la quantité d'armes accumulée pour détruire et blesser, au service du mal et de l'antiécologie. Même si nous sommes parfois touchés et émus de voir un lion se jeter sur une antilope pour la dévorer, cela fait partie de l'harmonie.

N.H. : L'agonie d'un buffle dans la gueule d'un lion est un spectacle difficile qui dure une heure et demie. Mais ce n'est en aucun cas de la cruauté.

P.R. : Je me souviens d'une émission de télé pendant laquelle on demandait à un milliardaire s'il se sentait prédateur. En appelant à Charles Darwin, il avait alors proclamé : « Nous sommes des prédateurs. La nature nous donne l'exemple et nous appliquons la règle. » Ce qu'il y a de dramatique avec la télévision, c'est que le téléspectateur est muselé. Je ne pouvais pas intervenir et je bouillonnais. Si j'avais été là, j'aurais dit à ce monsieur de ne pas comparer la prédation humaine à la prédation de la nature ! Dans la nature, le lion ne prélève pas au-delà de ce qui lui est nécessaire. Il n'a pas d'entrepôt ni de banque d'antilopes. Seule sa survie légitime est en cause et il n'a pas édicté cette loi. Il l'applique parce qu'il la subit, et c'est tout.

C'est tragique quand le processus devient cumulatif, quand on spolie des énergies et des biens qui devraient circuler. C'est toute la problématique de la répartition et du bien partagé. Si une certaine catégorie retient tout à cause de son insatiabilité et de sa voracité, elle porte préjudice. En revanche, dans la nature, il est légitime de manger. Moi-même je mange de la viande, mais j'accepte de tuer pour être cohérent avec moi-même. Ce geste difficile s'accompagne toujours de gratitude. Je suis parfois tenté par le végétarisme mais je ne ressens pas en moi, et pour moi, la justesse de cette option. J'ai, trop ancrée dans mes cellules d'enfant du désert, la notion de sacrifice et donc de sacré, renforcée par le besoin physiologique de la substance animale. Mais d'un animal qui ne soit pas profané par l'intolérable condition qui lui est faite dans la société de consommation, où il est soit torturé, soit adulé pour combler les manques et les solitudes. Je ne cherche pas à être désobligeant mais seulement à attirer l'attention sur certains phénomènes. Quand les animaux de compagnie consomment l'équivalent du budget de certains États parmi les plus démunis, la notion de partage prend une allure bien singulière...

Aujourd'hui, tout notre système social est basé sur l'occultation de ce qui nous gêne, les abattoirs par exemple, ou les conditions d'élevage de certains animaux. Nous cachons ce qui est inconfortable et ne gardons que ce qui nous procure du plaisir. Les vieux, les malades mentaux, les délinquants sont entassés dans des maisons spécialisées car il ne faut surtout pas qu'on les voie.

N.H. : Nous pouvons comprendre cette capacité d'occultation car nous avons un seuil d'absorption émotionnelle limité. Les instants de bien-être que je vis participent à des moments d'égoïsme absolu. Si je me sens bien, je suis capable de faire abstraction des détresses et des misères alentour. Mais comment expliquer qu'une société comme la nôtre puisse s'accommoder des conditions carcérales de notre pays ? C'est une tache honteuse. Je ne remets pas en cause la nécessité de mettre à l'écart pour protéger, mais il ne faut pas pour autant le faire dans des conditions inhumaines.

P.R. : Nous vivons dans une société d'hygiène. Une société qui n'accepte pas les brigands ou les fous dans les rues. Cela ne signifie pas que l'attitude juste consiste à laisser faire avec un laxisme irresponsable. Il y a là un exercice passionnant pour retrouver l'apaisement : concilier la nécessaire fermeté et l'humanisme, indispensable à la guérison des âmes.

N.H. : Notre société fabrique de la haine. Ce qui se cache de l'autre côté des murs d'une prison n'appartient plus à notre réalité. De temps en temps, certains y font un tour et sont émus aux tripes, ce que je peux comprendre. Mais nous devrions faire ce que faisait

Victor Hugo en son temps : visiter les prisons pour témoigner auprès des hommes politiques. La réalité est aussi en prison. Ce n'est pas parce que l'on a fauté que l'on est plus un être humain.

Nous sommes condamnés à partager. Dans un monde fluctuant, avec une telle mobilité et un tel transfert des images, ou bien l'on partage, ou bien l'on périt. Il va bien falloir trouver des solutions et les valider. Ce devrait être une obligation absolue car, aujourd'hui, plus personne n'ignore les différences de niveau de vie. Elles sont exposées au regard de tous dans une indécence absolue. Il faut organiser le partage.

P.R. : Je me sens parfois anthropophage. Quand je vis dans de bonnes conditions, je me dis parfois que quelqu'un paye mes excès pour moi par la voie même de la répartition des ressources...

N.H. : Prenons cet exemple de la taxe Tobin. Je prends acte quand on me dit qu'elle n'est pas applicable. Mais je n'ai toujours pas compris pourquoi. Je ne peux pas croire que, alors que les trois personnes les plus riches du monde possèdent une fortune supérieure aux PIB des quarante-huit pays les moins avancés, qui totalisent une population de près de six cents millions d'habitants, il n'y ait pas de solution pour améliorer durablement la condition des damnés de la Terre sans pour autant empêcher les riches de fumer un cigare à la fin de leur repas. Il doit bien y avoir un moyen de prélever là où il y a concentration, sans pour autant faire disparaître toute l'industrie de la planète.

C'est d'autant plus urgent que les nouveaux géants économiques de l'Est ou du Sud, comme la Chine et l'Inde, sont en train d'adopter le modèle occidental. Il serait difficile de leur dire stop et de les empêcher de bénéficier de ce dont le Nord a profité. Nous n'avons aucune légitimité pour leur demander quoi que ce soit tant que nous n'agissons pas nous-mêmes. C'est le préalable à tout. Si l'Europe a une raison d'exister, c'est pour créer cette société écologique et opérer un transfert de nos connaissances et de nos compétences vers le reste du monde.

Indépendamment de cela, ne croyons pas que ces pays soient ignorants de ces risques. La Russie a fini par ratifier Kyoto, sous l'impulsion de la France d'ailleurs, et la Chine a été à deux doigts de le faire. On sous-estime parfois la conscience écologique des pays du Sud. Les mécanismes vont se mettre en place d'une manière ou d'une autre, car si ces pays adoptent à juste titre la même production et la même consommation de pétrole que nous, la source pétrolière ne va pas se tarir dans soixante-dix ans, mais dans trente ans.

P.R. : Il est difficile d'inviter les pays émergents à la modération et à la sagesse quand on a donné l'exemple de tous les excès. Le continent africain est dans une urgence au quotidien. Quand on se trouve en état de survie, on vit les problèmes différemment : deux défenses d'éléphant représentent une telle richesse pour le braconnier qu'il est prêt à risquer sa propre vie pour les posséder. D'où la nécessité d'aider les humains si l'on veut sauvegarder la nature.

Mais je voudrais en revenir à la taxe Tobin. J'ai toujours été circonspect au sujet de cette taxe. Que cherche-t-on ? Acter le prélèvement de taxes sur les transactions internationales ou bien remettre en question toutes ces transactions ? J'ai toujours peur, à tort ou à raison, qu'un système se fasse valider dès lors qu'il paye quelque chose. Si la taxe Tobin était appliquée, on se mordrait la queue. On se dirait : pourvu que les transactions augmentent, de façon que la part qui revient à tel ou tel secteur altruiste puisse augmenter.

Je sais que les humains peuvent normaliser n'importe quoi dès lors qu'ils peuvent s'acheter une légitimité. Certaines activités préjudiciables aux humains ne nécessitent pas une validation mais une abolition pure et simple. Sans quoi, on reconnaît définitivement à l'argent le pouvoir suprême et la capacité de tout régenter.

Mais en attendant, peut-être faut-il accepter quelques compromis, à condition qu'ils soient provisoires et nécessaires pour évoluer vers un ordre plus acceptable.

N.H. : Dès lors que l'on s'inscrit dans le luxe, comme quand on prend l'avion, il faudrait automatiquement prélever, sur ce service ou ce bien, une somme qui soit reversée à un fonds au mécanisme approuvé : l'aide alimentaire, l'éducation, l'accès aux soins...

Je sais que pour résoudre un problème il faut d'abord s'attacher à l'état d'esprit qui l'a créé. Mais il faut agir sur deux échelles de temps, en commençant par identifier tous les domaines où il est possible de prélever sans affecter l'activité. Non pas que je souhaite qu'aucun domaine ne soit affecté, mais c'est nécessaire pour éviter les résistances et les rapports de forces et ne pas retarder les échéances. Si on prélevait un euro sur les billets d'avions nationaux et dix sur les internationaux, je ne crois pas que ça enrayerait quoi que ce soit. À partir du moment où l'on prétend au voyage, on s'inscrit comme citoyen de la planète et il est donc évident que l'on doit contribuer à un élan de solidarité.

On dit souvent que l'argent des pauvres des pays riches va aux riches des pays pauvres. À Madagascar par exemple, les problèmes écologiques et les problèmes de survie sont liés. La déforestation est quasiment accomplie car les habitants utilisent le bois pour cultiver ou se chauffer, au lieu d'importer des produits de substitution. Il faut trouver une solution pour prélever dans cette concentration de richesses.

P.R. : Certes, mais on ne s'épargnera pas, à un moment ou à un autre, cet effort : celui de s'attaquer directement aux causes, au lieu de nous concentrer uniquement sur les symptômes.

N.H. : Nous avons deux cultures et deux parcours différents. Je connais le système de l'intérieur et de l'extérieur et je suis obligé de confronter mes velléités d'agir à ce qui me semble totalement irréalisable. Une révolution ne pourrait se faire aujourd'hui que dans la douleur, alors que nous la souhaitons dans la raison. Nous avons tous les éléments pour prendre en compte cette raison. Mais nous ne le faisons pas. Je me dis donc que nous n'y arriverons pas.

Sur la finalité, je suis convaincu du bien-fondé de la décroissance économique. Mais l'opérer engendrerait de tels bouleversements, de telles résistances et de tels affrontements que nous ne serions pas gagnants. Il faut trouver la pierre de Rosette qui permette de découpler les flux économiques des flux énergétiques. Nous disposons de quelques outils fondamentaux. Il faut sortir de la spirale du produire plus et du consommer plus. Quitte à me répéter, l'idée est de produire mieux et consommer mieux. À partir de cette idée générique, il faut que la réalité économique intègre la réalité écologique. Quand je vois combien il est difficile de faire vaciller nos sociétés sur un certain nombre de choses qui paraissent pourtant évidentes, les faire revenir sur leurs fondamentaux me paraît encore plus dur. Je sais aussi que nous courons à l'échec si nous proposons cela aujourd'hui. Non pas que j'aie peur de l'échec, mais j'aimerais que l'on opère au moins des avancées.

P.R. : Mettons en route dès maintenant les processus qui permettront d'éviter une immense déconvenue. Car la finalité est inévitable : il faudra faire de la frugalité le fondement d'un nouveau paradigme.

Chapitre XIV

De l'Afrique

P.R. : Avons-nous fait le bon choix ou pas ? Il est impossible d'avancer si nous ne posons pas cette question. J'aimerais aussi rappeler que le progrès ne s'inscrit pas que dans la modernité. Il est très ancien ! Les hommes se sont engagés sur la voie du progrès à partir du moment où ils ont commencé à améliorer leur condition. L'arrivée de l'agriculture et la révolution néolithique ont représenté des pas énormes, pour le meilleur et pour le pire d'ailleurs...

Pendant des siècles, les populations du tiers-monde se sont organisées selon un mode traditionnel, avec des ethnies qui produisaient une bonne partie des ressources répondant à leurs besoins. Ces ressources étaient plus ou moins riches en fonction des milieux. Mais les communautés devaient bien vivre là où elles étaient et s'organiser en fonction de leur environnement, en tirant parti de ce que la nature mettait à leur disposition.

L'argent était pour elles pratiquement inexistant et inutile : elles répondaient à leurs besoins de vie de façon directe et par le troc. Elles avaient leurs lopins de terre, cultivaient, chassaient, cueillaient. Bref, ces ethnies avaient construit leur autonomie, à leur façon, dans cette biodiversité culturelle, culturale et naturelle.

Cette organisation séculaire a fonctionné en marge de l'économie planétaire, jusqu'à ce qu'on s'aperçoive que cette masse paysanne représentait un potentiel productif, et qu'il fallait en tirer parti. La meilleure façon de le faire était de lui faire produire des denrées exportables : coton, cacao, café, canne à sucre, etc. L'argent a commencé à s'infiltrer. De même que les méthodes de culture modernes, avec la fameuse trilogie NPK (nitrate, phosphore, potassium) dont nous avons déjà parlé. On a détourné les paysans de leurs produits traditionnels pour leur imposer des engrais chimiques, des pesticides de synthèse et des semences sélectionnées.

N.H. : Ce faisant, on a déstructuré des systèmes sociaux et culturels...

P.R. : Oui, en commençant par dévaloriser la place et l'image du paysan. Cette transformation s'est d'ailleurs effectuée partout, en Europe comme en Afrique. Le paysan est devenu le dernier des derniers. Dans la croyance populaire, on en sait toujours assez pour être paysan ! Le pauvre type qui ne peut devenir ni curé, ni gendarme, ni postier, on le garde à la ferme. Sans oublier qu'à la guerre, les paysans sont toujours en première ligne. Comme en 14-18, un véritable carnage pour cette population...

On a tout fait pour déprécier leur expérience et leur tradition, pourtant affinées au cours des siècles et transmises de génération en génération. On n'a eu de cesse de leur renvoyer d'eux-mêmes une image ingrate, d'où leur désir de se détacher de cette représentation, à tout prix. Leur culture est devenue une non-culture. Je m'en suis bien rendu compte en visitant des intérieurs paysans dans les années 60 : gazinière, frigo et table en Formica, autant d'attributs par lesquels le paysan prouvait qu'il n'était pas un attardé ! Et pendant ce temps, la table en chêne, d'une valeur inestimable, chevillée et magnifiquement travaillée, était en train de pourrir dehors ou dans les granges. Ces objets, qui sont des chefs-d'œuvre de l'habileté humaine et des symboles d'une culture, sont complètement rejetés pour le plus grand bonheur des antiquaires qui raflent tout et les revendent trente fois plus cher ! C'est symbolique de la négation de la culture paysanne.

N.H. : Cette culture fondamentale millénaire qu'il aurait fallu préserver au lieu de l'éradiquer.

P.R. : En Afrique, le discours officiel était le suivant : « Mon pauvre vieux, si maintenant tu veux gagner de l'argent, il faut travailler, exporter et utiliser ce qu'on te donne. » On a fait venir des ingénieurs, formés dans des écoles d'agronomie selon le dogme : « Pas de salut sans les engrais, les pesticides ou les semences améliorées. » Et on a organisé les masses paysannes pour produire « exportable », avec les intrants chimiques. C'est ça, le progrès !

N.H. : Comment les paysans africains ont-ils accueilli ces nouvelles méthodes ?

P.R. : Il fallait bien sûr qu'ils puissent les expérimenter. Pour cela, on a créé des coopératives, destinées au début à la vulgarisation des techniques modernes de l'agriculture, avec distribution gratuite d'engrais et autres pesticides. Le système est diablement efficace. On commence par « généreusement » distribuer de quoi doper une petite parcelle de sol qui n'a jamais reçu ces substances. L'augmentation de production est bien entendu spectaculaire et le paysan est d'emblée convaincu. Il réclame de nouveau des produits, mais, cette fois, on lui annonce qu'ils sont payants. S'il n'a pas d'argent – ce qui est souvent le cas –, on lui fait une avance sur récolte et le processus de l'endettement s'enclenche.

C'est une mécanique infernale. Il faut environ trois tonnes de pétrole pour produire une tonne d'engrais. Les prix sont indexés sur le cours du pétrole, et donc du dollar, d'où la dépendance que l'on observe partout dans le tiers-monde. C'est la genèse de cette mondialisation tant décriée aujourd'hui.

Ce changement de mode de production a aussi eu d'autres conséquences catastrophiques. La culture du coton, entre autres, a été à l'origine d'une grande destruction des sols.

N.H. : Pourquoi ?

P.R. : Parce que cette culture est très exigeante en engrais, en pesticides et en eau. Elle laisse des résidus très ligneux qui ne se décomposent pas. Par ailleurs, on met la pression aux paysans pour qu'ils produisent plus, ce qui signifie qu'ils doivent agrandir leurs parcelles, et donc déboiser. Le paysan contribue donc, sans en être conscient, à désertifier son propre milieu ! Les Thaïlandais ont déboisé à tel point qu'aujourd'hui il leur manque du bois et qu'ils sont obligés d'en importer. Mais il semble que le gouvernement ait enfin pris de bonnes résolutions en matière de reboisement. L'Afrique devrait en faire autant.

Bref, le paysan est perdant à tous les niveaux. Non seulement la monoculture et le fait de dénuder les espaces rendent ses terres plus vulnérables, mais il a de plus en plus de mal à s'en sortir. Résultat, on importe du riz américain subventionné, qui arrive sur le marché africain à des prix défiant toute concurrence. Les quelques sous qui restent au paysan lui servent à acheter du riz blanc !

Et pendant ce temps, que fait l'État ? Une petite caste bien installée achète des armements ou de belles bagnoles, s'offre du matériel hi-fi et des voyages en avion. Quand nous débattons des rapports Nord-Sud, on présente toujours le premier comme le bourreau et le second comme la victime. Alors qu'il y a, au sein même des pays du Sud, des tortionnaires ! Nous avons encore l'illusion de pouvoir maintenir le contentieux Nord-Sud sur les bases de l'injustice et de la justice. C'est complètement obsolète.

N.H. : Tu insistes beaucoup sur la notion de responsabilité au sein même des pays du Sud ?

P.R. : Comment ne pas le faire quand on sait comment les gouvernements gouvernent ? Je suis évidemment pour l'idée d'annuler la dette des pays du Sud, mais à la condition de faire dans le même temps le procès de la corruption. On s'apercevrait alors qu'une grande partie de la dette dort bien au chaud dans les coffres suisses, les sociétés d'investissement, les domaines et les châteaux. Peut-être ce procès est-il impossible à cause de la connivence entre corrompus et corrupteurs. Cette plaie n'est d'ailleurs pas spécifique à l'Afrique, elle est malheureusement planétaire et cause d'injustices et de souffrances infligées au plus grand nombre.

N.H. : En octobre 2004, le ministre des Affaires étrangères belge, Karel de Gucht, s'est permis de parler de la corruption au Congo. Il a provoqué un vrai scandale et a dû faire des excuses publiques. Ce procès devrait être fait par les Africains, mais comment ?

P.R. : Le président Sankara, qui a donné à la Haute-Volta le nom de Burkina, autrement dit le « pays des hommes intègres », croyait beaucoup en la pédagogie populaire. Il a notamment mis en place des tribunaux populaires révolutionnaires dont le but n'était pas de couper des têtes, mais de créer un système d'autocritique et d'auto-analyse pour faire la lumière sur l'histoire récente : comment avait fonctionné le pays jusque-là, comment certains avaient pu accumuler des richesses dans une nation aussi pauvre... Il y a eu restitution de biens qui étaient considérés comme une spoliation du peuple. Cette moralisation de la chose publique mériterait d'être généralisée, sans violence, comme une œuvre de transparence indispensable à la pérennité et au bien-être des nations. Un tribunal international me paraît indispensable, mais il impliquerait tellement de monde qu'on préfère fermer les yeux et ne plus en parler.

Croire que le Sud souffre cliniquement du Nord est un leurre, tout comme croire que l'Afrique est pauvre. Ce continent représente trois fois la superficie de l'Inde et regorge de richesses et de ressources, sans compter que son peuple est très jeune. Il a tous les ingrédients de la prospérité. Cultivée correctement, l'Éthiopie pourrait nourrir l'ensemble de sa population. Il n'y a que sept cents à huit cents millions d'habitants sur un continent aussi riche. Hélas, c'est aussi un continent géré sur les pillages et les ententes illicites entre mafias internationales. C'est à cause de tout cela que l'Afrique s'enlise dans la misère.

N.H. : C'est aussi à cause de frontières arbitraires qui n'ont pas pris en compte les diversités culturelles et sociales, comme au Soudan par exemple. Ces barrières ont été tracées de manière aberrante, sans intégrer les répartitions de richesses entre le Nord et le Sud et les disparités religieuses. Nous avons semé la panique.

P.R. : Nous avons bouleversé le système traditionnel et culturel. Jusque-là, l'Afrique et ses différents peuples et ethnies étaient organisés selon des stratifications horizontales, du nord au sud. Les frontières correspondaient à des zones géographiques bien distinctes et cohérentes, celles des différents biotopes du continent – l'Afrique du Nord, les steppes, le Sahara, le Sahel, puis la forêt tropicale, etc.

Ne pas avoir respecté cet ordre et avoir découpé le territoire selon des stratifications verticales a contribué à la confusion. D'où ce manque de cohésion dont souffrent aujourd'hui encore les États africains. On se demande si ce n'était pas stratégique.

N.H. : Nous n'avons pas tenu compte de la réalité de l'histoire. Nous avons imposé de nouvelles frontières, en considérant que l'Afrique était quasiment uniforme du nord au sud et représentait un terrain de jeu favorable à de nouvelles expérimentations.

Mais nous avons oublié un autre élément important dans nos constats. Il existe une hémorragie silencieuse au niveau planétaire : celle du savoir. Nous avons indéniablement créé de nouvelles connaissances, mais elles ne s'ajoutent pas au savoir dont nous avons hérité depuis la naissance de l'humanité, et qui s'est transmis oralement de génération en génération. Ne subsiste que le savoir écrit, qui ne représente qu'un faible pourcentage.

P.R. : Cette érosion des savoirs humains se fait malheureusement à l'échelle planétaire.

N.H. : C'est une tragédie dont nous pèserons les préjudices brutalement. Je le constate au cours de tous mes voyages. Il y a peu de temps, j'étais dans la vallée de l'Omo, dans le Sud de l'Éthiopie. J'ai été stupéfait de découvrir que, pour chaque pathologie, les habitants ont trouvé un remède dans les plantes. Ce savoir est oral, mais son efficacité a été validée par le temps. C'est consternant que ce patrimoine commun de l'humanité se perde.

P.R. : Il faudrait pourtant être attentif au monde de l'oralité. Même s'il ne nous est pas familier, il recèle bien des valeurs qu'il ne faudrait pas sous-estimer et encore moins abolir. L'oralité exige forcément la proximité de la bouche et de l'oreille et, au-delà de la simple communication, elle est ainsi facteur de relation. Ce monde, qui m'a inspiré mon livre *Parole de terre*[1], m'a littéralement fasciné et reconnecté à un temps et à un espace qui ne connaissent pas toutes nos orgies de papier imprimé et notre fatras technologique perfectionné. Nous créons toutes sortes d'outils censés rapprocher les humains et transformer la planète en village, mais nous sommes incapables d'être en véritable lien avec nous-mêmes, les autres et la nature. Nos précieux outils servent bien plus à interconnecter les solitudes qu'à constituer du lien social, de la convivialité active et vivante. Ces trois dimensions sont pourtant essentielles si l'on ne veut pas aggraver les fragmentations religieuses, raciales, idéologiques, nationalistes, et bien sûr cette terrible compétitivité marchande et cette avidité humaine érigées en système économique.

Le monde de l'oralité a beau être majoritaire et alimenter de son travail le club des nantis auquel j'appartiens, il est marginalisé, relégué hors de l'histoire. Faute de posséder les codes du monde moderne, il est condamné à une lente extinction. Alors, peut-être peut-on contribuer à sa sauvegarde en lui transmettant les savoirs et savoir-faire les plus positifs du monde moderne. L'avenir le dira. En tout cas, l'humanité dite

---

1. Pierre Rabhi, *Parole de terre, une initiation africaine*, préface de Yehudi Menuhin, Paris, Albin Michel, 1996.

« évoluée » s'honorerait à prendre en compte le destin de ces peuples qui, en dépit de leurs travers d'êtres humains, apparaissent nimbés d'innocence face à la perversion organisée du monde contemporain.

N.H. : C'est dans ce sens-là que la colonisation perdure. Le drame culturel opère encore, une fois l'occupation terminée.

P.R. : La pire des mondialisations, c'est ce laminoir et cette incursion dans l'imaginaire et l'histoire du peuple occupé. Coloniser, c'est empêcher le Breton d'être breton, l'Alsacien d'être alsacien et l'Occitan d'être occitan. C'est nier l'histoire. Le terme de « langue maternelle » n'est pas anodin. Quand la mère berce l'enfant et qu'elle lui parle dans sa langue, elle maintient la filiation et prolonge ce qui constitue l'intériorité des individus. Cette réalité intérieure est plus importante que ce que l'on en voit extérieurement. Il y a dans chaque individu une part de protestation interne et une part de mimétisme, qu'elle soit vestimentaire ou autre. Les individus ont des mots très durs contre les dominants mais veulent à tout prix leur ressembler. On ne réalise pas que ce dominant est à l'intérieur même de chacun d'entre nous.

N.H. : On prend difficilement conscience de cette évolution sournoise : nous allons vers la bio-uniformisation du savoir. Comme toi, je suis alarmé de la célérité effarante avec laquelle les langues disparaissent – des milliers d'entre elles se sont perdues en quelques décennies. Partout, la culture est mise à mal. Or c'est elle qui nous nourrit, dans tous les sens du terme.

Nous avons été convaincus, au cours de nos pérégrinations de conquistadores, qu'il n'y avait ni culture ni savoir là où nous arrivions. Et nous pensons toujours être les seuls détenteurs de la vérité. Ce système participe au déséquilibre et au préjudice que nous avons nous-mêmes causés. Nous avons eu tort de faire fi du passé.

P.R. : Un véritable progrès ne nie pas ses fondements et ses racines. Je reproche à la modernité de nier le passé.

N.H. : Un ancien roi du Zanskar, ce pays de l'Himalaya indien, disait : « La connaissance sans cœur n'a pas de valeur. » Dans la notion de cœur, il y a l'acceptation que nous ne sommes pas nés d'aujourd'hui.

P.R. : Il y a de l'orgueil et de la vanité dans toute forme de modernité. Nous nous sommes convaincus que la raison devait remplacer la nature, et que l'être humain pouvait reprendre complètement en main son propre destin, et l'orienter. Mais c'est un manque total d'humilité et d'écoute face à notre passé et à la nature. La nature est pourtant le plus vieux laboratoire du monde.

N.H. : Nous nous vantons des attributs du progrès sans même savoir nous en servir. Combien d'entre nous se vantent d'avoir un ordinateur et ignorent en réalité comment il fonctionne ? Et quand on va à la campagne, on ne sait pas plus comment pousse une betterave... Le grand désarroi tragique de l'homme moderne, c'est de ne plus être relié à rien.

Chapitre XV

Une expérience africaine

N.H. : À partir des années 70, tu décides de développer l'agro-écologie en Afrique. Comment s'est opéré ce retour sur ton continent d'origine ?

P.R. : C'est assez étonnant. À partir du moment où Michèle et moi avions réussi notre expérience de retour à la terre, j'ai éprouvé le besoin de me lancer d'autres défis. Dans les années 70, le débat sur le rapport entre le Nord et le Sud était assez soutenu. Nous étions au cœur des Trente Glorieuses et l'ambiance générale était au « développement » de ce pauvre tiers-monde attardé. Des institutions et des ONG s'organisaient pour accomplir cette noble mission, et l'Occident s'enorgueillissait de la réussite extraordinaire de son modèle en occultant le fait qu'il le devait aux ressources quasi gratuites du tiers-monde, dans lesquelles il avait abondamment puisé. Le malentendu était total. La disparité entre un tiers-monde souffrant du manque et un Occident baignant dans la pléthore était considérable, et il fallait y remédier.

Il fallait construire une alternative à ce système infernal, et l'agro-écologie m'a paru convenir à la situation. Encore fallait-il la mettre à l'épreuve des faits. Il se trouve qu'à l'époque, j'ai adhéré à une association de la région Rhône-Alpes appelée CRIAD (Centre de relations internationales entre agriculteurs pour le développement), qui m'a envoyé un stagiaire burkinabé, Saïbou Ouedraogo. De retour au pays, celui-ci a rédigé un rapport sur notre ferme qui a intéressé les autorités. Et c'est ainsi qu'en janvier 1981, sur leur invitation, je me suis retrouvé au Burkina, à présenter l'agriculture écologique à un parterre d'agronomes et de responsables ruraux. Ils ont d'abord été un peu déconcertés, puis, petit à petit, ils ont compris que je ne leur parlais pas de l'agriculture de leur grand-père mais d'une approche vraiment novatrice.

Eux enseignaient les méthodes NPK. Je leur ai expliqué les fondements scientifiques et les techniques de l'agriculture écologique et la confiance s'est installée. À l'époque, les paysans commençaient à constater que les engrais leur coûtaient très cher et détérioraient les sols. Dès la première année, mes élèves se sont rendu compte que le remplacement d'une fertilisation chimique par une fertilisation organique élaborée pouvait se faire très rapidement.

N.H. : Tu as adapté à ce milieu les méthodes que tu avais peaufinées en Ardèche ?

P.R. : Exactement. En tenant compte des conditions et des moyens locaux, je leur ai proposé un protocole de compostage qu'ils ont baptisé « méthode Pierre Rabhi » ! On creuse quatre fosses de deux mètres de large, quatre mètres de long et vingt centimètres de profondeur, destinées à contenir les matériaux à transformer. Dans la première, on édifie une grande meule, constituée de couches d'argile, de fumier, de matière organique végétale (paille, feuilles, etc.). On saupoudre de cendres, d'os et de cornes concassés, le tout bien humecté. Puis on recouvre la meule de paille ou de terre et on met en route un processus de fermentation par oxydation, grâce à la présence de l'oxygène. Tu remarqueras que l'on utilise uniquement des matériaux à disposition du paysan : il n'a absolument rien à acheter.

Le processus de transformation commence par une phase thermophile, ou chauffante, pendant laquelle la température va considérablement augmenter dans la meule, parfois jusqu'à 70 °C. Cette température est indispensable à la destruction de tout germe potentiellement dangereux et de graines qui risquent d'infester les champs. Cela crée une vapeur à l'intérieur de la meule qui va amollir les éléments et les préparer à la phase de déconstruction.

Arrive ensuite une série de bactéries qui vont activer la fermentation. Des champignons et des levures apparaissent, des lombrics digèrent la matière, etc. On retourne la meule dans la fosse suivante tous les quinze jours. Et au bout de deux mois, on obtient une sorte d'humus, riche en nutriments et en ferments bactériens, bon pour relancer le métabolisme du sol et le stabiliser contre l'érosion. Les sols vont se réactiver et sécréter des substances nutritives pour les plantes. Cet équilibre va renforcer la plante et l'empêcher d'être malade, réduisant ainsi le recours aux pesticides et limitant les ravageurs.

N.H. : Bref, tous les paramètres positifs sont réunis ?

P.R. : Exactement, y compris la régulation de l'eau. Les composts bien faits ont une remarquable capacité à retenir l'eau et une forte résistance à l'assèchement. Et comme le sol est aéré par ce fertilisant, l'infiltration de l'eau est facilitée. Les résultats sont incontestables. Les paysans eux-mêmes ont validé la méthode. Par sa capacité à répondre écologiquement au problème de la faim dans le monde, l'agro-écologie est une démarche indispensable.

N.H. : À quelle échelle votre méthode s'est-elle élargie ?

P.R. : Au début, j'ai commencé à travailler avec le Centre de formation des jeunes agriculteurs du Burkina. Comme les paysans sont très pauvres, chaque village possède un centre de formation dont il prend financièrement en charge la construction et la gestion. L'État ne fournit que les formateurs. La formation se déroule dans le village, les paysans sont donc témoins de ce qui se passe et se rendent compte qu'ils peuvent s'approprier certaines méthodes.

Durant toute cette période, j'étais à cheval entre l'Afrique et la France, quittant nos champs ardéchois pour travailler au Burkina durant l'automne et l'hiver. Mais le mouvement a pris une telle ampleur qu'il m'a vite été difficile de faire face à toutes les demandes. Or, je ne voulais abandonner ni le projet ni notre ferme de Montchamp. La solution est venue d'une collaboration avec l'association Point Mulhouse, une compagnie aérienne associative totalement atypique qui s'était donné pour but de désenclaver le Burkina. Elle était animée par une sorte de génie, Maurice Freund, qui, au lieu de mettre ses capacités au service du capitalisme conventionnel, les avait engagées dans l'humanitaire. Maurice et moi étions tous deux soucieux de l'amélioration de la condition des populations en difficulté, notre rencontre a donc logiquement abouti à une alliance et à une profonde amitié, qui nous lie toujours.

L'association, aujourd'hui devenue une coopérative nommée Point Afrique, avait créé un campement hôtelier à Gorom-Gorom, zone nord du Burkina, mais avait dû le fermer pour réfléchir à une fonction plus conforme à leur éthique. J'ai proposé de reprendre l'activité hôtelière de manière simplifiée et frugale et d'y ajouter un centre de formation pour paysans. Nous devions chercher une clientèle intéressée par nos problématiques, l'argent gagné par nos prestations hôtelières servant à la formation des paysans. C'est ainsi que Gorom-Gorom a été décisif dans le développement de l'agriculture écologique au Burkina. Puis, quand Thomas Sankara est arrivé au pouvoir en 1983, il a décidé que l'agriculture écologique ferait partie des grandes options nationales.

N.H. : C'était une première en Afrique ?

P.R. : Oui. À l'époque, l'IFOAM (Fédération internationale des mouvements pour l'agriculture organique) rassemblait un réseau international d'agriculteurs pratiquant les méthodes écologiques. Leur sixième conférence avait eu lieu en Californie et deux de mes élèves y avaient présenté la candidature du Burkina pour organiser la suivante. En 1989, le pays a accueilli la première conférence internationale, avec cinquante-six pays travaillant sur les thèmes de l'alternative agronomique. Le Burkina est devenu leader, mais le président Sankara a été assassiné et toute la politique agronomique a été modifiée.

N.H. : Nous avons, chacun à sa manière, tenté de conseiller un président de la République. Mais avec une efficacité différente.

P.R. : Sankara souhaitait que je devienne l'un de ses conseillers directs sur la problématique paysanne et écologique. Il est vrai que j'avais beaucoup de propositions à faire qui auraient pu bien fonctionner. Son assassinat a compromis toute cette démarche.

Mais tout n'est pas perdu. Je viens de retourner au Burkina et j'ai proposé à d'anciens élèves performants en agro-écologie de se constituer en association d'agro-écologistes itinérants pour répondre aux besoins de ces villageois, toujours plus nombreux, qui sont confrontés à des problèmes de production et de désertification. Cette idée est en train de se réaliser et, si nous obtenons les moyens financiers suffisants, nous pourrons propager l'agro-écologie au plus grand nombre.

Mon rêve serait de créer une sorte de « cordon écologique ». Nous avons Médecins sans frontières. Pourquoi ne pas créer Agro-écologistes sans frontières ? D'autant plus qu'une nourriture suffisante et de qualité a des effets incontestables sur la santé des populations, une partie non négligeable des pathologies étant due aux insuffisances alimentaires. L'agriculture devrait être la première activité de santé. Le paysan doit précéder le médecin.

Par ailleurs, un être humain qui ne se nourrit pas est condamné à la régression. La nourriture pour tous, le droit et le devoir des peuples à se nourrir eux-mêmes devraient être de grands mots d'ordre internationaux. Encore une fois, une démarche humaniste doit abolir l'humanitaire, sauf celui qui répond à des situations de détresse indépendantes de la responsabilité humaine, comme les catastrophes naturelles.

L'agro-écologie a fait ses preuves, mais nous avons un tout petit moulin et beaucoup de grain à moudre. Pour la première fois de ma vie, je regrette de ne pas être millionnaire, car nous pourrions étendre l'expérience à une plus grande échelle et donner à l'alternative une assise plus convaincante.

N.H. : Au Burkina, combien d'agriculteurs se sont-ils convertis à ces méthodes ?

P.R. : Au bout de trois ans, nous comptions neuf cents paysans. Puis l'expérience s'est étendue. Beaucoup d'associations et d'ONG se sont formées à Gorom-Gorom, conscientes que l'agro-écologie était l'alternative la mieux adaptée au monde paysan. Aujourd'hui, on évalue à cent mille le nombre de praticiens au Burkina. Plus qu'une simple méthode de fertilisation organique, c'est aussi une démarche d'autonomie qui permet au paysan de se nourrir, de valoriser ses ressources et d'être indépendant. À présent, il n'y a pas un seul pays africain qui ne soit conscient de cette nécessité. L'approche écologique de l'agriculture et de l'environnement s'inscrit dans les programmes nationaux de nombreux pays, mais la rigueur dans l'application n'est pas toujours au rendez-vous.

N.H. : J'imagine que le premier défi consiste à aider les paysans à faire face à un environnement en dégradation ?

P.R. : Effectivement, les sécheresses ont détruit le milieu. La forêt, la faune, la flore ont disparu et les sols sont devenus arides. L'agro-écologie permet d'intervenir sur une série de paramètres : la production, la régénération du sol, la lutte contre l'érosion, la sauvegarde de la biodiversité, la gestion de l'eau pluviale, etc. Car le paysan doit régénérer son milieu tout en améliorant sa production.

L'autre volet concerne l'autonomie par les semences. Comment valoriser les semences traditionnelles et reproductibles et enrichir ce potentiel par de nouveaux apports ? C'est une question essentielle dès lors que l'on parle de sécurité alimentaire.

Le sol, l'eau et les semences sont indissociables. Or, la nature met à notre disposition un potentiel merveilleux. Une plante sauvage qui est adaptée à un milieu aride met en place son propre processus de survie : elle s'épanouit quand l'eau est là, et quand les sécheresses arrivent, elle se replie jusqu'à une quasi-hibernation, en restreignant l'évaporation et en retenant l'eau. Il nous suffit de la transplanter et de lui apporter un tout petit peu de soins pour la voir donner un volume impressionnant de matière végétale, fourragère en particulier.

Le vrai problème, c'est qu'aucun pays ne rompt résolument avec la règle générale pour se lancer dans cette alternative. C'est pourtant indispensable, car l'avenir ne sera pas facile pour les populations vivant dans des zones écologiquement fragiles ou instables.

N.H. : Pour abonder dans ce sens, nous avons très peu de projets de conservation dans le cadre de la Fondation Nicolas Hulot. Ce n'est pas notre objectif initial. Nous en avons quand même développé quelques-uns, notamment au Sénégal. On y a par exemple initié un concept basé sur le patrimoine communautaire, les connaissances modernes et les pratiques des femmes. Elles ont pris en charge leur environnement, en le réhabilitant et en le valorisant. Nous y avons ajouté des concepts d'écotourisme à petite échelle, et apporté de nouvelles sources d'énergie, comme la substitution au charbon de bois d'une énergie respectueuse de l'environnement et adaptée aux disponibilités éoliennes, hydrauliques et autres. Le principe est d'évaluer leurs besoins et de leur permettre d'être autonomes tout en réhabilitant l'environnement avec des pratiques agricoles adaptées.

Je me suis rendu plusieurs fois sur place. De loin, je me disais que c'était un peu dérisoire. Mais c'est une vision occidentale, car le concept est adapté à l'échelle de leurs besoins, et les libère des dépendances. D'ailleurs, l'expérience a tellement bien fonctionné qu'un organisme international d'aide au développement, dépendant de l'ONU, s'en est emparé. Et le projet se reproduit aujourd'hui dans les pays frontaliers du Sénégal. Il faudrait faire cela dans toute l'Afrique.

P.R. : Quand nous avons mis en place notre méthodologie, nous avons veillé à ce que le paysan le plus démuni puisse y accéder. Ceux qui sont dans les strates supérieures ont plus de chances de s'en sortir que ceux qui se trouvent au ras du sol. Toute notre pédagogie est construite sur ce principe. Mais il est aussi essentiel de ne pas confisquer au paysan sa responsabilité, en prétendant solutionner ses problèmes. Les populations doivent elles aussi faire des efforts. Comme une personne en panne au bord de la route à qui l'on donne un coup de main, mais qui doit aussi pousser sa voiture.

N.H. : C'est vrai que même si elle part d'une bonne intention, la solidarité Nord-Sud génère parfois plus de problèmes...

P.R. : Certains disent que l'Afrique est un grand cimetière d'expériences et ils ont raison. Cela me fait penser, par exemple, aux opérations de jumelage. Un village français peut se jumeler avec un village africain, qui bénéficie alors de l'aide du premier. On construit un dispensaire, une école... Mais le problème est que le village voisin, lui, n'a rien. On génère donc jalousies et disparités.

Je ne mets pas en cause l'intention généreuse, mais il faut être attentif aux conséquences de nos actions. C'est pour cette raison que, avec l'association Terre et Humanisme, nous avons résolument choisi le transfert du savoir et du savoir-faire. Ainsi, on accompagne les populations vers leur propre autonomie plutôt qu'on ne les assiste. Et ces méthodes peuvent se transmettre indéfiniment, de paysan à paysan, de village à village, etc.

Par ailleurs, bien comprise, l'agro-écologie peut être à la base d'une mutation sociale. Elle introduit un rapport différent entre l'être humain, sa terre nourricière et son milieu naturel. Elle permet de stopper le caractère destructeur et prédateur de cette relation. Nous parlons très souvent de protection de la nature, mais nous oublions l'être humain. Or, celui-ci est fondamental dans la démarche agro-écologique. Si personne n'aide les hommes à améliorer leur condition, il ne faut pas ensuite leur reprocher de tuer le dernier éléphant ou d'abattre le dernier arbre.

N.H. : Si nous voulons vraiment protéger la nature, il faut aider l'être humain à survivre et à vivre.

P.R. : Nous voulons éviter le schéma : « Nous avons réussi et il vous suffit d'appliquer notre recette pour vous en sortir. » D'autant plus que cette réussite est illusoire, le bonheur escompté n'étant pas vraiment au rendez-vous. Notre pédagogie a pour principe de sensibiliser les paysans en leur faisant analyser leurs propres problèmes. Quand on libère leur parole, ils ont recours à leur propre mémoire et à leur savoir. À Gorom-Gorom, nous avons organisé des travaux sur des thématiques telles que les causes de la désertification, ses conséquences et ses remèdes. Dès lors que les paysans sont mis en confiance, nous leur demandons de se référer à leur mémoire. Comment était l'environnement du temps du grand-père ? Puis du temps du père ?

Nous avons nous aussi à apprendre d'eux. Cette

mutualisation des savoirs nous permet d'avancer ensemble. L'être humain est en quelque sorte le premier maillon du changement et c'est à sa conscience, à son intelligence, à sa dignité que l'on fait d'abord appel.

Chapitre XVI

De l'agro-écologie en Europe : vers une nouvelle civilisation agraire ?

N.H. : L'agro-écologie nécessite-t-elle plus de main-d'œuvre, d'argent et de temps que l'agriculture classique ?

P.R. : En Afrique, la main-d'œuvre jeune est surabondante et représente une véritable énergie que l'on pourrait valoriser avec une planification adaptée. Par ailleurs, l'agro-écologie ne coûte pas d'argent, elle en rapporte ! Comme je l'ai expliqué, le paysan fait des économies puisqu'il n'a pas besoin d'acheter d'intrants, chimiques ou autres. Enfin, il suffit d'examiner de près les conséquences positives de cette méthode – moins d'arrosage, des sols structurés plus faciles à travailler, une amélioration de la productivité – pour se rendre compte que l'on gagne du temps.

N.H. : Et qu'en est-il pour les pays du Nord ?

P.R. : Il existe des équipements parfaitement adaptés à la pratique écologique. S'il s'agit de structures agricoles importantes, outre le compost, on fertilise les sols avec des engrais verts, et on dispose de tout le matériel nécessaire : des tracteurs, des remorques spécialisées, des broyeurs de végétaux... Quant aux petites et moyennes structures, elles peuvent être maîtrisées avec des équipements allant de la simple bêche, qui ameublit le sol sans retournement, jusqu'à la petite mécanique et même à la traction animale. L'agriculture écologique est injustement accusée de produire pour les riches alors qu'elle est la plus accessible aux petits paysans. Bref, on peut dire que c'est une technique universelle adaptable à toutes les situations. Il n'y a qu'une limite : si l'eau manque totalement, on ne peut pas faire de miracle.

N.H. : Dans ce cas, qu'est-ce qui permet aux spécialistes de l'agriculture d'affirmer qu'il est impensable, par rapport à nos besoins alimentaires, de totalement substituer l'agriculture biologique à celle que l'on pratique actuellement en Europe ?

P.R. : Certains pensent même que les agrobiologistes sont irréalistes, voire dangereux, parce qu'ils remettent en cause une agronomie moderne qui a fait ses preuves en termes d'efficacité à produire ! « Ce n'est pas avec ces méthodes que vous résoudrez les problèmes de la faim dans le monde », me dit-on. Voilà plusieurs décennies que l'agriculture moderne jouit des pleins pouvoirs. Quel est le résultat ? D'une part, la faim s'est aggravée dans les pays du Sud et, d'autre part, le Nord a produit dans de telles proportions qu'il a généré des excédents monstrueux qu'il a fallu réguler avec l'argent des contribuables. Il n'y a rien de plus irrationnel que de produire des excédents qui ont déjà un coût énergétique et financier, et de les stocker ensuite dans des frigos pour réduire artificiellement des pléthores préjudiciables à la règle la plus élémentaire du marché !

Et qu'entend-on exactement quand on dit qu'il faut satisfaire nos besoins ? Il devrait s'agir de répondre à une nécessité dûment identifiée et évaluée.

Or, nous n'en sommes pas là ! Nous n'avons établi aucune limite à nos besoins ! Pour s'en rendre compte, il suffit de calculer les denrées alimentaires produites en excès et que l'on retrouve dans les poubelles et décharges publiques, sans oublier celles que consomment les animaux de compagnie et notre consommation ahurissante de protéines animales qui nécessitent des superficies de terre et d'irrigation hors de toute mesure.

Alors bien sûr, on s'alimente aujourd'hui à moindre coût – les prix ont tellement baissé que l'alimentation s'est banalisée et ne représente plus que 15 % du budget des ménages –, mais cela s'est fait au détriment de la qualité !

N.H. : Beaucoup d'agriculteurs français disent pourtant que l'agriculture biologique leur coûterait bien plus cher.

P.R. : C'est parce qu'on continue à raisonner dans le cadre d'une agriculture qui privilégie les macrosphères de production, de transformation, de transport, etc. C'est une logique qui génère ses propres paramètres et qui fait qu'aujourd'hui, la France compte à peine 3 % d'agriculteurs et poursuit cette politique d'élimination graduelle des petites structures.

L'agriculture est une activité majeure de la nation, déterminée par l'idéologie dominante et représentative de notre choix de société. Passer à l'agriculture écologique nécessite une redéfinition globale.

N.H. : Mais pour cela, il faudrait augmenter le nombre de paysans dans les pays du Nord ?

P.R. : Absolument. De toute façon, arrivera le jour où nous n'aurons plus le choix. La terre est le seul recours pour demain, la condition même de notre survie. Le grand drame aujourd'hui, c'est que nous allons chercher des produits à trois mille kilomètres, alors que nous avons tout ce qu'il faut pour les produire sur place. L'agriculture s'est spécialisée entre arboriculteurs, viticulteurs ou éleveurs, ce qui n'était pas le cas avant. Elle a rompu avec une structure fermière qui constituait une sorte de système intégré, avec des activités interdépendantes. Un système qui permettait une véritable autonomie, à la différence du taylorisme actuel qui oblige à transporter les denrées d'une façon incessante du nord au sud et de l'est à l'ouest. C'est une aberration.

N.H. : Tu as raison, cette spécialisation participe pour beaucoup au flux des transports. L'agriculture, qui était productrice d'énergie et de calories, est devenue énergivore et calorivore. Autrefois, une calorie humaine donnait une calorie alimentaire. Aujourd'hui, on dépense douze calories énergétiques pour produire une calorie alimentaire, tout simplement parce que l'agriculture est consommatrice d'énergie : de l'énergie pour fabriquer des engrais et des produits chimiques, de l'énergie parce que l'agriculture est mécanisée, de l'énergie pour transporter les produits agro-alimentaires, souvent fabriqués loin de leur lieu de consommation.

P.R. : Sans oublier que cela supprime toute autonomie. La dépendance est telle que si les camions ne transportaient plus, cela provoquerait de graves pénuries, voire des famines. Mais nous sommes si confiants en notre organisation que de telles hypothèses nous paraissent irréalistes.

N.H. : L'affaire du tunnel du Fréjus montre bien notre cécité et notre incapacité à innover ! Nous n'avons tiré aucun enseignement depuis le drame du Mont-Blanc (hormis le fait qu'on a peut-être un peu amélioré la sécurité dans le tunnel...) sur les problèmes de transport, sur la liaison France-Italie ! Pourtant, ici encore, il faudrait s'attaquer aux flux et faire en sorte que la fiscalité énergétique dissuade certains d'entre eux, ou en tout cas fasse en sorte de les rationaliser.

Que nous importions des bananes parce que nous n'avons pas le climat pour les produire, pourquoi pas ? Mais le problème est que nous importons des aliments que nous pouvons parfaitement cultiver chez nous. Tout cela parce qu'on a divisé le monde en grandes zones de monoculture. C'est un système aberrant, d'autant plus que nous savons aujourd'hui que nous sommes arrivés à saturation.

Il faudra bien, à un moment ou à un autre, rationaliser. Il va falloir inciter le consommateur à choisir les produits qui viennent de sa région. Comme toi, je suis totalement en faveur de la relocalisation de l'économie. Il faut favoriser les cultures vivrières.

Je pense à une initiative que tu m'as fait découvrir : le système des AMAP (Associations pour le maintien de l'agriculture paysanne), qui nous vient du Japon et qui est en plein essor en France. Voilà un très bon exemple d'intelligence entre l'urbain et le rural : il s'agit de « contrats » locaux entre agriculteurs biologiques et consommateurs. Ces derniers s'engagent à leur acheter une certaine quantité d'aliments tout au long de l'année. Chaque semaine, soit les urbains se déplacent à la ferme pour chercher leur panier, soit le fermier se rend en ville pour livrer son client, avec des produits de l'époque et du coin. Tout le monde y trouve son compte : sur un plan financier, parce qu'il n'y a pas d'intermédiaire, et sur un plan nutritionnel, parce que ce sont des produits frais, de saison, et issus d'une agriculture saine.

P.R. : Quand on mange des fruits ou des légumes

hors saison en Europe, cela nécessite de chauffer les serres à coups de fuel. C'est complètement stupide. Pourquoi ne pas attendre la saison ? Cela permettrait déjà une économie importante de ce pétrole dont on redoute la raréfaction à court terme.

N.H. : Est-on plus heureux quand on mange des cerises en hiver ? Le bonheur, au contraire, c'est d'attendre la saison. Sinon, autant déplacer Noël au 15 août ! Nous avons déplacé le curseur jusqu'à l'excès.

Bien entendu, si nous passions à un autre mode de production agricole du jour au lendemain, si nous imposions cette mesure par décret, nous ferions face à une fronde légitime des agriculteurs. Mais vu ce que l'agriculture productiviste génère comme maux que la société doit prendre en charge économiquement, humainement et médicalement, il y a largement de quoi développer de nouvelles pratiques et réorganiser le système. En plus, nous participerions à la reprise de l'emploi.

P.R. : L'alternative que propose l'agriculture écologique est aussi sociale. Substituer une technique à une autre pour le simple plaisir de changer ne m'intéresse pas. Mais notre alternative peut aussi générer un remodelage et une reconsidération générale du mode d'organisation du foncier et de la répartition du travail. Sans compter l'abolition des nuisances et des coûts cachés sur la nature, et des biens vitaux que sont les sols, l'eau et la biodiversité domestique.

N.H. : Tu parles avec raison de la nécessité de réorganiser et de remodeler le foncier. Les remembrements ont été tellement catastrophiques pour la biodiversité ! La capacité de rétention d'eau des sols a diminué, avec, entre autres conséquences, une grande part de responsabilité dans les inondations à répétition. Les économies, comme celle du tourisme par exemple, en sont affectées.

P.R. : Cet aménagement est symbolique de la confusion où nous sommes. Le remembrement, censé donner une configuration rationnelle à l'espace rural, a au contraire abouti à son démembrement et à son enlaidissement. Comment ne pas regretter ces paysages modelés selon les critères de l'équilibre agro-sylvo-pastoral avec les haies, les bocages, et les villages qui semblaient émerger de la terre ? Au nom de la sacro-sainte rentabilité, on a adapté la nature à la machine et l'espace rural est devenu laid et ennuyeux. Une sorte de désert sans âme de blé, de maïs à l'infini... Quelle tristesse ! Cette tristesse affecte d'ailleurs les agriculteurs eux-mêmes. Je ne les accuse pas. Ma réprobation est pour cette modernité dénuée de toute dimension esthétique, sensible et spirituelle.

N.H. : Il est évident que le progrès tel que nous l'entendons ne peut passer que par des changements sociaux et culturels. Par exemple, si nous mangions plus raisonnablement de la viande, nous libérerions des surfaces agricoles qui servent actuellement à alimenter les troupeaux. Un bœuf nourrit environ mille cinq cents personnes, la nourriture pour faire le bœuf en nourrit quinze mille et 50 % des surfaces agricoles céréalières sont utilisées pour nourrir le bétail. Pourquoi ne pas réduire par deux la consommation de viande ? Je n'oublie pas que certaines familles n'en mangent que trop rarement car elle est chère, mais, globalement, nous en consommons trop.

P.R. : Ce que tu dis est d'un bon sens irréfutable. Il faudrait être un singulier sophiste pour le contester. Nos décideurs sont-ils prêts à l'entendre ? Je n'en suis pas sûr. Par exemple, la construction de l'Europe offre une opportunité extraordinaire pour sauvegarder les structures à taille humaine, à condition de considérer la traction animale, encore bien vivante en Europe de l'Est, comme une des solutions à la crise du pétrole, de donner à ces structures la mission de produire des denrées de haute qualité, etc. Mais je suis à peu près certain que cela n'entre pas dans la logique d'une technocratie aveugle, incapable de raisonner autrement que dans le gigantisme. La notion de microsystèmes interconnectés selon un principe organique, leçon magistrale de l'écologie, lui échappe.

Et je pressens avec tristesse que les critères de l'Europe riche, appliqués à l'Europe pauvre, vont générer des désastres économiques et humains. Nous aurons un tiers-monde et un quart-monde européens et les migrations de la misère vont s'amplifier. Pourtant, on pourrait tout à fait adopter un plan de stabilisation des populations. L'agriculture, l'artisanat ou encore la petite industrie sont les activités les plus propices à cette option.

Sans compter que toutes ces évolutions ont des conséquences sur notre propre physiologie !

N.H. : Aujourd'hui nous sommes plus résistants aux antibiotiques car nous en ingérons quotidiennement sans le savoir. Nous sommes malades plus longtemps. Il faudrait voir ce que cela coûte à la Sécurité sociale. Il faut prendre tout cela en compte.

P.R. : Les malades ne sont pas disponibles pour le travail. Et s'ils ne travaillent pas, l'économie se porte moins bien, etc.

N.H. : Et il ne faut pas oublier le coût de crises sanitaires comme celui de la fièvre aphteuse en Grande-Bretagne et de la vache folle chez nous. Nous n'avons pas fini d'en payer le prix, et nous ne savons toujours pas quoi faire des stockages. Sans compter que nous ne sommes toujours pas certains d'avoir réglé le problème de ce prion. Le temps d'incubation peut parfois être très long.

Passer la patate chaude aux seuls paysans est aberrant. Toute la société est responsable et doit participer au changement pour un mieux-être collectif : il faut que tout le monde, y compris la grande distribution, soit mis à contribution. Cela modifiera probablement certaines concentrations dans l'agroalimentaire, ou parmi les grands céréaliers.

P.R. : La fièvre aphteuse et la vache folle posent bien la question de la condition animale en agriculture. Il est impensable de continuer à percevoir les animaux uniquement comme une masse de protéines ou une fabrique de protéines. Il s'agit de créatures vivantes et sensibles. On ne peut accepter de les soumettre ainsi aux critères de la productivité, tout cela pour obtenir un maximum de profit en un minimum de temps et d'espace, et avec une alimentation non conforme à leur nature !

Encore une fois, je n'accuse pas les individus. Ils n'ont pas besoin de moi pour discerner le juste de l'injuste, et je sais les contraintes que ce système inhumain fait peser sur eux. J'ai été moi-même éleveur et vivre non seulement des animaux, mais avec eux, m'a beaucoup appris. Je n'ai jamais pu me départir de la fascination qu'exercent sur moi ces créatures, ces compagnes de notre destin qui ont aidé notre espèce à traverser les siècles. Que serait devenu le Bédouin sans son dromadaire, l'Esquimau sans ses chiens et les autres sans leurs chevaux, rennes, yacks et chameaux ?

Comment pourrions-nous avoir une conception écologique de la société et occulter toutes ces questions ?

L'agriculture écologique doit impérativement remettre l'animal domestique dans les conditions les plus favorables à sa nature. Il ne s'agit pas de sensiblerie. Je ne suis pas pour l'adulation excessive, qui me paraît tout aussi préjudiciable à l'animal. Tout est question d'équilibre. L'agro-écologie, si elle ne retrouve pas la dimension profonde du respect de la vie sous toutes ses formes, ne sera pas en accord avec sa vocation, du moins selon ma conception. Elle doit permettre d'instaurer une vision différente de la vie en conciliant nécessités vitales et sauvegarde du vivant, pour aujourd'hui et pour les générations futures.

Chapitre XVII

De la modernité

P.R. : Nous ne comprenons plus les messages que la nature nous adresse. Je prendrai un exemple tout simple, issu de ma pratique paysanne : celui du rapport entre l'insecte et la plante. Un insecte intervient sur une plante déséquilibrée, non pas comme un ennemi, mais comme une sorte de « flic de la nature » ayant pour mission d'éliminer les plantes qui, en se perpétuant, entraîneraient la dégénérescence de l'espèce. Mais au lieu de le prendre comme un symptôme révélateur d'un déséquilibre ou d'un mauvais choix de variété, on préfère considérer l'insecte comme un nuisible, un ennemi qu'il faut détruire à l'aide de pesticides. Nous n'avons pas appris à appréhender le symptôme comme l'expression d'un déséquilibre général et nous nous déconnectons du langage de la nature. Nous ne cherchons plus à comprendre les causes, nous nous contentons de réagir.

N.H. : C'est malheureusement symbolique des comportements de notre société. Pour traiter un problème, il faut résoudre l'état d'esprit qui l'a généré. À travers la problématique que tu soulèves, c'est le fonctionnement global de l'être humain qui s'illustre.

P.R. : Nous entretenons un rapport de forces avec

la nature. Nous ne sommes plus à son écoute et voulons lui imposer nos règles. Il semble que cette volonté de puissance soit de nature masculine. La modernité tout entière est profondément marquée par un masculin outrancier, un Prométhée déchaîné associé à Vulcain... À ma connaissance, il n'y a pas une seule femme qui ait inventé une bielle ou un engrenage ! Si l'on excepte Marie Curie, le monde industriel, avec ses prouesses pour le meilleur et pour le pire, est profondément masculin. Je crois que le féminin nous manque.

Je me demande si l'ère industrielle fondée sur la matière minérale, la combustion et la mécanique n'a pas profondément influencé notre comportement. Le moteur à explosion – symbole de déflagration, d'explosion... – est pour moi particulièrement significatif. Il est constitué d'éléments assemblés en kit, qu'on appelle composants. Le principe de fragmentation est ici exalté. Le miracle est que ces organes agencés donnent de la mobilité à une matière inerte. Et nous voici démiurges !

Nous avons créé la division internationale du travail et le taylorisme, nous avons disséqué le corps humain en organes, généré des spécialistes et toute une médecine clinicienne qui a remis en question la cohésion et la cohérence de notre réalité physique et psychique. Bref, il suffit d'observer l'évolution récente de domaines aussi différents que l'économie ou la médecine pour constater que nous nous sommes installés dans un bien étrange paradigme. En tant qu'écologiste, j'y vois l'antithèse de la nature et de l'ordre biologique, qui se construit au contraire selon un principe d'association, d'interrelation, de cohésion... C'est aussi révélateur de l'impasse dans laquelle notre rapport à la vie nous a conduits.

N.H. : À quoi penses-tu précisément ?

P.R. : Pour n'aborder qu'une partie des choses, les médecines traditionnelles considèrent l'être humain comme une entité terrestre et cosmique. Un tout indissociable, tangible et intangible, physique et psychique, et donc émotionnel. Aujourd'hui, certains astrophysiciens modernes disent même joliment que nous sommes tous faits de « poussière d'étoiles ». Selon eux, nous sommes tous le produit de l'explosion primordiale, le fameux big bang. Les atomes d'hydrogène de l'eau des océans et de notre corps proviennent tous de cette même alchimie nucléaire initiale.

Face à cette complexité, le scientisme a longtemps procédé par simplification mécaniste. Heureusement, la science est en train de rétablir une vision plus juste des choses, notamment grâce à l'apport des connaissances orientales et de découvertes plus récentes. Il y a même des scientifiques qui font de la recherche une sorte de voyage initiatique au sein de l'inconnu. Ils ne sont pas animés par le seul souci de la science appliquée, mais cherchent à progresser dans la connaissance et à écarter un peu plus les voiles qui recouvrent le réel. Avec cette notion d'initiation, la science contribue de plus en plus à ouvrir des espaces d'enchantement. Peut-être sommes-nous en train de renoncer à une modernité matérialiste pour une modernité qui réhabiliterait le sacré, mais hors de toute appartenance à une religion, à un groupe ou à une nation. L'indicible...

N.H. : Selon toi, nous aurions perdu une vision holistique du monde ?

P.R. : Nous vivons dans une civilisation minérale, dont les fondements reposent sur des matières exhumées du sous-sol où elles dormaient depuis des millénaires. Cette pesanteur minérale, à travers l'acier, le charbon, le pétrole et tous ses dérivés plastiques, a tout modifié en investissant le vivant, et nous sommes *de facto* entrés dans un bouleversement incroyable. Nous avons introduit des corps étrangers dans un ordre biologique qui dysfonctionne et s'abîme de plus en plus. Ce qui ne veut pas dire que certaines innovations ne sont pas positives.

Mais nous ne nous interrogeons plus sur les causes profondes de nos problèmes existentiels. La modernité nous circonscrit dans une « norme anormale », ce qui bloque toute remise en question plus radicale de notre système. C'est probablement la vocation fondamentale de l'écologie. L'une des preuves que nous ne sommes plus connectés aux éléments naturels se trouve dans l'agriculture et la nourriture qu'elle produit, devenue toxique.

N.H. : Effectivement, le néophyte voit en l'engrais un moyen efficace d'augmenter la production...

P.R. : Il ignore ce que cette augmentation induit comme conséquences sur ces vingt-cinq petits centimètres de terre et ces trois petits centimètres d'humus auxquels nous devons notre survie alimentaire, et qui ne représentent que 10 % des terres émergées. L'immense majorité des consommateurs est à des années-lumière de cette prise de conscience.

N.H. : Pour faire un parallèle, c'est à cela que tient la vie : un petit bouclier que l'on appelle l'atmosphère. Dans l'imaginaire de chacun, l'atmosphère a une dimension infinie, alors qu'elle ne représente rien. En cela, la vie est très vulnérable. Le passage du minéral à l'organique constitue un des éléments merveilleux du processus vivant et je ne parviens pas à m'en lasser.

P.R. : La planète Terre est comparable à un énorme ballon que l'on placerait dans un sac plastique, la terre nourricière représentant, à peu de chose près, l'épaisseur du sac !

N.H. : Nous perdons la sensation de cette fragilité. Nous perdons surtout la vision élémentaire des choses. Nos ingénieurs agronomes sont probablement doués d'une forme d'intelligence, mais quand ils entendent ton discours, ils te considèrent comme hérétique. Leur seule logique est celle de la rentabilité.

P.R. : Cette obsession de la rentabilité est l'un des paramètres principaux de la modernité. Dans ce contexte, le concept de Terre-Mère sonne comme une métaphore et non comme une réalité profonde. On en a fait une poésie inconsistante plus ou moins sentimentale et non un fait objectif.

N.H. : La science va malheureusement donner raison à la phrase d'André Voisin, ce chimiste visionnaire qui s'est battu toute sa vie contre l'agriculture intensive : « Qui change le sol change le sang. »

P.R. : Ce processus est déjà en cours, car les nuisances touchent la physiologie et l'organisme humains. Préserver la santé publique avec une nourriture dégradée est un leurre. Il faut commencer par assainir et modifier les fondements mêmes de ce qui nous fait vivre. Même la diététique la plus rigoureuse risque d'être mise en échec si les aliments ne sont pas issus d'une terre saine.

N.H. : Pourtant, l'innocuité de nos ressources alimentaires est validée. La sécurité alimentaire n'a jamais été aussi forte, comme en témoignent les chiffres démographiques. Ce sont d'ailleurs les grands arguments proposés par les agronomistes.

P.R. : J'ai toujours trouvé erroné d'appliquer le terme de « sécurité alimentaire » aux pays occidentaux, puisque, pour eux, la production n'est pas en cause. Il faudrait plutôt parler de « salubrité alimentaire ». Je me souviens d'avoir participé à un débat avec un représentant du département agronomique de Rhône-Poulenc. Il vantait le « super hors-sol » en partant du principe que l'on peut se passer de la terre et recréer des systèmes avec des équipements sophistiqués pour contrôler la lumière, la chaleur, l'humidité... Grâce à ce procédé, disait-il, on pouvait fabriquer de la nourriture en continu. Il avait juste oublié qu'il est impossible d'obtenir des aliments nutritifs de qualité en se contentant de mettre des substances dans l'eau ou dans un substrat neutre !

Évidemment, on obtient des tomates et des courgettes en grande quantité sur des superficies assez réduites. Mais on oublie que le système du vivant nous révèle qu'une graine plantée dans la terre est un ovule placé dans une matrice active, qui va d'abord émettre une racine dans le sol avant de pousser son germe vers la lumière. La plante va non seulement s'alimenter d'énergie solaire, mais aussi de toutes sortes d'autres énergies subtiles.

N.H. : C'est-à-dire ?

P.R. : Des chercheurs « non orthodoxes » selon la définition moderne du scientifique, comme Ehrenfried Pfeiffer ou Maria Thun, affirment avoir constaté que l'organisation moléculaire des éléments est variable selon qu'ils ont été vitalisés ou non par les énergies cosmiques. C'est l'idée, par exemple, que la plante poussera plus ou moins bien en fonction de la période à laquelle on la plante ou de l'orientation de la Lune. Sans prétendre avoir appliqué un protocole scientifiquement recevable, j'ai pu faire ce type de constats dans mon jardin. Alors, pourquoi admettons-nous que la Lune puisse avoir des effets sur les marées, mais pas sur les plantes qui sont elles-mêmes, comme les animaux et les humains, constituées d'eau ? Il ne me paraît pas nécessaire d'être un spécialiste pour comprendre cela, sans pour autant tomber dans un délire mystique. Je ne m'appuie là que sur des réalités d'ordre strictement physique et biologique.

Par ailleurs, il n'est pas insensé de considérer que l'ensemble du cosmos est un système unitaire doté d'une cohésion et d'une cohérence, comme certains physiciens le prétendent. Selon eux, les planètes émettraient des énergies avec des amplitudes variables : la Terre enverrait ainsi de l'énergie vers le cosmos et vice versa, en une sorte d'interdépendance, de réciprocité énergétique. Cette perception est présente dans un nombre important de cosmologies et c'est de là que vient, par exemple, la médecine énergétique, dont je peux témoigner de l'efficacité à titre personnel. La physique quantique semble également investir ces domaines. Pourtant, la science conventionnelle a encore du mal à admettre l'existence d'une énergie tellement subtile qu'elle échapperait aux investigations ordinaires mais aurait une influence considérable sur le vivant en général.

Ce qui m'intéresse avec toutes ces considérations, c'est qu'elles permettent à la notion d'écologie une extension extraordinaire. Car, pour le moment, nous ne tenons compte que des facteurs qui nous sont familiers : l'air, l'eau, la terre, la chaleur, l'ozone, le carbone...

On parle du tangible et du mesurable, mais il y a sans doute une autre réalité intangible que l'on n'a pas encore explorée, si ce n'est dans la médecine chinoise traditionnelle, qui l'a intégrée depuis des siècles. Les

Chinois ont été de vrais précurseurs dans ce domaine. Selon eux, quand on veut aborder la santé d'un être humain, il est impossible de faire abstraction d'un tout qui la détermine. L'homme n'est pas une mécanique ou une voiture qui tombe en panne. Il a une filiation avec sa famille, mais aussi avec les éléments, les énergies et le cosmos. Il n'est abordable rationnellement que dans ce contexte global.

N.H. : Que réponds-tu à ceux qui brandissent en permanence l'argument de l'espérance de vie qui a augmenté ?

P.R. : Je ne suis pas spécialiste de la question. Ceux qui brandissent cet argument veulent mettre en évidence le mérite qu'aurait le monde moderne d'avoir réussi à prolonger la vie. La médecine s'octroie d'emblée le meilleur rôle. Mais je crois que ces progrès sont plutôt dus à la conjonction, depuis le début du xxe siècle, de plusieurs facteurs positifs : le savon, le tout-à-l'égout, un habitat plus salubre, une nourriture plus diversifiée... Bref, à l'apport de l'hygiène d'une façon générale. Par ailleurs, n'oublions pas que les personnes qui sont aujourd'hui très âgées sont nées à un moment où la mortalité infantile n'épargnait que les plus robustes. La sélection naturelle était encore bien virulente.

Je ne suis pas sûr que cette progression va se poursuivre. Nous avons tellement transgressé les règles élémentaires de la vie que le déclin me paraît inévitable. Et puis, peut-on vraiment parler de vie quand on ne la doit qu'à une prolongation artificielle et à un acharnement thérapeutique ? Il s'agit plutôt dans certains cas d'une agonie prolongée.

N.H. : Tu penses que cette courbe d'espérance de vie va décroître ?

P.R. : J'en suis convaincu. Il n'y a qu'à observer les statistiques concernant les pathologies lourdes : croissance des cancers (hausse de 40 % ces vingt dernières années à âge égal), croissance de l'asthme (augmentation de 40 % des cas depuis les années 70), des allergies (10 % des enfants présentent des symptômes allergiques), sans oublier les risques de mutation génétique, les maladies cardiovasculaires, le diabète ou l'obésité. Quand on voit la façon dont les enfants sont nourris et les nuisances de toute nature qui saturent notre vie et sont responsables de la baisse de la fertilité de nombreuses espèces, y compris humaine (un couple sur sept rencontre des difficultés pour procréer, 50 % de baisse du nombre de spermatozoïdes sur les deux-trois dernières générations...), il n'y a pas lieu d'être optimiste. Mais les miracles ne sont pas à exclure.

N.H. : C'est vrai que ces nouvelles pathologies se développent à un tel niveau que nous manquerons peut-être un jour de défenses.

P.R. : La dentition est aussi un élément très intéressant pour mesurer la vitalité. Un animal qui perd ses dents meurt.

N.H. : Parce qu'il s'agit d'un outil indispensable à sa vie sauvage. S'agissant des hommes, nos problèmes sont liés au fait que nous n'utilisons plus assez nos dents et nos mâchoires.

P.R. : Cet outil physiologique prodigieux me semble intimement lié à la fonction de survie. Sa détérioration, de plus en plus précoce, traduit quelque chose de fondamental : un signal physiologique important que l'on occulte en ayant recours à des prothèses, qui ne sont pas des solutions mais des substitutions. On dit que le fluor améliore la dentition mais je n'en suis pas convaincu. J'aimerais beaucoup constater les effets sur l'organisme d'un fluor ingéré quotidiennement. J'ai le sentiment qu'il y a une mystification. Notre dentition est censée nous servir à broyer, mais nous consommons de plus en plus de denrées mixées et molles. Les organes dont la nature nous a dotés sont faits pour servir ou disparaître.

N.H. : C'est une période d'adaptation évolutive. Comme la nourriture a changé, nous avons moins besoin de mâcher et les dents de nos enfants sont logiquement moins fortes que les nôtres.

P.R. : Je crois qu'il s'agit aussi d'une déconnexion par rapport aux substances nobles et énergétiques qui entretiennent la santé humaine.

N.H. : Je me fais volontairement l'avocat du diable. Je suis convaincu que l'ingestion de toutes ces substances ne peut pas être anodine et opère un certain nombre de mutations. Je constate en même temps que, ici et ailleurs, le taux de mortalité infantile a diminué et que l'espérance de vie a augmenté. C'est sans doute ce qui rend mon jugement plus nuancé sur ce point-là.

P.R. : Je me permets encore une fois d'être circonspect face à des constats apparemment indéniables, mais qui cachent bien des dérives. Je suis surtout un intuitif et je suis incapable de démontrer objectivement tout ce que j'avance. Cette intuition ne m'a pas souvent trompé, mais je comprends qu'elle ne soit pas recevable comme argument.

N.H. : Le problème de notre civilisation, c'est qu'elle tombe toujours dans l'outrance et qu'elle est incapable de remettre en cause un certain nombre de procédés. C'est ce que nous avons fait, par exemple, avec les antibiotiques par abus de prescription, sans oublier un abus de vaccination qui a participé à affaiblir notre système immunitaire. Nous continuons à ingérer des antibiotiques sans le savoir car, bien que ce soit interdit à l'échelle européenne, les animaux en sont gavés. Je viens de découvrir qu'on administre des antidépresseurs aux animaux à cause du stress, notamment dans les élevages de porcs en Bretagne. Bientôt, quand les humains seront dépressifs, on ne leur donnera plus du Prozac mais une tranche de jambon !

Notre société se grandirait d'avoir une plus grande diversité d'approches. Je ne remets pas en cause la globalité de la médecine traditionnelle, mais je constate notre étroitesse d'esprit. Pour peu que l'on ait un peu de recul et que l'on regarde autour de soi, on trouve des témoins de bonne foi attestant de l'efficacité de l'homéopathie, de l'ostéopathie ou de l'acupuncture.

P.R. : Toutes ces médecines non validées par la faculté ont beaucoup souffert d'interdits arbitraires et d'anathèmes. Combien de thérapeutes honnêtes ont été taxés de charlatanisme ! Cet état d'esprit a été nuisible à la société. Il ne s'agit pas d'être crédule et de tout admettre, mais de valider ou d'infirmer telle ou telle thérapeutique non conventionnelle, après l'avoir honnêtement mise à l'épreuve des faits.

N.H. : Notre société est souvent bornée. Pour en revenir à l'exemple des antibiotiques, il y a encore quelques années, quand on t'en prescrivait un pour cinq jours, tu étais certain d'être guéri. Mais aujourd'hui, on en a pour deux, voire trois semaines, sans garantie de résultat. D'ailleurs, la France, qui commence à prendre conscience du danger, a lancé une campagne éducative sur les antibiotiques qui, il me semble, s'est avérée assez efficace.

P.R. : Ce qui est exaspérant, c'est que cette mise en garde ne date pas d'aujourd'hui. Je me souviens de l'avoir lue il y a trente ans. Ça a été la même chose pour l'amiante ou d'autres nuisances. La plupart du temps, ce sont des consciences libres qui tirent la sonnette d'alarme. Mais il semble qu'il y a, comme pour l'agriculture, tant d'intérêts financiers que la société ne parvient pas à instaurer la vérité. Peu importe le préjudice, pourvu que le profit soit sauf. C'est décourageant.

N.H. : La campagne a d'ailleurs été lancée pour des raisons plus économiques que sanitaires. Mais pourquoi pas, si cela nous amène à changer nos pratiques ? Au-delà des antibiotiques, on commence tout juste à se rendre compte que ces pathologies ont un coût, souvent faramineux. Par exemple, la Commission européenne a estimé que les coûts liés aux allergies s'élevaient à vingt-neuf milliards d'euros par an en Europe... Si les États et les entreprises continuent à passer outre le paramètre écologique, elles seront vite rattrapées. Si des études confirment demain que certains produits de l'industrie chimique induisent des cancers, il y aura des procès et cela va leur coûter très cher. Il suffit de penser au drame de l'amiante et à ses conséquences financières. Nous n'avons plus le choix.

Chapitre XVIII

De la modernité (suite)

N.H. : J'ai été un usager de la modernité à l'excès, et je m'en repens. Mais je ne suis pas passé dans l'autre extrême non plus. Je ne cherche pas du tout à caricaturer ton comportement, simplement à mettre en avant une de nos différences. C'est aussi en cela que notre rencontre est intéressante.

P.R. : J'insiste sur le fait que le progrès ne concerne que 20 % de l'humanité. Je fais partie de ce petit club, représentant 5 % du genre humain, qui a le privilège de voyager en avion. Je contribue à polluer l'air et à épuiser le combustible des 95 % d'êtres humains laissés pour compte.

N.H. : C'est exact, mais le fait que ce progrès existe nous met déjà dans la possibilité de le partager. Ensuite, c'est un problème politique, éthique et philosophique. À nous d'être capables d'extraire le bon dans ce capital de progrès et de le partager. Notre civilisation sera jugée à l'aune de cela.

Effectivement, 20 % de la planète profitent du progrès, mais nous avons tout de même fait en sorte que les populations du Sud puissent bénéficier de quelques éléments de cette modernité, en les adaptant aux modes de vie locaux. Pour peu que l'on ne crée pas de nouveaux besoins, ce transfert serait intéressant et salvateur pour tous. Mon chagrin et ma honte se réveillent quand ces progrès ne profitent pas à tout le monde. Il existe des trithérapies pour le sida, des méthodes d'éradication de la malaria ou du paludisme, mais beaucoup n'en profitent pas. Cela me frappe chaque fois que je vais en Afrique.

P.R. : Nous nous comportons comme si nous étions dans un train dont nous ne connaissons pas la destination et que nous aménageons pour nous rendre le voyage plus agréable, tandis qu'une masse considérable de nos semblables est condamnée à rester sur le quai. Mais c'est quand même en partie grâce à leur travail – je pense à la paysannerie du tiers-monde – que nous avons amélioré notre confort.

N.H. : J'ai moi aussi souvent utilisé cette métaphore du train. L'humanité me fait penser à un TGV lancé à folle allure. Il y a autant de wagons qu'il y a de peuples et chacun se préoccupe de ce qui se passe dans son compartiment, sans même regarder s'il y a un mur sur la voie.

P.R. : Je ne rejette pas les innovations positives qui nous font vraiment progresser, bien que leur coût me paraisse parfois exorbitant. Mais j'ai un autre contentieux avec la modernité. Si nous sommes aujourd'hui bénéficiaires de ce progrès, c'est en grande partie grâce au pillage de la planète.

Laisse-moi te raconter une anecdote à ce sujet. En 1992, un groupe d'amis Mapuche – des Indiens réfugiés du Chili – m'a invité à Avignon à l'occasion du cinquième centenaire de la découverte de l'Amérique par Christophe Colomb. Ils avaient également décidé d'organiser une petite manifestation, mais eux voulaient fêter cinq cents ans de résistance indienne, car ils se considèrent toujours sous occupation, spoliés de leur territoire. Leur but n'était pas de faire le procès de l'Occident, mais de sensibiliser les gens à l'histoire de leur peuple, en leur offrant leur propre lecture des événements.

Cette démarche me paraissait légitime et j'ai voulu y participer en cherchant des arguments et des éclairages sur cette question. Un ami m'a remis la traduction d'un article écrit par un journaliste vénézuélien. L'auteur campait un personnage descendant d'Aztèques qui venait réclamer sa dette à l'Europe. Car il semble qu'à peine un siècle après la découverte de l'Amérique, les galions espagnols aient transféré cent quatre-vingt-cinq mille kilos d'or et seize millions de kilos d'argent du continent américain vers l'Europe. Toujours dans cet article, le personnage disait ne pas considérer ce transfert comme un pillage mais comme un « plan Marchalzuma » (en référence au plan Marshall, le plan de reconstruction de l'Europe après la Seconde Guerre mondiale), que les Indiens auraient consenti à l'Europe pour son développement. Il ne demandait que le remboursement des intérêts, 10 % sur quatre cents ans, soit un taux bien inférieur aux 25 % qu'applique la Banque mondiale à ses créanciers !

Ce n'est qu'un petit exemple du transfert dont l'Europe a bénéficié. Sans compter un autre effet positif : le surplus de population européenne qui surchargeait le territoire a migré vers d'autres continents. Cet exode européen a préservé l'Europe de l'épuisement de ses ressources et probablement de la misère qui sévissait sur son territoire et qui aurait certainement pris une ampleur catastrophique. Tout cela a contribué à ce fameux progrès dont on nous rebat les oreilles et qui continue à illusionner tant de peuples. On sait à présent que l'adoption de ce progrès par la Chine provoquera la ruine définitive de la planète. Le sort en est jeté. La croissance se traduira par une sorte de dépôt de bilan planétaire.

N.H. : Ces contentieux sont indéniables et nous ne les avons pas encore totalement assumés, comme le prouve l'entêtement des Américains à nier le génocide indien. Il ne faut pas non plus être inhibé par cela. Ces contentieux ne doivent pas peser sur nos obligations actuelles.

P.R. : Je ne fais pas le procès de l'Europe. Mais il faut une relecture de l'histoire. Il faut la démystifier pour mettre en évidence ce qui est reproductible et ce qui ne l'est pas. Il s'agit de donner une orientation juste au destin collectif de l'humanité, car nous ne pourrons plus faire de grandes erreurs sans qu'elles ne nous soient fatales.

N.H. : Je me suis retrouvé dans une délégation française en Afrique du Sud. On remettait ce jour-là la Légion d'honneur à l'archevêque Desmond Tutu (prix Nobel en 1984). Il avait préparé un petit speech de remerciement, et il a eu cette phrase : « Quand vous êtes arrivés, nous avions les terres et vous aviez la Bible. Et vous nous avez dit : "Prie." Alors, nous avons fermé les yeux et nous avons prié. Quand nous avons rouvert les yeux, nous avions la Bible et vous aviez les terres. »

P.R. : En tant qu'Africain, les gens pourraient penser que je nourris un ressentiment envers les Européens, mais pas du tout. Ce que je déplore, c'est que toutes les tragédies, les malheurs et les souffrances générés par l'homme ne nous aient pas permis d'éradiquer les laideurs dont nous sommes les otages de génération en génération. Je refuse le manichéisme simplificateur tout comme je refuse l'idée d'entités sataniques, dotées d'une puissance telle qu'elle s'opposerait au destin bénéfique que le divin nous avait originellement réservé. Alors pourquoi, en dépit de nos connaissances, de nos sciences, de nos religions, sommes-nous toujours dans ce bourbier de non-sens et de violence ? Pourquoi mettons-nous nos plus grandes aptitudes au service de la mort et non à celui de la vie ?

N.H. : Par moments, j'ai eu honte d'être occidental et blanc. Mes voyages m'ont permis de découvrir une autre réalité de l'histoire, bien différente de celle qui m'avait été présentée dans les manuels scolaires. Sans pour autant avoir la vision d'un Sud empreint de toutes les vertus et d'un Nord empreint de tous les vices.

Cela dit, nous ne pouvons pas porter la culpabilité de ce qu'ont fait nos ancêtres. En revanche, nous devons être solidaires de l'histoire et ne jamais oublier cette dette. Quand je voyage en Afrique, je me sens en permanence redevable. On parle souvent de la dette des pays du Sud, mais pour l'instant, je considère que nous sommes les seuls à avoir une dette, à tous les niveaux.

Quand nous avons eu besoin des populations du Sud pour nous décharger de tâches que nous ne voulions pas accomplir, nous nous sommes endettés vis-à-vis de ceux qui vivent aujourd'hui sur le territoire. Je n'aime pas le terme de « discrimination positive », mais nous ne devons pas oublier que ces déracinés sont là parce que nous les avons appelés. Quand je croise un Togolais ou un Camerounais, je comprends leur sentiment de déracinement. Nous leur avons demandé de venir pour travailler, nous avons même créé des leurres pour les attirer, nous devons maintenant en assumer la responsabilité.

P.R. : Je porte en moi les stigmates de tous ces viols. J'ai l'impression que la modernité a sommé ces peuples de se mettre rapidement à jour d'une évolution à laquelle ils n'étaient pas préparés. Avec ma double culture, je me sens à la fois dénaturé et riche de mes héritages moderne et traditionnel.

Et puis, je n'oublie pas toute cette mosaïque de traditions et de cultures dont l'Europe était constituée et qui ont, elles aussi, subi la standardisation de la modernité. Au-delà des clivages entre le Nord et le Sud, je dirais que la vraie colonisation est celle qui ne reconnaît pas aux divers peuples la légitimité de leur histoire. Avec Yehudi Menuhin, nous avions d'ailleurs tenté de lancer une sorte de Parlement des cultures européennes. Certaines subsistent encore, mais on peut parier que le rouleau compresseur de la monoculture ne les épargnera pas.

La modernité n'est pas facteur de progrès. Il s'agit d'une des idéologies les plus redoutables à laquelle l'humanité ait eu à faire face. Pour avancer, elle s'appuie sur le clonage des esprits et la subordination de toutes les cultures, grâce à des instruments d'une efficacité redoutable. C'est à elle que nous devons les impasses actuelles : avec le mythe du progrès et de l'accumulation indéfinie, nous voici dans un traquenard que l'humanité n'a jamais connu jusqu'ici. Je rends hommage aux quelques bienfaits issus de consciences éclairées et généreuses, mais je n'ai pas de déférence à l'égard de ce totalitarisme stupide et arrogant, qui prétend que la force des armes et de l'argent est un progrès.

Mais pour revenir à tes propos, il faut faire une distinction entre l'élite des pays en développement et les autres. Certains sont venus en Europe et ont pu profiter des universités et du reste, mais ce n'est qu'une élite, tout au plus 3 ou 4 % des populations. Les autres ne disposent pas de cet outil qu'est l'écriture, ce qui les consigne dans le monde de l'oralité. Mais faut-il vraiment changer leur système ? Qu'a-t-on à leur apporter de positif ? Faut-il les moderniser ou les laisser en paix pour qu'ils continuent à vivre comme ils le font depuis si longtemps ?

N.H. : Il y a autant de réponses que de possibilités de se tromper tragiquement. Et cela pose tout le problème de l'ingérence. Force est de constater que les peuples portent plus leurs vices que leurs vertus. Faisons en sorte de ne pas exporter notre société de frustrations, mais plutôt une société d'évolution. Transférons-leur des techniques si elles leur donnent une certaine autonomie, sans créer de nouvelles dépendances. Et surtout, au-delà de l'annulation de la dette qui vient d'être proclamée et qui est une bonne chose, évitons de propager nos erreurs en termes de pollution et autre.

P.R. : Nous avons longtemps laissé des roitelets sanguinaires martyriser des peuples, sous prétexte de légitimité nationale et de non-ingérence. Heureusement, la conscience et la cohésion internationales ont progressé. Comment un peuple pourrait-il se libérer seul, quand il subit des traitements effroyables quotidiennement ? Il faut neutraliser les dictateurs sanguinaires et ne pas être hypocrite, mais tout cela n'échappe pas aux ambiguïtés géopolitiques, aux intérêts cachés à l'opinion. L'immoralité est une tare bien partagée. La notion de devoir d'ingérence me paraît justifiée en l'occurrence, et des initiatives comme le Tribunal pénal international représentent de vraies avancées.

Je ne suis pas antiévolution et je ne souhaite pas que des peuples restent pétrifiés dans des attitudes et des comportements surannés. Mais je prétends que l'évolution proposée par le monde occidental ne doit pas forcément être généralisée. D'autres voies sont à expérimenter, selon d'autres critères et d'autres valeurs, de façon à constituer un recours dans le futur. Je crois en particulier à une nouvelle civilisation agraire, enrichie de connaissances nouvelles, avec une dimension esthétique, poétique et donc spirituelle.

N.H. : De toute façon, nous n'aurons le pouvoir d'orienter l'histoire qu'à condition d'être conscients de ses dérives.

P.R. : Encore faudrait-il pouvoir identifier ces dérives dès leur apparition, ce qui n'est pas une mince affaire. Pour cela, il faudrait établir quelques références éthiques et morales qui puissent nous alerter à temps. Or nous avançons sans boussole et, comme dirait Pierre Fournier, ce militant antinucléaire et antimilitariste qui fut l'un des animateurs des manifestations dans le Larzac au début des années 70 : « Nous ne savons pas où nous allons mais nous y allons. » Il y a quelque chose de pathétique dans notre volonté de tout maîtriser : nous y mettons toute notre énergie et nos capacités pour finalement nous apercevoir que nous ne maîtrisons pas grand-chose. Même nos prouesses spatiales, qui nous grisent tant, prennent les allures de sauts de puce dès qu'on les examine à l'échelle du cosmos.

Cette modernité a déboulé tout d'un coup sur des peuples qui n'ont pas été préparés à la recevoir. J'ai été très marqué par l'image de mon père qui, un jour, a dû définitivement fermer son atelier pour devenir mineur et revenir chaque soir, souillé, son visage ne réapparaissant qu'après les ablutions. Ce pays de la lumière a soudain été obscurci par la noirceur des mines, et l'extraction de cette matière sombre nous a imposé la couleur grise. Cela me semblait être une descente aux enfers imposée à toute une population transformée en peuple de taupes. Même si mon père, grâce à ses facilités naturelles, est vite devenu conducteur de locotracteur – ce qui allégeait sa condition et lui évitait l'enfouissement quotidien –, il s'est trouvé comme oblitéré, nié dans son identité propre. Sa mutation a été représentative de toutes les autres.

N.H. : En Afrique comme ailleurs, la modernité ne tient pas compte de l'histoire des peuples.

P.R. : Cela a été la cause d'une véritable déstructuration sociale. J'ai essayé de me venger, presque inconsciemment, avec *Le Gardien du feu*[1]. J'ai écrit ce livre avec mes larmes. Sous ma plume, mon père renonçait à aller à la mine, je le laissais libre de ne plus être l'esclave qui descend sous terre.

C'est assez tard dans ma vie que j'ai compris combien l'aliénation de mon père avait nourri mon insurrection et m'avait poussé à prendre le maquis physique et psychique, en retournant à la terre avec Michèle. Tu dis très justement qu'on ne naît pas écologiste, qu'on le devient. Par moments, j'ai été traversé par une sorte de colère d'avoir été conditionné, conformé et endoctriné. La nature m'est apparue non seulement comme un recours, mais comme le seul ordre intangible qui pouvait nous « reconformer » et nous faire retrouver le vrai fondement de notre nature.

1. Pierre Rabhi, *Le Gardien du feu*, Paris, Albin Michel, 1986.

Alors, plutôt que de choisir la révolte violente et impuissante, je suis tombé dans le compost et l'humus comme force universelle de guérison de la Terre et de dévouement à nos semblables.

Chapitre XIX

De l'enchantement

P.R. : Il ne faut pas s'accrocher aux alternatives en se disant : « Ça, ça va changer la société. » La société changera quand la morale et l'éthique investiront notre réflexion, pour devenir des éléments de référence permanents pour agir. Car on peut manger bio, trier ses déchets, recycler son eau, se chauffer à l'énergie solaire et exploiter son prochain. Ce n'est pas incompatible.

N.H. : Je suis évidemment d'accord, mais crois-tu vraiment que l'éthique pourra un jour conditionner les décisions ?

P.R. : Jusqu'à maintenant, on en a un peu trop fait fi. Nous avons certes encore un peu d'éthique dans le monde, et il existe encore des éléments modérateurs, sans quoi la planète entière serait à feu et à sang. Mais je n'ai pas envie de m'illusionner : il ne suffira pas de substituer un mode de vie, une technique ou une organisation sociale à d'autres pour que tout change. Chacun doit travailler en profondeur pour parvenir à un certain niveau de responsabilité et de conscience, et surtout à cette dimension sacrée qui nous fait regarder la vie comme un don magnifique à préserver. Pour cela, l'appartenance à une religion, les incantations, les cérémonies et les rituels ne sont pas nécessaires. Il s'agit d'un état d'une nature simple. J'appartiens au mystère de la vie et rien ne me sépare de rien. Je suis relié, conscient et heureux de l'être.

N.H. : Quel élément rendrait cela possible ? Pour que cela s'impose ou soit diffusé, la société aurait besoin de vivre sur une autre cadence, un autre rythme.

Tout au long de nos entretiens, nous nous sommes demandé si la profusion de science allait de pair avec une pénurie des consciences. La réponse est clairement négative. Je suis convaincu qu'il y a même plus de consciences aujourd'hui. Mais pour avoir cette réflexion, il faut se trouver un peu en dehors de la dynamique. Tu l'es par nature. Quant à moi, je le suis car ma situation me permet le confort d'avoir une prise de conscience. Individuellement, mis à part quelques cyniques, dès que je sors les gens de leur dynamique et de leur trajectoire, ils adhèrent. Malheureusement, cela ne prend pas collectivement, car il y a incompatibilité de rythme. Pour que ce type de réflexion se diffuse et domine, il faut retrouver un rythme plus humain.

P.R. : C'est là que se pose la question fondamentale : qu'est-ce que vivre ? Nous avons choisi la frénésie comme mode d'existence et nous inventons des machines pour nous la rendre supportable. Le temps-argent, le temps-production, le temps sportif où l'on est prêt à faire exploser son cœur et ses poumons pour un centième de seconde... tout cela est bien étrange. Tandis que nous nous battons avec le temps qui passe, celui qu'il faut gagner, nos véhicules, nos avions, nos ordinateurs nous font oublier que ce n'est pas le temps qui passe mais nous qui passons. Pendant que nous échangeons tous les deux, le compteur de notre durée tourne, notre capital-vie se dissipe irrévocablement. Nos cadences cardiaques et respiratoires nous rappellent à chaque seconde que nous sommes réglés sur le rythme de l'univers. Mais nous l'oublions tellement qu'il existe aujourd'hui des stages et des cours de respiration, ce que toutes les créatures font très naturellement !

Nous sommes soi-disant des êtres capables de discernement et de logique. Mais quand on fait le rapport entre la somme d'intelligence dont l'humanité est supposée faire preuve et les résultats obtenus, on finit par se demander s'il n'y a pas, au contraire, un manque d'intelligence. Si des extraterrestres très évolués étudiaient notre comportement, leur conclusion pourrait être que nous sommes très doués, mais aussi très crétins. Pourquoi ? Parce que nous nous rendons la vie impossible en pillant notre planète, en la détruisant et en nous entr'égorgeant. Pourquoi, malgré nos consciences et nos fantastiques aptitudes, construisons-nous un monde invivable ?

N.H. : Nous n'arrivons pas à créer d'intelligence collective.

P.R. : L'intelligence collective existe-t-elle vraiment ? Je l'ignore, mais je tiens pour ma part à me brancher sur ce qui me paraît moins déterminé par la subjectivité et la peur, à savoir l'intelligence universelle. Cette intelligence qui ne semble pas chargée des tourments de l'humanité, qui régit à la fois le macrocosme et le microcosme. Cette intelligence que je pressens dans la moindre petite graine de plante, comme dans les grands processus et manifestations de la vie.

N.H. : Quand on observe le parcours de l'humanité, de l'australopithèque à l'homme d'aujourd'hui, l'intelligence de l'homme est une constante. Avec peu, il a toujours réussi à évoluer. C'est assez paradoxal : l'homme s'en est sorti dans la pénurie, alors qu'il risque aujourd'hui d'échouer dans la profusion. C'est une sorte de test final pour l'humanité. Nous disposons des outils et de la connaissance. Reste à voir si l'homme peut se distinguer.

P.R. : On en revient à la même question : y a-t-il une finalité ? L'homme doté de discernement, d'astuces et d'outils perfectionnés arrive effectivement à résoudre des problèmes, mais des problèmes d'ordre élémentaire, avec tout de même des dommages considérables. Notre espèce n'est peut-être qu'une espèce de mammifères très évoluée qui a la capacité d'organiser la matière et les ressources à sa convenance. Mais je suis sûr que notre raison d'être est ailleurs.

N.H. : N'oublions pas que l'homme de Neandertal a disparu il y a trente ou trente-cinq mille ans à peine. Trois ou quatre branches se sont ainsi évanouies dans un passé assez proche, et sous prétexte que nous avons la branche la plus longue, nous pensons qu'elle est définitive. Mais il faut bien se rendre compte que cette branche peut se briser.

P.R. : Je suis d'accord, mais en dehors des considérations métaphysiques déjà établies, nous ne semblons pas avoir de certitude objective sur la finalité de l'espèce humaine. Pour ma part, j'ai tendance à croire que, face à l'immensité du mystère, notre raison d'être est l'enchantement. L'être humain amène une vibration spécifique qui n'existe apparemment pas dans la nature et qu'il est seul capable de créer, bien que je n'aie aucune certitude quant aux capacités des autres créatures.

Quand tu es vibrant face à la beauté d'un arbre s'instaure en toi comme un fluide, une énergie qui te donne une fonction particulière, une sorte de jubilation qui transcende toutes les émotions. Tu ne peux t'accaparer ou convoiter l'arbre sans changer la nature de cette jubilation. Elle est probablement ce que nous pouvons produire de plus pur.

Lorsque avec tes reportages tu nous offres à admirer la nature, tu alimentes cet enchantement. La finalité humaine n'est pas de produire pour consommer, de consommer pour produire ou de tourner comme le rouage d'une machine infernale jusqu'à l'usure totale. C'est pourtant à cela que nous réduit cette stupide civilisation où l'argent prime sur tout mais ne peut offrir que le plaisir. Des milliards d'euros sont impuissants à nous donner la joie, ce bien immatériel que nous recherchons tous, consciemment ou inconsciemment, car il représente le bien suprême, à savoir la pleine satisfaction d'exister.

N.H. : Cela me fait penser à la phrase de Teilhard de Chardin : « Le jour où les hommes auront maîtrisé les vents, l'apesanteur, les marais, alors, ils exploiteront l'énergie de l'amour. Seulement à ce moment-là, les humains auront découvert le feu. »

P.R. : Dans ce champ-là, je ne fais pas de clivage entre l'être humain et la matière, dont je reconnais la noblesse. Les roches, par exemple, abondantes dans mon lieu de vie, m'émerveillent. Elles sont pour moi des fragments de mémoire muette, comme fermées sur le secret de la création du monde. Quant à la terre nourricière, elle a donné sens et ordre à ma vie, c'est aussi un univers silencieux, complexe. Elle est si vivante, si belle et pourtant tellement ignorée.

Si nous arrivions à cet enchantement, nous créerions une symphonie et une vibration générales. Croyants ou non, bouddhistes, chrétiens, musulmans, juifs et autres, nous y trouverions tous notre compte et nous aurions aboli les clivages pour l'unité suprême. Il faut bien sûr améliorer notre condition matérielle, mais marquer les limites pour que tout soit dans l'équilibre. Cela s'appelle l'optimum. J'ai toujours été fasciné par cette loi, que j'ai appliquée dans l'organisation et la gestion de notre ferme.

N.H. : Je partage ce que tu dis, mais je ne crois pas que tout le monde soit en mesure de s'interroger sur la finalité, aussi essentielle soit-elle. Et j'ignore à quelle échelle de temps il nous serait possible de parvenir à cette finalité.

P.R. : Cette finalité peut être immédiate. Tu n'as pas besoin d'attendre demain pour t'enchanter. À tout instant, tu peux le faire. Ce que je reproche au monde actuel, c'est qu'il dépoétise tout. Je me souviens de ma déception d'enfant lorsque l'on m'a appris que la Lune n'était pas ce personnage jovial et bienveillant parcourant les cieux de mon désert natal, mais une masse de roche et de poussières. Finis le dialogue sans parole, le songe profond, la déambulation de l'âme dans un monde de mystère ! Avec la science, la connaissance et leurs corollaires pratiques, l'enchantement en a pris un coup.

N.H. : Mais l'enchantement n'est-il pas un état collectif et permanent pour toi ?

P.R. : Je ne suis qu'un grain parmi d'autres. Ce grain est soit éteint, soit éclairé. Il serait prétentieux de dire que je suis éclairé. Mais ma conception de la vie repose sur l'admiration. Manger, déféquer, boire font partie des mécanismes biologiques que je respecte. Vivre, c'est s'enchanter. Il y a même une sorte d'esthétisme dans la défécation. Le fait même que le corps puisse prélever les substances vitales dont il a besoin, les digérer et rejeter les rebuts pour de nouveau recevoir les dons de la vie qui l'entretiennent est admirable. Je ne me retrouve pas dans l'approche monothéiste qui a défini ce qui était honorable ou pas, au point de considérer le corps comme la partie contingente, cause de péché... Il n'y a rien de plus beau que le corps d'un être humain, ou celui d'un cheval ou d'un félin par exemple. Tout cela est d'une telle perfection que ça force l'admiration.

Je ne considère pas l'enchantement dans une perspective collective. Il faut juste se dire : « Moi, aujourd'hui, j'ai toutes les raisons de m'enchanter. » Cela ne signifie pas pour autant que le monde est facile. La détresse, la maladie, la souffrance, les violences sont omniprésentes, et on ne peut les ignorer. Nous devons tout faire pour soulager, guérir, protéger.

Prétendre que l'on génère l'enchantement serait vaniteux. En revanche, il faut se mettre dans une attitude de réceptivité. C'est la même chose quand je donne une conférence. Ce n'est pas la seule pédagogie qui m'intéresse. Ce qui me motive profondément, c'est de défendre la vie. En cela, je pense que nous sommes tous deux singuliers : quelque chose nous a touchés dans notre âme, et nous a conduits à tenter de transmettre les valeurs qui nous animent, que nous considérons comme essentielles et auxquelles nous servons de canal. Car il s'agit bien de servir les valeurs et non de s'en servir. Cela me rend vulnérable, car la tâche est considérable. Je me sens constamment blessé par le non-sens et les exactions humaines contre la vie, mais à la fois fort de mon engagement, car il s'ancre dans ce qui me paraît le plus juste. Il n'y a pas besoin de grande dissertation sur la vérité pour reconnaître que le respect de la vie est vérité.

N.H. : Tu as conscience que nous jouissons d'un immense privilège. Notre itinéraire et notre culture ont favorisé cette réceptivité dont tu parles. Je ne sous-estime pas la responsabilité du travail et de l'entêtement, mais je me considère comme un privilégié au sens matériel du terme. Je comprends que d'autres soient à des années-lumière de cette sensibilité, car beaucoup de filtres empêchent la lumière d'arriver jusqu'à eux.

P.R. : Je n'en fais pas une aventure individuelle, ni une affaire de force personnelle. Je n'existerais pas sans les autres. Je pense que chacun a son rôle à jouer, là où il est. Il n'y a pas d'un côté l'excellence, et de l'autre le moins bon. Nous sommes une communauté humaine. Nous existons par la société et nous ne serions pas là si elle ne nous avait pas nourris. Mais j'ai aussi la vigilance de transmettre ce que je reçois.

Idem pour le destin, qui est constitué selon une ramification complexe d'éléments. Je n'ai pas demandé à naître quelque part. Certains de mes amis, pour qui la réincarnation est évidente, me disent que j'ai choisi. Je ne vois vraiment pas à quel moment ! Je ne compare pas ceux qui ont des privilèges et ceux qui n'en ont pas, car le seul privilège qui vaille pour moi est le bonheur d'être en vie. Je suis un élément de la vie, qui est là où il doit être, au moment présent.

N.H. : Selon toi, nous sommes presque prédéterminés ?

P.R. : Je me suis souvent interrogé sur cette notion de libre arbitre. De quelle marge de manœuvre disposons-nous vraiment pour prendre le chemin de droite ou de gauche, pour orienter notre chemin de vie ? Derrière moi, il y a toute une histoire, des traditions, une culture, une race, un pays, qui ne peuvent pas ne pas avoir marqué ma trajectoire et donc la prédéterminer. Par ailleurs, dès notre naissance, nous sommes obligés de nous adapter à notre communauté telle qu'elle est. Nous n'avons pas participé à sa structuration, au choix de ses valeurs ou à son mode de fonctionnement. C'est un fait accompli auquel il faut d'abord se plier même si par la suite nous le récusons.

N.H. : Je pense également que la marge de manœuvre des individus est limitée. Mais il y a aussi des moments pour faire des choix. Il y a certes des êtres qui, de par leur appartenance géographique ou sociale, n'ont pas cette possibilité. Ils subissent dès la naissance. Dans notre société, nous avons le grand privilège d'avoir longtemps le choix. Même si nous rentrons dans un système de dépendance et que nous perdons progressivement ce choix, je pense que notre marge de manœuvre est plus importante.

En revanche, je m'interroge plus sur la marge de manœuvre collégiale, dans un système qui s'est sécrété presque seul. Peut-on, sans tout détruire, ordonner différemment les choses ? Si oui, sous quelle forme et avec quels outils ? Je vais m'extraire de ces questions spirituelles pour revenir à des choses plus immédiates : comment peut-on agir pour minimiser l'effet des épreuves que nous avons identifiées ?

Il se peut que nous échouions, car l'inertie est telle que les forces que nous pourrons créer ne seront pas assez puissantes pour endiguer le mouvement. Ce sont des questions qui me hantent au point que je finis d'ailleurs par les évacuer en me disant que notre seule obligation est de tenter. Nous ne sommes peut-être pas totalement lucides...

Je compare souvent ces énergies que nous générons et que nous recevons au travail de l'eau. On pense que l'eau n'a aucun pouvoir par rapport à la roche ou au minéral, alors qu'elle est capable de vaincre les plus grandes résistances. Je pense qu'il en va de même avec l'esprit humain. Une partie de l'humanité est convaincue que tout semble immuable et inattaquable, et elle occulte probablement une autre humanité. C'est à cette seconde partie qu'il faut s'adresser, pour essayer de la rassembler.

Quand on observe notre histoire récente, on s'aperçoit que nous sommes à un stade déterminant, bien que personne n'en ait véritablement conscience. J'ai horreur d'agiter cette idée, j'ai l'impression de me transformer en une sorte de Nostradamus ! Il est pourtant raisonnable d'affirmer que nous nous mettons dans une situation propice à de gigantesques bouleversements. Ne serait-ce que parce que nous sommes entrés dans l'ère atomique, que nous avons changé d'échelle et que les rapports entre l'homme et la nature sont presque inversés.

Mais je suis convaincu comme toi que si l'on veut régler un problème, il faut absolument appréhender l'état d'esprit qui l'a généré. Cet état d'esprit a des sources multiples et n'est pas forcément volontaire. Le monde tel qu'il existe aujourd'hui est né d'une combinaison d'événements, d'opportunités et de hasards. Mais c'est le moment de juger notre véritable intelligence et de constater si nous sommes capables de reprendre les rênes du progrès en main. Si la réponse est négative, nous allons à la collision.

P.R. : Concernant le libre arbitre, je suis peut-être influencé par ma propre destinée, dans le sens où je n'ai pas personnellement pris la décision de quitter ma famille d'origine pour suivre ma famille d'adoption. Je ne le voulais pas et l'ensemble de ma famille traditionnelle s'est coalisée pour appuyer mon choix. Seul contre tous, mon père a prévalu. Deux versants du destin se présentaient, il m'a fallu partir et cela a donné une orientation décisive et irréversible à mon itinéraire. Mais bien sûr que, une fois qu'on a poussé malgré toi ta pirogue dans l'eau, il t'appartient de la guider.

N.H. : J'ai fait des choix à certains moments, consécutivement à des échecs ou à des succès. J'ai très vite senti qu'il fallait s'extraire des mouvements qui décident à ta place. Je n'ai pas toujours osé, et pourtant c'est la possibilité de se donner le libre arbitre. Il y a une période de rébellion indispensable pour aller vers le libre arbitre. Il faut toujours s'interroger sur les choix que l'on fait et les conditionnements qui les ont précédés. Décidons-nous de nos choix grâce à notre propre analyse des choses, ou sommes-nous influencés par des éléments extérieurs ?

Il me semble indispensable que l'humanité prenne conscience de ses intentions. Fut un temps où l'homme subissait son évolution, alors que maintenant, nous la conditionnons nous-mêmes. Nous sommes devenus un acteur de l'évolution pour le meilleur et pour le pire. Nous pesons sur le cours des choses.

P.R. : Peser sur le destin ne date pas d'aujourd'hui. Il y a d'abord eu le primitif, très lié à la nature, qui ne prélevait que ce qui lui était nécessaire sans détériorer son milieu de vie. Puis est venu l'avènement de l'agriculture, le stockage des aliments et donc la sécurité alimentaire, et les civilisations ont pu vaquer à des préoccupations culturelles. Elles ont amorcé une sorte de dérive par rapport aux strictes règles écologiques.

Nous savons notamment que beaucoup de civilisations doivent leur épanouissement à la dégradation de leur milieu par des prélèvements excessifs de ressources notamment forestières, le surpâturage, le défrichage, etc. Certaines sont ensevelies sous les déserts qu'elles ont produits elles-mêmes, avec probablement des évolutions climatiques déjà induites par les déforestations. Il y a toujours eu un rapport d'équilibre instable entre la résistance de la nature, sa capacité de régénération, et la démographie, l'impact humain. Ce rapport a aussi évolué grâce à des innovations humaines. L'agriculture par exemple a su tirer parti de la biodiversité, pour le meilleur et pour le pire.

N.H. : Les foyers de civilisation sont assez disparates. Certains se sont épanouis, d'autres se sont éteints, comme la civilisation maya par exemple. Mais il n'y avait pas de destinée commune à cette époque, alors qu'aujourd'hui, nous engageons toute l'humanité.

P.R. : La civilisation romaine est née d'un embryon de cultivateurs attachés à la glèbe, puis elle s'est déployée pour devenir une puissance hégémonique avant de dégénérer, de décliner et de s'éteindre, elle aussi du fait des excès de ses richesses, avec un peuple qui ne réclamait alors que du pain et des jeux. La vie a pu reprendre son cours, en opérant des synthèses. Il y a toujours une combinaison nouvelle qui répare les choses. Le drame contemporain, c'est que tout est planétarisé. Nous n'avons plus d'espace vierge pour rebondir.

N.H. : Les erreurs que nous commettons aujourd'hui, nous les faisons partager à tout le monde.

P.R. : C'est là une des grandes injustices du destin collectif. Nous sommes une minorité humaine à commettre les transgressions et exactions dont nous faisons subir les préjudices aux innocents.

Quand les gens disent que les civilisations naissent, s'épanouissent et déclinent pour laisser place à d'autres renaissances, je leur réponds que ce raisonnement n'est absolument pas applicable à notre époque. Cette fois, le processus est bien planétaire et nous n'avons pas de recours, à moins de disposer d'une autre planète vivante où l'humanité pourrait migrer et poursuivre son histoire ! Mais en dépit de toutes les observations de nos astrophysiciens, cette alternative n'est pas à l'ordre du jour. Il n'y a pas d'autre oasis en vue dans le désert sidéral.

N.H. : Ce sera peut-être possible dans les siècles à venir, qui sait ? Jules Verne a largement été dépassé par nos applications. Mais l'échéance qui nous concerne ne se situe pas dans quelques siècles. Nous avons à peine quelques décennies pour réagir.

Chapitre XX

Redonner du sens à l'écologie (convergences évolutives)

P.R. : Nous en revenons constamment à la question du sens. Les discours écologiques s'appuient souvent sur des constats alarmistes, mais ils n'abordent pas assez cette question de sens. À force de vouloir expliquer les choses rationnellement et scientifiquement, on finit par ne percevoir la vie que sous l'aspect d'un phénomène biologique. Les stages d'initiation à la terre que notre association, Terre et Humanisme, organise, incluent toute une réflexion sur la quête de sens. Je travaille à transmettre des savoirs et des techniques écologiques, mais pas uniquement pour savoir comment manger bio. Cela ne m'intéresse pas.

N.H. : L'homme moderne n'est plus relié à rien et c'est bien là son désarroi tragique. La science a probablement une part de responsabilité, souvent indépendamment de sa volonté. Je suis convaincu que l'écologie est l'ultime occasion pour l'humanité de redonner tout son sens au progrès. Et, pourquoi pas, de consacrer cette spiritualité que chacun a souhaitée pour ce XXIe siècle. Il faut transcender le matérialisme, tirer la quintessence de l'esprit et de la technique et les associer. Nous avons là une occasion magnifique de nous rassembler et de mutualiser ce que nous avons de meilleur. Cela vaut mieux que de dilapider et de disperser.

Je me suis un jour trouvé dans le désert de Namib, en Namibie, auprès des Bushmen. L'un de mes compagnons de voyage m'a dit : « Ici, la vie est une économie de pénurie. » Nos sociétés occidentales sont passées de cette vision des choses à une dilapidation généralisée. La profusion a généré une sorte d'aveuglement et d'excès de confiance.

P.R. : C'est cet excès de confiance en notre pouvoir qui génère tous nos problèmes actuels dans notre rapport à la vie. Peut-être que le sacré nous manque...

N.H. : Insufflons du sacré et du sens dans notre monde contemporain.

P.R. : As-tu remarqué combien la pensée indienne est aujourd'hui à la mode ? C'est révélateur d'une carence spirituelle, mais je crains que cela ne devienne qu'une consommation et un conformisme de plus. J'ai personnellement renoncé depuis longtemps à toute subordination à une quelconque autorité, spirituelle ou autre.

N.H. : Les Indiens avaient ce sens de la formule qui est parfois plus efficace qu'une dizaine de livres.

P.R. : Oui, je pense particulièrement à ces cosmogonies peaux-rouges dont la tempérance m'a toujours frappé. Même dans l'abondance, ils ne prélevaient que le nécessaire. Quand ils tuaient un animal, rien n'était gaspillé. L'abondance des bisons n'a pas provoqué d'insatiabilité chez eux.

Je raconte parfois dans mes conférences cette histoire vraie : dans un village africain, des cultivateurs essaient des engrais chimiques. La terre dopée produit abondamment. Émerveillés par les résultats, ils viennent voir l'ancien du village en lui disant : « Tu sais, sur telle parcelle, avec la poudre des Blancs, nous avons doublé les récoltes. » Le vieux répond alors : « Je suis heureux pour vous, mes enfants. Ainsi, l'année prochaine, vous vous contenterez de cultiver la moitié du champ. »

N.H. : Les Indiens avaient conscience qu'il leur fallait respecter les rythmes de la nature, sous peine de se retrouver dans une situation de pénurie. Cette interprétation a hélas été mise à mal par l'irruption de la technique et par l'essor de l'industrie. Tout le monde s'est laissé aveugler.

P.R. : Je ne suis pas tout à fait d'accord. Si une attitude morale avait précédé la technique, ses effets en auraient été modérés. C'est là toute la défaillance du religieux que nous avons évoquée. Si les religions avaient affirmé le caractère sacré de la création, celle-ci n'aurait pas été profanée.

N.H. : La conscience précède la science. Mais l'histoire nous a montré que cela ne se passe jamais comme ça.

P.R. : Il n'y a pas si longtemps, on faisait des messes et des processions pour faire pleuvoir. Tout au long de ces douze mille ans d'agriculture, l'homme a respecté plus ou moins une sorte de contrat avec la nature. Il a imaginé des divinités tutélaires, comme Isis ou Osiris, symboliques de cette dimension immatérielle qui a accompagné notre rapport à la nature. Et il y a aujourd'hui encore des peuplades qui vivent dans une réalité associant le visible et l'invisible. C'est étrange que cette dimension profonde nous ait désertés.

Je ne prêche évidemment pas la réhabilitation des mythologies disparues. Mais cette dimension, qui me semble inhérente à la nature humaine, est-elle compatible avec un monde marqué par le fameux matérialisme dialectique et le positivisme scientifique ? Pouvons-nous trouver du sens à l'écologie sans recourir à cette dimension ?

N.H. : Il faut un tremblement de terre pour que les hommes se précipitent dans les églises. Nous ne pensons à affirmer notre intelligence qu'en nous affranchissant de la nature.

P.R. : C'est le problème de l'homme-démiurge qui substitue la raison à tout le reste. Et qu'est-ce qui peut finalement lui faire respecter la vie sur laquelle il prétend avoir les pleins pouvoirs ? L'idéologie communiste soviétique a été un désastre pour la nature. Et que dire des nazis, qui se disaient des écologistes convaincus, respectant la vie sauf celle des humains !

N.H. : J'ose croire que cet aveuglement collectif est en train de se rompre.

P.R. : J'ai également ce sentiment, mais les valeurs écologiques induisent-elles forcément une évolution réelle de l'individu ? Ce n'est pas évident. Prends l'exemple de l'agriculture biologique : elle en est aujourd'hui réduite à produire des denrées alimentaires que les gens achètent par peur d'être malades... Elle devient un créneau commercial comme un autre. Dans le Maghreb ou en Europe de l'Est par exemple, des démarcheurs vont recruter des paysans pour produire des produits bio à bas prix, les exporter et ainsi augmenter leurs profits. Leur souci n'est ni la nature ni l'être humain.

Ce qui me donne un peu d'espoir, c'est de constater que de plus en plus de jeunes, des filles en majorité, ne se contentent plus du discours antipollution ou des solutions pour retraiter les déchets. Ils veulent bien entendu agir, mais selon une résonance intérieure, profonde et nourrie. Ils veulent se sentir vraiment impliqués, en accord avec leur intime conviction. Je ressens un amour infini pour ces jeunes consciences dotées d'une maturité précoce cherchant, dans le labyrinthe d'une société inhumaine, le moyen d'investir leur vie dans un projet généreux.

N.H. : Ceux que tu rencontres ont probablement déjà fait la moitié du chemin. Ils ne sont pas forcément représentatifs de l'ensemble de la jeunesse, qui reste profondément ancrée dans cette civilisation du matérialisme absolu. C'est à ces jeunes-là qu'il faut s'adresser. Pour leur dire qu'il ne s'agit pas de revenir à l'époque de la lampe à huile, mais au contraire de faire en sorte qu'ils n'y reviennent pas de force, car c'est ce qui les menace.

Il faut se déposséder des contingences matérielles. Ensuite, si nous décidons de consommer, faisons-le avec lucidité, par rapport au sens de l'existence que nous aurons déterminé. Le défi consiste à trouver le point d'équilibre, entre ascétisme et matérialisme absolu.

Alors bien sûr, quand je dis cela, certains me rétorquent que ce discours n'est valable que pour les pays du Nord ! Mais nous devons faire profiter le reste du monde de nos erreurs, faire partager les diagnostics auxquels les pays pauvres seront confrontés en première ligne et inventer cette nouvelle société pour leur servir d'exemple. Nous n'avons aucune légitimité à demander des efforts ou des révisions culturelles aux autres tant que nous ne les appliquons pas nous-mêmes.

P.R. : Bien sûr qu'il y a toujours beaucoup d'aspirants à la société de consommation. Je vois bien quand je voyage combien les gens sont contaminés par cet esprit. Mais une prise de conscience est en train de se faire, en parallèle. Nous aurions tous deux cessé d'agir si nous n'avions pas cru au phénomène du ferment ! Les ferments du changement se propagent aujourd'hui. Je l'observe lors de mes conférences et des débats qui s'ensuivent. Avant, ceux qui comprenaient et adhéraient à nos combats évoluaient dans l'agriculture bio ou dans l'écologie. Le public est aujourd'hui bien plus large.

Si les jeunes s'intéressent à nous aujourd'hui, c'est qu'ils sentent qu'il y a en eux une dimension qui n'est pas irriguée. Ils sont de plus en plus nombreux à constater qu'emmagasiner toujours plus de biens ne les rend pas plus heureux. Des élèves de Polytechnique sont venus en stage chez nous. Au début, ils rasaient un peu les murs car ils avaient peur que nous, les écolos, les accusions d'être les futurs généraux du système. Je les ai pris à part pour leur dire qu'ils n'avaient pas à culpabiliser. Ce qu'ils apprennent est très important, mais il faudrait simplement qu'ils le mettent au service d'un projet généreux. Un merveilleux chantier les attend, pour peu qu'ils en soient bien conscients.

N.H. : Pour certains radicaux, discuter avec eux serait se compromettre. Ils ont tort. Ces jeunes gens, élèves de grandes écoles prestigieuses, ont beau avoir été programmés et formatés, leur intelligence les amènera peut-être à faire de grandes choses.

P.R. : L'urgence écologique et humaine est à la fédération des consciences. La conscience transcende les appartenances, qui nous prennent parfois en otages sous le prétexte de la famille, du groupe social, national, religieux ou politique.

Sans vouloir me donner en exemple, il y a longtemps que je ne me sens plus d'appartenance à quoi que ce soit. Je me vois comme une petite conscience, vivant en Ardèche, et se démenant comme elle peut pour contribuer à orienter les choix de la vie dans ce qui me semble être la bonne direction. Mais je déteste la propagande. C'est un procédé dangereux, qui force les gens à adhérer sous l'effet d'une manipulation idéologique. Je préfère susciter une réflexion personnelle et intérieure.

N.H. : C'est toute la différence entre l'éthique et la morale. La morale est forcément limitée parce qu'elle t'est imposée de l'extérieur, au contraire de l'éthique qui, elle, se fabrique de l'intérieur.

P.R. : C'est le résultat de ton libre arbitre, de ton alchimie et de ta propre transformation.

N.H. : C'est pour cela que notre combat doit se situer sur le plan de l'éthique. Nous en avons particulièrement besoin dans le désert spirituel actuel. La nature a horreur du vide, et certains l'exploitent d'ailleurs de manière tragique. Mais il y a là une opportunité magnifique pour l'écologie.

P.R. : Il faut être très vigilant face à ce qui pourrait devenir un endoctrinement écologique. Notre pédagogie doit donner à voir et à constater, aussi objectivement que possible, afin de permettre la libre adhésion ou la non-adhésion. Toute forme de racolage porte atteinte à la dignité des êtres.

N.H. : J'essaye simplement, à mon petit niveau, de donner aux gens l'occasion et les moyens d'avancer. Comme par exemple avec *Le Petit Livre vert pour la Terre*, que nous avons publié dans le cadre de notre campagne de mobilisation le Défi pour la Terre, et qui propose cinq cents comportements respectueux de l'environnement, dans lequel chacun peut puiser comme il l'entend, à son rythme [1].

---

1. Voir chap. VIII, p. 138.

Si les gens sont happés par le rythme frénétique de la société moderne, s'ils sont pris dans ce grand brouhaha collectif, il faut essayer de les aider à s'en extraire autant que possible, même ponctuellement. Il est plus que jamais important de s'imposer, de temps à autre, des retraites, de se retirer pour mieux revenir. Je ne parle pas d'un isolement définitif. J'en serais moi-même incapable ! Mais plutôt que des séminaires sur la compétitivité, les entreprises devraient organiser des séminaires sur le sens.

P.R. : D'autant plus qu'il y a de plus en plus de cadres ou de chefs d'entreprise pour qui le succès économique et social n'est pas suivi d'une réussite humaine. D'où les questions : qu'est-ce qu'une vie réussie ? Celle qui réunit l'argent, la gloire, les honneurs, etc. ? Sans tomber dans les vieux poncifs comme « l'argent ne fait pas le bonheur », la question reste ouverte comme une porte sur un grand silence, avec comme seul ornement un point d'interrogation. Que nous reste-t-il après l'agitation ? Pour les plus célèbres d'entre nous, figurer dans le dictionnaire avant d'être enfouis sous les strates du temps, oubliés.

N.H. : C'est en cela que notre rencontre m'a été si précieuse ! Nous arrivons à la fin de ces entretiens et je ne peux que confirmer cette connivence et cette convergence que je trouve touchantes, compte tenu de nos trajectoires tellement éloignées l'une de l'autre. Nous avons la même exigence finale, même si tu l'exprimes bien mieux que moi ! Mais nous représentons deux pièces différentes et complémentaires, comme il y en a tant dans notre univers.

P.R. : Ma rencontre avec toi a été un grand encouragement. Tu as raison de dire qu'une convergence s'est établie. Comme si nous nous étions rejoints à un endroit de nos vies, en ne sachant pas quels chemins nous avons empruntés pour l'atteindre... Tu es dans cette préoccupation écologique et tu te donnes beaucoup de mal pour laisser apparaître la beauté de la vie et de la nature.

Nous en avons déjà discuté, on te reproche parfois d'utiliser des moyens contradictoires ou incohérents. Je suis pour ma part convaincu de ta sincérité et de la justesse de ta motivation. Peut-être dois-tu, de temps en temps, prendre un recul suffisant pour avoir une meilleure configuration de l'espace où tu agis ? Cela permet de recentrer les choses et d'éviter les dérives qui peuvent menacer nos engagements sincères. Quant à nos contradictions, qui peut affirmer aujourd'hui, dans un pays prospère comme le nôtre, qu'il ne se déplace qu'à pied, ne consomme ni carburant ni électricité, ne se sert pas de téléphone ni d'ordinateur ? Nous sommes tous dans des compromis. Nous sommes complètement immergés dans un système qui comporte également des valeurs du progrès que je ne veux pas récuser.

À partir du moment où il m'est apparu, de façon évidente, que la planète était dans un état désastreux, que les humains et les animaux souffraient et que l'organisation du monde était stupide, il m'a semblé évident que tout cela méritait au moins que l'on pousse un petit cri. Et tant pis si je prends des coups ! J'aime me fixer sur ce qui est juste. On en revient ici au libre arbitre : il peut parfois te coûter la vie, mais il répond à une impulsion fondamentale, issue de la vie.

Qu'est-ce qui motive profondément nos engagements ? Avec ces préoccupations humaines et écologiques, j'ai parfois l'impression d'être affecté d'une névrose. Je me dis que je devrais plutôt « m'occuper de mes oignons »... ce que je fais d'ailleurs très concrètement dans mon jardin ! Quand je vois tant de gens consommer du divertissement, être insouciants à l'égard du devenir de l'espèce humaine et de la nature, je me dis qu'ils ont probablement raison. Pourquoi sommes-nous si peu de petits mécanos à tenter de colmater les brèches du *Titanic* ? Si le peuple, les politiciens, les intellectuels, les religieux, les académiciens et tous les autres n'ont cure du devenir humain et des générations futures, pourquoi nous en soucier ? Au fond, ne serions-nous pas un peu vaniteux de vouloir endosser des problèmes aussi démesurés ?

La planète tout entière est pourtant en feu... Incantations, analyses économiques, politiques et géopolitiques, rassemblements pour ou contre ceci ou cela, sommet de Rio, réunions des Nations unies, etc. : tout cela s'offre chaque jour en spectacle aux anges, s'ils existent. Avec l'illusion que le temps passe alors que c'est nous qui passons, avec l'illusion que la Terre nous appartient alors que c'est nous qui lui appartenons, avec l'illusion que toutes nos incohérences peuvent durer indéfiniment, sans conséquences. C'est alors que m'apparaît une immense évidence : la Terre et l'univers sont beauté et intelligence. Et c'est à ces valeurs-là et à l'humanité que j'ai envie de me dévouer, car cela a un sens et me donne du sens.

N.H. : J'aurais pu continuer mon évolution et m'isoler totalement dans la nature. Mais je suis un personnage un peu hétéroclite. Pour caricaturer, je suis l'homme qui nage avec des baleines et qui dîne avec Chirac. J'assume pleinement cette spécificité. En termes stratégiques, nous ne pouvons pas faire table rase de ce qui existe. Bien sûr, ce serait plus facile si nous arrivions sur une île vierge sur laquelle il y a encore tout à construire, comme dans ce livre de Daniel Vaxelaire, *Les Mutins de la liberté*[1]. Je suis convaincu que tu ferais d'ailleurs un bon président de Libertalia ! Alors voyons, maintenant que la fermentation est bien entamée, de quelle façon imposer les alternatives dont nous avons parlé. En commençant par les expérimenter, pour prouver qu'il y a d'autres voies possibles, et en n'oubliant pas que ce qui est vrai et bon pour un homme doit aussi l'être pour la société.

1. Daniel Vaxelaire, *Les Mutins de la liberté*, Paris, Phébus, « Libretto », 2001. Ce roman, tiré d'une histoire vraie, relate les aventures des marins embarqués à bord de la frégate française *la Victoire*, à la fin du XVIIe siècle. Celle-ci tombe aux mains de son équipage, mutiné à l'issue d'une sanglante bataille menée contre un navire anglais. À son bord, un jeune gentilhomme provençal du nom de Misson et un prêtre italien, Angelo Carraccioli, parviennent à convertir les mutins à un projet fou : en finir avec la tyrannie et l'esclavage et fonder une cité d'utopie sur une île au bout du monde. Ainsi naîtra, au nord de Madagascar, l'éphémère république de Libertalia, peuplée de beautés brunes, d'enfants métis et d'aventuriers.

Table

Des mêmes auteurs :

Nicolas Hulot

Tabarly : 45 ans de défi, Paris, Pac, 1976.
Ces enfants qui souffrent, Paris, Pac, 1978.
Chasseurs de Pôles, Paris, Albin Michel, 1989.
Les Chemins de traverse, Paris, Lattès, 1989 ; Paris, Pocket, 1990.
États d'âme, Paris, Lattès, 1991 ; Paris, Le Livre de Poche, 1992.
Questions de nature, Paris, Plon, 1995 ; Paris, Pocket, 1996.
À mes risques et plaisirs, Paris, Plon, 1998 ; Paris, Pocket, 2000.
Pour que la Terre reste humaine, Paris, Seuil, 1999 ; Paris, Seuil, « Points », 2001.
Ushuaïa nature : paradis du bout du monde, Paris, Michel Lafon, 2000.
Planète nature, Paris, Michel Lafon, 2002.
Ushuaïa nature, vol. 2 : voyages au cœur de l'extrême, Paris, Michel Lafon, 2003.
Le Syndrome du Titanic, Paris, Calmann-Lévy, 2004 ; Paris, Le Livre de Poche, 2004.
Écologuide de A à Z : pour les juniors, Paris, Le Cherche Midi, 2004.
Ushuaïa : le grand album, Paris, Michel Lafon, 2004.
La Terre en partage : éloge de la biodiversité, Paris, La Martinière, 2005.
Pour un pacte écologique, Paris, Calmann-Lévy, 2006.
Le Syndrome du Titanic, vol. 2, Paris, Calmann-Lévy, 2009.
Nos années Ushuaïa, 25 ans d'émerveillement, Paris, Éditions du Toucan, 2012.
Plus haut que mes rêves, Paris, Calmann-Lévy, 2013.
Osons : plaidoyer d'un homme libre, Paris, Les Liens qui libèrent, 2015.

Pierre Rabhi

Parole de terre : une initiation africaine, Paris, Albin Michel, 1996.

Manifeste pour des oasis en tous lieux, ouvrage collectif sous la direction de Pierre Rabhi, 1997.

Le Recours à la terre, Lyon, Terre du ciel, 1999.

L'Offrande au crépuscule, Paris, L'Harmattan, 2001.

Du Sahara aux Cévennes : itinéraire d'un homme au service de la Terre-Mère, Paris, Albin Michel, 2002.

Le Chant de la Terre, interview réalisée par Jean-Pierre et Rachel Cartier, Paris, La Table Ronde, 2002.

Le Gardien du feu : message de sagesse des peuples traditionnels, Paris, Albin Michel, 2003.

Manifeste pour la Terre et l'humanisme, Arles, Actes Sud, 2011.

La Part du colibri, La Tour-d'Aigue, Éditions de l'Aube, 2011.

Éloge du génie créateur de la société civile, Arles, Actes Sud, 2011.

Vers la sobriété heureuse, Arles, Actes Sud, 2012.

Conscience et environnement, Paris, Le Relié, 2013.

Se changer, changer le monde (collectif), Montréal, Transcontinental, 2014.

L'Agroécologie, une éthique de vie, entretien avec Jacques Caplat, Arles, Actes Sud, 2015.

Pour plus d'informations : www.pierrerabhi.org

PAPIER À BASE DE FIBRES CERTIFIÉES

Le Livre de Poche s'engage pour l'environnement en réduisant l'empreinte carbone de ses livres. Celle de cet exemplaire est de :
550 g éq. CO_2
Rendez-vous sur www.livredepoche-durable.fr

Composition réalisée par Nord Compo

Imprimé en France par CPI
en novembre 2015
N° d'impression : 2019334
Dépôt légal 1re publication : mai 2006
Édition 05 - novembre 2015
LIBRAIRIE GÉNÉRALE FRANÇAISE
31, rue de Fleurus - 75278 Paris Cedex 06

31/1835/3